A Novel

默里·麦克布莱德的五个愿望

[美] 乔·西普尔 著

乔梦萱 译

Joe Siple

The Five Wishes

of Mr.Murray McBride

四川人民出版社

图书在版编目（CIP）数据

默里·麦克布莱德的五个愿望 /（美）乔·西普尔著；乔梦萱译 . -- 成都：四川人民出版社，2023.2
ISBN 978-7-220-12841-7

Ⅰ.①默… Ⅱ.①乔… ②乔… Ⅲ.①长篇小说—美国—现代 Ⅳ.①I712.45

中国版本图书馆 CIP 数据核字 (2022) 第 195650 号

© 2018, 2019 by Joe Siple
All rights reserved.
The simplified Chinese translation rights arranged through Rightol Media Limited and Suasive Consultants Private Limited

四川省版权局著作权合同登记号 21-2022-209

MOLI MAIKEBULAIDE DE WU GE YUANWANG
默里·麦克布莱德的五个愿望
[美] 乔·西普尔 著　乔梦萱 译

出 版 人	黄立新
出 品 人	柯伟
监　　制	郭健
责任编辑	魏宏欢　陈纯
特约编辑	刘思懿
封面设计	星野
封面插画	星野 × Midjourney
版式设计	李琳璐
责任校对	舒晓利
责任印制	周奇
出版发行	四川人民出版社（成都三色路 238 号）
网　　址	http://www.scpph.com
E-mail	scrmcbs@sina.com
新浪微博	@ 四川人民出版社
微信公众号	四川人民出版社
发行部业务电话	（028）86361653　86361656
防盗版举报电话	（028）86361653
照　　排	天津星文化传播有限公司
印　　刷	北京盛通印刷股份有限公司
成品尺寸	145mm × 210mm
印　　张	10.5
字　　数	207 千
版　　次	2023 年 2 月第 1 版
印　　次	2023 年 2 月第 1 次印刷
书　　号	ISBN 978-7-220-12841-7
定　　价	49.80 元

■版权所有·侵权必究

本书若出现印装质量问题，请与我社发行部联系调换
电话：（028）86361656

此书写给我的父亲,约翰·西普尔。
他通过"总有我们无法到达的远方"这句话,
教会我要坚持不懈,不屈不挠。
我将永远心怀感激。

致谢

　　曾听闻创作一本书需要一个团队共同努力，但直到撰写《默里·麦克布莱德的五个愿望》时，我才完全确信这一观点。创作过程中，我得到了很多人的帮助，这本书已不是我一个人的功劳，而是大家共同努力的结晶。

　　首先，非常感谢我的出版商黑玫瑰出版社的雷根·罗特。万分感激他给予我这次机会。我的作家小组 WWTBAW 给我的新书提出了关键反馈，也提出了很多有创意的点子，给我们的故事带来了一些非常精彩的片段。我的前经纪人，塔尔科特·诺奇出版服务公司的葆拉·穆尼尔，她专业的编辑素养和在长达四年的共事中她给予我的鼓励，使我受益良多。最关键的是，在写作过程中，家人一直给予我莫大的支持和鼓励。在此要特别感谢我的妻子安妮，之前我打退堂鼓时，是她告诉我，我一直是她心目中的作家，她还买了一瓶拉芙蕾来预祝这本书成功出版，虽然当时我们甚至都不知道这能否成真。我真的非常感激她。最后,我想感谢大家,感谢广大读者,希望你们能像我创作这个故事时一样喜欢默里、杰森和蒂甘这三个角色;愿我们将未来的每一天都视作人生的最后一天,奋力活出精彩的人生,努力实现愿望。

我坚信,我们终将圆梦。

目 录

- ☑ 楔子　/ 001
- ☑ 第一章　/ 006
- ☑ 第二章　/ 012
- ☑ 第三章　/ 025
- ☑ 第四章　/ 033
- ☑ 第五章　/ 043
- ☑ 第六章　/ 051
- ☑ 第七章　/ 063
- ☑ 第八章　/ 070
- ☑ 第九章　/ 078
- ☑ 第十章　/ 083
- ☑ 第十一章　/ 087
- ☑ 第十二章　/ 095
- ☑ 第十三章　/ 106
- ☑ 第十四章　/ 113
- ☑ 第十五章　/ 122

- ☑ 第十六章 / *129*
- ☑ 第十七章 / *135*
- ☑ 第十八章 / *144*
- ☑ 第十九章 / *152*
- ☑ 第二十章 / *161*
- ☑ 第二十一章 / *165*
- ☑ 第二十二章 / *173*
- ☑ 第二十三章 / *179*
- ☑ 第二十四章 / *183*

- ☑ 第二十五章 / *188*
- ☑ 第二十六章 / *190*
- ☑ 第二十七章 / *197*
- ☑ 第二十八章 / *205*
- ☑ 第二十九章 / *209*
- ☑ 第三十章 / *217*
- ☑ 第三十一章 / *224*
- ☑ 第三十二章 / *235*
- ☑ 第三十三章 / *238*

- ☑ 第三十四章　/ 242
- ☑ 第三十五章　/ 252
- ☑ 第三十六章　/ 261
- ☑ 第三十七章　/ 270
- ☑ 第三十八章　/ 274
- ☑ 第三十九章　/ 280
- ☑ 第四十章　　/ 283
- ☑ 第四十一章　/ 288
- ☑ 第四十二章　/ 293

- ☑ 第四十三章　/ 297
- ☑ 第四十四章　/ 301
- ☑ 第四十五章　/ 305
- ☑ 第四十六章　/ 307
- ☑ 第四十七章　/ 311
- ☑ 第四十八章　/ 313
- ☑ 第四十九章　/ 315
- ☑ 尾声　　　　/ 318

楔子

肯尼迪表演艺术中心

华盛顿

任何一个有点真本事的魔术师都会告诉你，世上有假魔术，但也有真魔法。

我们以假魔术谋生。观众虽然明白一切都是魔术师的巧手制造出的假象，但还是愿意花钱看魔术表演。我们能让百元大钞消失无踪，让助手悬空飘浮，有时还能把观众劈成两半后又奇迹般地拼到一起。

而真魔法，很多魔术师都觉得它子虚乌有。他们自以为已经知道了有关魔术的所有秘密，学到了所有诀窍。

但我不这么认为。我见过魔法，真正的魔法。我确信，它是真实存在的。

"普洛斯彼罗，十五分钟后该你上场了！"

过去几天，他一直黏着我，寸步不离。他叫迈尔斯，自称是"普洛斯彼罗的传记作家"。我和他说过，三十岁就聘请传记作家，实在是太早了。但是迈尔斯仍摇摇晃晃地跟着我，迈着霍比特人①一般的小碎步，抖着五六层下巴，坚持说他是全世界最幸运的人，因为他能"接触到有史以来最厉害的魔术师"。

这当然不是真的，我是指"最厉害的魔术师"这部分。在我之前早就有像大卫·科波菲尔②和克里斯·安吉尔③这样的大师了。而且他难道从来都没听说过哈利·胡迪尼④吗？

"我们之前谈过这件事了，"我对迈尔斯说，"叫我杰森。普洛斯彼罗只是台上的称呼而已。"他的嘴角撇到了下巴。其实我俩都知道，他还是会一直叫我普洛斯彼罗。

"算了。"我说，"十五分钟够吗？"我扫视了一眼，有几个人在后台忙里忙外。有个人正把一个盛有几千加仑⑤水的圆罐滚着运上台。一会儿他们会把一根三英寸⑥粗的链条捆在我身上，让我沉到水底，但我还是能奇迹般地逃出生天。另一个人在准备几面镜子，把它们调整到合适的角度，正好能让镜子前的女人从观众

---

① 霍比特人：英国作家约翰·托尔金的长篇小说《霍比特人》《魔戒》中的一个种族。——编者注

② 大卫·科波菲尔：David Copperfield，俄罗斯犹太裔美国魔术师，被誉为古往今来最伟大的魔术师。——译者注

③ 克里斯·安吉尔：Criss Angel，街头魔术师、音乐家、艺术家。——译者注

④ 哈利·胡迪尼：Harry Houdini，美国著名魔术师、脱逃术师及特技表演者。——译者注

⑤ 1加仑（美）=3.785412升。——译者注

⑥ 1英寸=0.0254米。——译者注

视线中消失。我其实也应该去做一些收尾的准备工作，但今天晚上突然萌生了一个可怕的想法。"我可以抽空回答一两个问题。"我又说道。因为我想拖延一些时间。

迈尔斯短粗的小手摸遍了身上所有的口袋——运动上衣的、裤子的，最后终于从衬衫前面的口袋里掏出了录音设备。慌乱中，他的胳膊肘无意间撞到了幕布。瞬间，尘土纷纷扬扬，落到我刚干洗完的燕尾服上。我揉了揉鼻子，忍住了一个喷嚏。

迈尔斯按了一个按钮，机器发出了"哔"的响声。过去三天里，我一直在听这个声音。他皱起浓密的眉毛，以新闻记者的腔调说道："魔术师称，这是他人生中最重要的夜晚。不到一刻钟后，他会从烟雾中缓缓出现，登上舞台。普洛斯彼罗，有史以来最伟大的魔术师，他让一切皆有可能。此刻，他转过来对我说……"

我把手盖在录音设备上，欲言又止。"拜托，"我说，"不要问那种浮夸的问题。今天晚上真的很重要。"

观众陆续入场了。虽然我没戴手表——表演时要保证从手腕到胳膊肘什么都没有，但台下观众说话的"嗡嗡"声对我来说就是表演倒计时。我从幕布后面又偷偷看了一眼，看着那两个空座位。第一排正中间，与舞台近在咫尺，我几乎伸手就能够到。

"你怎么总盯着那里看？"迈尔斯问道，"又是那两个座位吗？提前预留好的？"

我调整了一下领结，把面前的幕布拉好。"是的。"

"是给家人留的位置？"

我重重地叹了口气，遗憾地说道："我已经好几年没有见过家人了。"

看得出来，他非常迫切地想问为什么，但他忍住了。"那这两个座位是留给谁的？"

他使劲往前够，手里的录音设备都快碰到我的嘴唇了。我往后退了一步，但他又稍稍踮起脚尖凑了过来，把录音设备递到了我嘴边。

"一些老朋友，"我回答道，"因为他们，这个夜晚才尤为重要。其实，我最早接触魔术就是因为他们。"

"你从来没有和我说过你是怎么进入魔术界的。"迈尔斯说道。

"竟然没有吗？"我百思不得其解。过去三天里，这个男人从不让我离开他的视线范围。他从各个角度看我变魔术；你能想象到的所有问题，每个问题他都至少问了五遍。我们详细地谈了我得过的奖项、那些教过我的魔术大师，还有像障眼法和魔术巧手等各种各样的魔术技巧。他怎么可能没问过我最基本的、最应该写在传记里的问题——你是怎么接触到魔术的呢？

"说来话长。"我说。

"但是大家都想听你的回答。"

我又想起了正前方那两个空座位，觉得迈尔斯说得也有道理。他们的故事应该让全世界知道。"好吧。"我顶住内心的恐惧和好奇的拉扯，不知道自己是否足够坚强到能讲完这个故事。

我想等故事讲到那部分的时候，再尝试一下那个魔法。

我忽略了观众席愈渐嘈杂的低语声，在舞台最里面发现了两把靠着墙的折叠椅。我把折叠椅打开，放到幕布后面。迈尔斯和我坐得很近，我俩的膝盖几乎要碰到一起了。我试图不去管即将被压皱的燕尾服。

"小时候，我很幸运地遇到了一个很了不起、很聪明的老人，以及一个甜美又倔强的女孩。在不知不觉间，这个老人让我明白什么才是充实而有意义的人生。我也希望，他能通过我来回忆起他自己的青年时代。那个女孩……她甚至教会我更多。"

迈尔斯的眼睛死死盯着我，下巴期待地往前伸，估计是想听我讲述一个爱情故事，给他的书增添些许情趣。但是我接下来要和他说的远远超越了简单的爱情。

"女孩叫蒂甘·罗斯·玛丽·阿瑟顿，老人叫默里·麦克布莱德。"

我开始回想一切是从哪里开始的，回想我是怎么认识这个老人的。在那时看来，第一次相遇偶然又随意，但我的人生却从此永远地改变了。

"我是在老人百岁生日那天遇见他的……"

第一章

默里·麦克布莱德

伊利诺伊州，柠檬林

二十年前

又是麦片。我都已经记不清吃了多少天麦片了。大概自珍妮去世后，我每天的早餐都是难以下咽、令人作呕的麦片。但我也不是那挑剔得顿顿都要吃最顶级鱼子酱的人，一直都不是。

我盯着那盒麦片如临大敌。我试着咀嚼、吞咽，而麦片却想凭着索然无味置我于死地。但愿我能战胜它。

今天是我的生日——一百岁大寿。这个日子除了能提醒现在的我孤苦伶仃之外，没什么意义。我没有家人，除了那个很少来看我的白眼狼孙子。我没有朋友，除了便利店那个打了鼻环的收银员——她的鼻环真的很亮，我总是忍不住盯着看。虽然没什么可吹嘘的，但我还是想把我的内科医生，也就是基顿医生，分到朋友这组来。如果我们不是朋友，他没必要坚持给我做生日体检。瞥了一眼表，我可能要迟到了。但这有什么好担心的呢？到了我这把岁数，大家不会抱有很高期望的。

我碾碎药片——只吃一颗就好，不像那些老家伙们每天要吃二十来片药。我把药末和麦片搅拌均匀，慢慢地把它们吞下去。这个过程不太光彩，但我还是在这场战斗中获胜了，所以我大概又得多活一天。我不知道别人怎么想，但至少基顿医生会对此感到开心吧。

凌晨四点我就开始梳洗穿戴。人一旦上了岁数，觉就不像以前那么多了。是不是觉得我好像说反了？我这个岁数的老人，只要愿意，应该就能睡上一整天。但我发现我可能是个特例。现在的这些小孩，正处于最绚丽多彩的人生阶段，但却像婴儿一样贪睡。有一次，我亲眼看见一个看起来十二岁左右的小伙子，睡过了整个复活节弥撒。我实在是没忍住，低声骂了几句。那天晚些时候，我去向詹姆斯牧师忏悔，可牧师只顾着哈哈大笑。我不想质疑牧师，但实话实说，我对他这个反应有点不爽。

我家和基顿医生的诊所只隔了两个街区，所以我大概半个小时就能走到那里。他们把我安排在了一个单独的房间。过了几分钟，基顿医生风风火火地进来了，他似乎很高兴见到我。他问我怎么来的，在得知我是步行过来之后，他吓得差点儿蹦起来。"只是走路而已，"我对他说，"要是有一天我连路都走不了了，那我就去见耶稣了。"

我的腿在检查台边上晃来晃去，就像我八岁、三十八岁和八十八岁时在医生办公室里那样。一切仿佛都是老样子。

"非常健康，"基顿医生重复了好几遍，"心脏就像五十五岁的人一样强壮。"

他很善良地略过了我胸腔内这对还在吃力工作的肺。要不是每天早上都就着麦片吃下碾碎的保命药片，它们早就不行了。为了满足我时不时萌生的冒险精神，我有时会准备一些吐司片和果酱。但我最近几乎没这么干过，因为工作实在多得要死。

"二十二号吧。"我不用解释，他知道我在说药的事情。其实，一年半以前我就想停药了，但我不想让基顿医生难过。我不敢去想如果当时真的停药，他会有多难受，甚至可能会把责任揽到他自己身上，怨恨自己。但我是真的想停药了。我早就知道自己活不到新世纪了。如果现在停药，也只不过是活不到1998年而已，没什么差别。

"别拿这种事情开玩笑，默里。"基顿医生说道，"你还记得吗？我们之前谈过这件事。一旦停药，液体很快就会浸满整个肺部，你会在几个小时内窒息而死。你确定这是你想要的吗？"

我真的很想给出一个让他满意的答案，可我一句话都说不出来，只是发出呼噜噜的气声，可能还偷偷放了个屁。

"工作如何？布兰登打电话来了吗？最近有没有新的拍摄任务？"基顿医生问道。

"相当多，"我说，"几周前有家灯泡公司，还有几个不同品牌的燕麦广告。还有一个，但我想不起来了。哦，洗发水。你敢相信他们居然让我去拍洗发水的广告吗？"

基顿医生正了正领带，忍住了笑意。依我看，医生在工作期间还是应该穿白大褂，这样显得正式得体一些。他盯着我脑袋侧面剩下的几缕头发，问："他们让你干什么？"

"他们想让我盯着一个头发乌黑茂密的年轻小伙看,拍了一千多张我盯着那小伙看的照片,还让我演得更'渴望'一些,就好像我多稀罕那个男人的头发似的!然后他们给了我两百美元,告诉我可以走了。要是有人想说服我去死,只用这件糟心事差不多就能让他达到目的了。"

基顿医生举起手投降了。"好了默里,别再拍洗发水广告了。但是听我说,我们给你安排了一些社交活动。你现在的身体状况非常非常好,但是……"他看我的眼神和其他人这些天看我的眼神一模一样,充满了怜悯。

"但是什么,医生?"我略带挑衅地追问他。

"已经过了多长时间了?十八个月?"

我使劲盯着地面,但眼睛还是不经意间透过双焦眼镜瞥到了那面布告栏。基顿医生在上面贴满了圣诞贺卡、婴儿照片,还有人们和自己孙子孙女的合影。这面布告栏就像一片人间圣地。在这里,病人们会和基顿医生分享生活。钉在最上面的照片,是我在世上最美丽的女人的脸颊上留下深深一吻的画面。我和我的妻子珍妮的照片就在这个标题——"当地八十年婚龄夫妇"的正下方。我用力咽了下口水,肯定是早上吃的麦片太干了。"到下周二就整整十八个月了。"

"珍妮肯定想让你开心快乐地活着,想让你有朋友陪伴。她走后,你是不是一个新朋友都没有认识?"

我走到角落里挖了挖鼻孔。我老了,根本没人在意我挖鼻孔这种事。"便利店有个收银员,"我一边说,一边研究手指上的老年斑,

"我会盯着她的鼻环看。身后排着长队时,我还会慢吞吞地清点找回来的零钱,但她还是朝我笑。现在大家怎么都不用现金了呢?"

基顿医生忽视了我提出的问题,也忽视了我这番回答。"你知道有专门给退休人员设立的组织吧?或许你可以加入他们,他们每天早晨都在麦当劳喝免费咖啡。你起床很早,七点肯定能到那儿,对吧,默里?"

七点?谁要是能让我一觉睡到七点,我要什么都行。我不知道怎么措辞才能不顺带把自己也骂了,所以干脆实话实说:"那群人实在太老了。"

我不知道这有什么可笑的,但基顿医生一直笑个不停。"那你是想和年轻人在一起?"他说,"一些心理年龄和你一样年轻的人,而非身体年龄。我理解得对吗?"

"最近我心理上也不再年轻了。"我意识到,青春真是……大脑真的不如以前灵光了。振奋,对,就是这个词,青春真是令人振奋。

基顿医生从桌子下面拿出了一个纸杯蛋糕,上面插着一根蜡烛。他点燃了蜡烛,手比我的稳多了。"这根蜡烛,献给我最喜欢的百岁老人。"

真贴心。他其实没必要为我做这些,他可以只花十五分钟给我做一个例行检查,然后去照顾排在我后面的老太婆。但我不一样,我对他来说很重要。可我还是没法使劲挤出一个微笑。

我尽可能地深吸一口气,再一鼓作气把它呼出去,但没能吹灭蜡烛。幸运的是，有几滴唾沫从我嘴里飞出去，正好落到火苗上。"青春是很久以前的事情了。"我的声音盖住了蜡烛熄灭的"咝咝"声。

话音飘到窗外，消融在夏日潮湿的空气中。空气潮湿，但也清新，因为柠檬林离芝加哥还很远，足足有二十五英里①。

"有个消息要告诉你，"基顿医生终于忍不住说了出来，"布兰登说，自从拍洗发水广告之后，你就再也没给他回过一个电话，不理经纪人是不礼貌的。而且当初是我给你俩牵的线，你现在这样让我很难做。"基顿医生看着我，就像看着一个要被罚站的小孩子："我不想当你的秘书，但他还是让我转告你，他给你找了一些别的工作，是在一个社区教育中心的美术课上做模特。这可能正是你需要的，默里，就在今天下午晚些时候。"

他递给我一张纸，上面写着大楼地址和房间号。我接过来，塞进了我衬衫前面的口袋。"我会考虑的。"

看到我这个反应，他有些不悦，身体凑过来，两个胳膊肘杵在膝盖上。"好吧，我和你直说了，默里。如果你现在还不做任何改变，那你就会这样可悲又可怜地孤独终老。"

他可真是直言不讳。我更希望他说"你这一生非常圆满"，而不是"你可悲、可怜又孤独"。这些词听着着实刺耳，但也确实激起了我的些许斗志——我很擅长解决问题。但这次的问题有点棘手：像我这样又老又没用的人，怎么可能找得到活下去的理由呢？

---

① 1英里=1609.3米=1.6093千米。——编者注

第二章

我在想下午要不要去基顿医生说的那个美术课。是的,我在非常认真地考虑这件事,但光是动脑思考就已经让我疲惫不堪了。因此,我又一次意识到,我真是一把老骨头了。可悲、可怜又孤独——这是基顿医生对我唯一正确的判断。

我不想等到二十二日了。如果这个世界不再需要我,那我也没什么可留恋的。我不知道我为什么坚持了这么久。珍妮去世的第二天我就想停药了,但当时我夹在珍妮和基顿医生中间,不能这么做。现在珍妮已经离开很久了,而基顿医生也总有一天能接受我的死亡。我只想再与她相见,但只要我还在这世上徘徊,这个愿望就无法实现。

所以,我决定去死。问题是,停药和用枪或绳子自杀不一样。我不会用枪或绳子来终结自己的生命,因为这是一种罪过。所以我还是要继续苟且到明天,等着我的身体自己走向死亡。而在此期间，我发现我应该像基顿医生说的那样做些改变。只有这样，我才能问心无愧地离开。所以我没有在家里度过剩下的时间，而是伫立在诊所门口，思考到底该如何度过我人生的最后几小时。

我当然可以选择睡上一觉，然后去那个美术课。但我一直忍不住在想基顿医生说的那些有关年轻人的事情，脑子里有了一些想法。我可以去那些孩子寻找养父母的地方，也就是过去被称作孤儿院的地方做志愿者。不过我只剩下一天的时间，做不成谁的爸爸了。况且，我第一次做爸爸时也并不是很称职。我可以去游乐场看看，这应该还不错，而且是暂时性的工作。但"老色鬼"这个词的出现也是事出有因。要是没有那些过度警惕的家长，我肯定会去。

或许我可以去医院——儿童医院。孩子们的家长都很爱他们，所以我明天不出现也没关系。而且，小患者的家长们一定需要一些帮助。他们偷偷小憩的时候也许会希望有人能来接替他们。过去我眼睛好的时候，很喜欢读书。可惜我从来没有给我的儿子们读过书，但是有时会给孙子们读。那些大大的图画书中的插图都很精美，故事也很有趣。我尤其喜欢孙子们长大之后，我给他们读《秘密花园》（*The Secret Garden*）和《福尔摩斯》（*Sherlock Holmes*）的时光，都是纯英文，没有那些新潮的词汇，也没有幼稚的叠词。

不过我是不会进病房的。我宁愿再多熬一百年，也决不进病房。现在的医院有相当不错的休闲区。有些休闲区非常宽敞，书架上摆满了书,墙上还挂了装饰画。珍妮去世前,我在医院里见到过。

我跳上了一辆途经医院的公交车。"跳"这个词可能不太准确。我不明白为什么要把台阶弄得这么高,他们以为坐公交的都是约翰尼·吉[①]吗?我撑着扶手爬到车上的时候差点儿累得没气了。我擦了一下额头,不想让别人看到我流下的汗珠,然后一屁股坐在我看到的第一个空座上。

附近坐了两个十几岁的女孩,说话声音很大,总是打断我的思路。她们甚至还说脏话,这在我那个时代是绝不可能发生的事情。我本想教训她们一顿,但想想还是算了。这是我在地球上的最后一天了,就算世界末日来了我也不在乎。

我试着忽略这两个女生,忽略公交驶过坑坑洼洼的路面时膝盖的刺痛感。你肯定觉得,我交了这么多的税,一路坐车肯定是稳稳当当的。实际上,我却要在公交车上忍受膝盖钻心的疼痛。市议会根本就是烂泥扶不上墙,选出来的都是些什么议会代表啊?!终于到医院了,我直接走进大门,前臂抵住咨询台,努力让自己看起来自在随意,但实际上我已经筋疲力尽了。

"心脏科病房怎么走?"我问咨询台里面的年轻护士。她可能岁数不小了,但还是比我年轻多了。

"心内科病房在六楼。"她看了我一眼,就好像在说,你竟

[①] 约翰尼·吉:John Gee,身高约 2.06 米,是美国职业棒球大联盟最高的球员。——译者注

然不知道它已经不叫心脏科病房了吗?

我其实知道,只是不在乎而已。

我坐电梯到六楼的心脏科病房,走进一个房间。墙上挂着一些画,画上是起伏的山脉,书架上塞满了书,和我之前预想的一样。我其实没有什么计划,但我看到屋子最里面有个小男孩,看起来五六岁的样子,正在电视前玩电子游戏。这绝对是我见过的最大的电视,足足有两英尺[①]宽。

小男孩窝在懒人沙发里,腿张开呈"人"字形,看样子好像已经在这儿待了很久了。我慢慢走近,发现他没有在玩游戏,只是身体朝着屏幕而已。他的眼睛和嘴巴都半张着,下巴上还挂着些口水。手里的氧气面罩就在离嘴唇几英寸远的地方,仿佛他在呼吸间进入了梦乡。我本来想,就让他这么睡着吧。但考虑到这是我的最后一天了,得抓紧时间做点什么。

"玩什么呢?"我问道。

他突然惊醒,吸了吸嘴角的口水,然后伸长脖子,用他棕色瞳孔的大眼睛打量我。眼睛很正常,但他身体的其他地方……我想不出一个恰当的词来形容,或许是"干瘪"吧,就像泄了气的轮胎。他的皮肤看起来发青,吸了一口氧气后似乎变白了些,但也可能是因为我眼睛有白内障。他的面容让我感觉他的实际年龄比我想象的要大一些。虽然窝在了懒人沙发里,但还是能看出来

---

① 1 英尺 =0.3048 米。

他个子很矮。

"哇哦！"他说道。他外表看起来十分虚弱，腿有点浮肿，还有眼袋，但他的声音出乎意料地有活力。我还没来得及反应，他就拿起米白色地毯上的一个塑料遥控器朝我扔了过来。遥控器先是在我胸口弹了一下，然后"啪"的一声掉到地板上。很久很久以前，它还飞在半空的时候就能被我接住，但那已经过了太久了。男孩的视线从地上的遥控器转到我身上："哥们儿，来吧！一个人玩太没劲了。我需要有人帮我分散外星人的注意力。"

"我不叫'哥们儿'，"我说，"叫我默里·麦克布莱德先生。"他歪着头，阳光透过病号服的空隙落在他胸前的一条疤痕上。由此我推测出两点：第一，这个孩子对心脏科病房非常熟悉；第二，他的身体一出生就不太好。我慢慢坐到他旁边的那个懒人沙发里，捡起了地上的遥控器。不知道一会儿我该怎么站起来，但船到桥头自然直，一会儿再说。"这是个游戏吗？"我问。

他"噗嗤"一声，就好像我的问题多好笑似的。对，我就是一个喜剧演员。

"全能神和吸血外星人。"他说道，"去年的版本。"

这不像是个答案，至少，我有点不理解这是什么意思。但在过去的这些年里，我锻炼出一项技能——如果遇到不懂的东西，我随便嘟囔几句，这事儿也就这么过去了。虽然最初这会让我觉得我活在这个世上根本没有意义，就算离开了，也根本没人会在意。

好吧，我承认，即使到了现在，我还是会有这种感觉。

我拿起遥控器，试着搞清楚所有的按钮和摇杆。这上面竟然没有掷骰游戏。电视上有动静了，而我只能看着。

"快快快。"男孩小声说。他比我一开始想的要活泼一些。当然，他的体力肯定不止是让他在懒人沙发里流着口水睡觉。

我大概能看出来这是某种搭房子的游戏。男孩操控遥控器上的摇杆，电视上的小人儿随即开始搭棚子之类的东西。金色圆圈和银色旗子从屏幕两端飞出来，然后不知道怎么就落在他的小人儿身上随即消失了。而屏幕里一动不动地站着的那个小人儿，代表的一定是我，因为我和它一样，就在这儿一动不动的。

一个巨大的宇宙飞船从屏幕上方掉落下来的时候，男孩喊得更大声了："快快快快……耶！快看，那个外星人把你的大脑吸出来了！天！我太爱这个游戏了。"

他的眼睛突然肿了起来，他抓起身边放在地上的氧气面罩，把它卡在嘴上。面罩上的雾气起了又散，重复了几次。这样深呼吸几次后，他的眼睛慢慢恢复正常，面色也红润了一些，而面罩被他扔到了一边，好像是什么无所谓的东西。他又拿起了遥控器继续玩游戏，仿佛刚刚什么都没有发生。

从他吸氧前的反应来看，他刚才的成绩肯定不错。而我的角色，坐在地上，头被掰到了一边，一个看着像外星人的角色在啃它的头发。电视机发出让人毛骨悚然的"咯咯咯"的笑声，接着，我的角色脑袋直接被劈开，里面的脑浆喷射而出，溅了满地。

"你这么小的孩子,不该看这么血腥的东西。"我说。

"我没有看啊,我在玩游戏。"他说道,"而且我都十岁了,不是小孩子了。"

十岁?他个子看起来这么小,我还以为他只有五六岁。他现在动了动,换了个姿势,十岁也还说得过去。但他看起来确实很小,小得几乎不正常。我或许不应该太苛责这样的孩子。

"那,你是怎么玩的?"我问道。

"就建东西啊。"他一边说着一边重新开了一局游戏。

"建东西?你是说房子、教堂和邮局?"

"我的天啊!哥们儿,你是哪个年代穿越过来的? 1986 年吗?"又叫我哥们儿,我本来想训他一顿,但看到他又在摸索氧气面罩,便没忍心骂他。他眼睛一直盯着屏幕,所以手一直摸不到面罩,总是差了那么几英寸。我靠过去,帮他把手放在面罩上。戴上后他顺畅地喘了几口气,然后又像刚才那样随意一扔。氧气面罩撞到了金属滚轮上架着的氧气罐——就像一个滑轮行李箱——然后弹到了地毯上。"你得建一些防空洞、安全屋,还有方便射击的堡垒。"他说。

"为什么?"

男孩暂停了游戏,把脸埋进手里,然后又把手从脸上拉下来,手指划过了他眼睛周围肿胀的地方。"哥们儿!因为有外星人啊!"

我肯定还是一脸懵懂的样子。因为他现在放下了手里的遥控器，把懒人沙发转过来面向我，表情很严肃，好像要做一场多高深的演讲似的。

"我们是全能神，明白吗？但是我们一开始不是。我们得搭建一些建筑来保证自己的安全，还得囤足够的武器装备，这样外星人进攻的时候，我们就可以反击了。明白了？"

我觉得这简直是小菜一碟："怎么才能赢？"

"你得建一个可以持续发展的城市，让人口多起来，然后把外星人炸飞。"

"为什么不一开始就把他们炸飞？然后你就可以专心致志地建你的城市了。"

男孩拍了一下自己的额头，说道："上帝啊！哥们儿，你真的什么都不懂吗？"

"听着，你不能这么和我说话，也不能乱叫主的名字。你父母没教过你要尊重长辈吗？"

不知道是因为提到了他的父母，还是因为我的斥责，男孩的态度瞬间变了。"对不起。"他向我道歉。我们沉默地坐了一会儿。我有点自责，刚刚竟然对一个心脏科病房的病人大喊大叫，而且他连呼吸都很吃力，我实在是太明白那种怎么都喘不上气的感觉了。"妈妈和我说过同样的话，"他说，"要'尊重长辈'。但这词到底是什么意思？"

不知道他听了多少遍这个完全不懂的词。

"意思是，你要懂礼貌，称呼要正式一些，比如'先生'。"

他的嘴撇了下来，好像吃到了很酸的东西一样。我猜他不太喜欢"尊重长辈"的真正含义。我知道我要坚定自己的立场，但实在不忍心看他那副难过的表情。他又吸了一口氧，好了，我现在完全动摇了——也许是因为看到他把面罩歪歪扭扭地扣到脸上，直到和脸颊完全贴合，又或许是他吸氧前眼神呆滞的样子。不管是因为什么，我真的忍不住开始心疼这个孩子了。

"你怎么知道外星人什么时候会进攻？"我问。

他耸了耸肩："你做傻事的时候。"

"比如？"

"比如，花光所有金币去买枪支弹药。外星人要是发现你在囤弹药，会把弹药库炸得连渣都不剩，或者从飞船上下来啃你的脑袋。但有时候，就算你没有做错任何事，他们还是会无缘无故地攻击你。这就很烦人了。你准备好了吗？我们再玩一局？"

我还没回答，他就又重开了一局游戏。这次我胡乱地按了遥控器上的几个按钮，但我的角色还是没动，至少我没看出来它动了。男孩在我旁边小声地笑了起来。

"天啊，哥们儿。"他小声说。

外星人的飞船又来了，很快就杀死了我的角色。男孩整个身体开始有点痉挛似的发抖，他的一举一动都让我担心得不得了。他会伤到自己吗？他还能呼吸吗？电视里，他的角色正和外星人来来回回地对打。就在这时，有人从电梯那边大喊了一声。

"杰森，你可以出院了，走吧。"一个体格健壮、三十来岁的中年男子从电梯里探出身，挡着电梯门。我在原地都能从言语中感受到他中气十足，同时也感受到他的紧张和给人的压迫感，好像开董事会要迟到了似的。"现在，立刻。"这是个命令，体现出他有些许的不成熟。这在现代社会很常见，但我那个年代的人绝不会这样做。他也许是喝醉了。"看起来，你妈妈觉得她的工作比我的更重要……"

电梯门开始发出"哔哔"的响声。我抱有一丝希望，因为男孩还是在玩游戏，一直没有回应他。但这个男人风一般地走过来，在男孩把遥控器高举过头转圈的时候，一把抓住了男孩的衣服。杰森，这个男的刚才好像是这么叫他的。

"好，我走，你先松开我。"杰森说。他爸爸没再管他，杰森也放弃了挣扎，把带滚轮的氧气装置拉到他身后。珍妮以前也用了几周类似的东西，但后来就不得不卧床休养了。她用的是轻松呼吸牌的呼吸机，杰森的这款像是二代产品。

他和他爸爸并排走着，他肩膀很低，像驼背了似的，一个人拖着身后的呼吸机。他爸爸急匆匆地按了电梯的下行按钮，电梯门向两边滑开。他们刚走进电梯，杰森突然喊道："等一下！爸爸，等等！我忘了点东西！"

"下次再来拿。"电梯门要关了。

杰森上面只穿了一件病号服，下面穿了条运动短裤。他又拉又拽，想从电梯里跑出来。通常情况下，我不赞成孩子和爸爸对着干，但是现在这个情景，我却忍不住打心底里希望杰森赢。我要是能年轻四十岁，肯定会径直走过去把男孩从他爸爸身边带走。也许我作为一个陌生人不应该这么做，甚至这可能是违法的行为。但我这辈子学会了一件事——正确和合法不一定总是画等号的。当人们面临选择的时候，应该做正确的事情。当然，这是一个活了太多年月的人的想法，我可没号召大家这么干。

小男孩的眼睛一直盯着我。好吧，这一点我其实并不确定，反正看样子他是在看我。我以前视力相当好，甚至能看到时速八十五英里的弧线球不停旋转的接缝。但我现在老了，脖子上得时常挂副双焦眼镜。戴上眼镜后，我发现他其实不是在看我，而是在看我附近的什么东西，大概在电视机或懒人沙发的位置。

"求你了，爸爸！"他叫道。电梯门缓缓合拢，他的声音听起来越来越远。

看着眼前发生的这一切，我决定做点什么。但是现在世界发展得太快了，我都还没来得及迈出一步，电梯早就下去了。

下去了也挺好。我刚一站起来，头晕得就像坐过山车一样。我试着坐回懒人沙发里，或者说，倒在里面。很幸运，我软着陆了。我捡起杰森刚才用的遥控器，当时他爸爸正要把他扛走。然后我发现了一张皱巴巴的小纸片，就在他那个懒人沙发的正前方。我突然意识到，他爸爸把他带走的时候，他盯着的不是电视机。刚才他是想回来把这张小纸片拿走。

我在想，要不就把纸片留在这儿吧，说不定他爸爸会回心转意让杰森回来拿东西。又或者，说不定会有清洁工发现这张纸片，而且知道它是杰森的,也知道它对杰森来说很重要。但是万一事情没有这么发展……万一有人以为它是废纸,然后转身扔进垃圾桶了呢?

我的手脚早就不灵活了。我花了整整一分钟的时间才把这张皱巴巴的纸完全展开。这是一张便利贴,背面有黏糊糊的胶,把它一层层展开实在太费劲了。但我还是把它打开了。看了纸上的字,我这颗饱经沧桑的心都要碎了。

在心脏停跳、去见上帝之前,我想做的五件事:
亲一个女孩(亲嘴)
在职业棒球大联盟的体育场打出本垒打
成为超级英雄
给妈妈找个不错的男朋友
会真正的魔法

了不起的杰森·卡什曼留

刚看到这五个愿望的时候,我甚至怀疑他连一个都完不成。我不知道他这个病以后会如何,但从目前的状况看,如果不及时吸氧的话,我觉得他可能坚持不了多久。而且这五个愿望里,似乎只有亲女孩这个是有可能实现的。也许他可以给他妈妈找个男朋友,但感觉这也有点难办。

孩子当然是可以有愿望的。我忍不住想,如果生在同一个时代，我们一定可以成为朋友。小时候，我最会许愿了。虽然我都这么大岁数了，还是记得自己爱许愿。

　　这些回忆带给我一丝希望。在我魅力四射的青年时期，我总是对未来充满憧憬，感觉一切皆有可能。不只是有可能，而且是确信它一定会发生。我内心深处知道，愿望一定会实现。

　　因为这个孩子，这么多年来我第一次再度感觉到年轻时那股充满希望、充满无限可能的火花又复燃了。我忍不住地想，至少我发自内心地希望，这张清单上的每一件事，都会因他而成真。

　　我当即下定决心要帮他实现愿望。我要继续吃药，再坚持一阵子。如果男孩去世前没能完成这些愿望的话，我的内心将永远无法平静。现在，这些不只是他的愿望了，也是我的愿望。

　　要不是卡在这个懒人沙发里起不来，我肯定会找个电话，立刻告诉基顿医生这个好消息：他最喜欢的百岁老人找到活着的理由了。

第三章

现在的世界和我年轻时大不相同了。以前，如果想保护一个男孩，想帮他一把，我可以直接去敲他家的大门，然后和他父亲谈谈。但现在这个世界变得太疯狂了。我要是用这一招，可能直接就被关进监狱了。哪怕是为了我兜里装着的杰森的愿望清单，我也必须找到他。

我坐公交车回到家，思考了一下这件事。现在是上午十一点，距离我起床已经有七个小时了。我感觉有点饿了，所以犒劳了自己一顿生日午餐：加热过的男厨牌[1]罐头。是的，我就吃这些，只不过是吃哪种的问题。意大利方形饺还是意大利面呢？今天吃方形饺吧。火候要是正合适的话，搁在炉子上，罐头慢慢就会热乎了，红色的酱汁开始冒泡，但也不会太烫。有的人可能觉得有些

---

[1] 男厨牌：知名的意大利食物品牌，以罐装食品为主。——译者注

寒酸，但我向来不是什么要求很高的人：那辆国产的皮卡货车，我开了二十五年；在我十五年的职业生涯中，一直用的同一副罗林斯棒球手套；最近一次给自己买新衣服还是在1989年，但我时不时会买一身新内衣——这还要多亏那个药片，就是它害得我总是尿床。我可能又得坐公交车去服装店了，或者让钱斯开车带我过去。

门铃响了，我蹭着地，慢慢走过去，透过猫眼往外看了看。就好像是我的意念把他召唤来了似的，钱斯浅蓝色的眼睛正从一英尺远的地方回看着我。他让我想起了另一个能证明我专一且忠诚的经历——我和妻子结婚八十年，从来没有想过找别的女人。其实，一个人只要正直，一切困难都可以克服。

"爷爷，"我打开门时，钱斯说道，"你气色不错。我能进去吗？"

我不喜欢这种突然的来访，我觉得应该尊重别人的隐私。但钱斯声称这么做是为了我好，偶尔需要有人来看看我。可我却觉得，就算我突然一命呜呼，也没有人会伤心难过，所以来不来人又有什么关系呢？当然，如果钱斯真的是因为在乎我才来看我，我想我可能会对他又多一些感激。

"现在还不到中午呢，"我说，"你怎么没上班？"

我还没来得及让他赶紧回家找自己的第三任老婆，别来烦我，他就无所谓地朝我摆了摆手，然后进到了我的客厅。他一只胳膊环抱着一箱子东西，像是带给我的。这不是什么稀奇事。可能表面上看起来他对我很好，但我并不感激他。他第二任老婆的爸爸去世之后，他带了一箱子岳父的旧衣服过来。最后，我就留下了两件衬衫，剩下的全都捐出去了。天知道他为什么觉得我会要那种上面写着迪士尼魔法王国（Disney World's Magic Kingdom）和想做就做（Just Do It①）的T恤，有一件甚至连袖子都没了。

他脱下西装外套，松了松领带，看起来打算在这儿多待上几分钟。他用手抓了抓他的棕色鬈发，似乎在炫耀他那一头茂密的秀发。而我耳朵里长出来的毛比我头上的头发还多，这让我有些不爽。我本打算一直站着，这样他就能知道我希望他赶快走人，但我的膝盖疼得要命，所以我还是坐在了沙发上。他坐在我对面的躺椅上，箱子在他脚边，我们仿佛是一个幸福快乐的家庭。

"什么糊了？"他说道。

我瞥了一眼壁炉，但我有十多年没生火了，因为我根本蹲不下去。一缕烟从厨房里飘出来，烟雾报警器也突然响了起来。"该死的②。"我骂了一句。钱斯也不是小孩了，他甚至能在我面前骂出比这更糟的话。我不确定下次去见詹姆斯牧师的时候，要不要把刚才这个词也加到我的忏悔清单上。

"坐着吧爷爷，我来处理。"

我不想说谎，看着钱斯轻轻松松地小跑进厨房，我真的有点

---

① Just Do It：耐克品牌的广告语。——译者注

② 原文为Dadgommit，是非常隐晦的詈语。将da和go对调，即为Goddammit（Goddamnit）。——译者注

嫉妒。虽然我已经在努力了,但我竟然还没能把屁股从沙发上抬起来。我听到他骂骂咧咧的,然后是水龙头的流水声,还有冷热水接触的"咝咝"声。刺耳的刮擦声告诉我,他应该是把我的方形饺直接倒进了下水道。他本来至少能救回我的午饭。

"爷爷,看。"钱斯用洗碗布把手擦干,一边说一边大步走进来,"这就是为什么我们要把你送到养老院。你一个人住在这儿不安全。我怎么都想不通,你为什么想待在这个破地方?!"

看在上帝的面子上,我使劲把骂他的话咽了下去:"你不懂。"

"说来听听。"

他嘴上这么说,但语气听起来却十分倨傲自大,所以我没回答他。我不会告诉他,我坚守在这里是因为这里到处都充满了珍妮的回忆,虽然她已经不在了。这个房子要是没了,那她所有的过去,我们在一起的所有回忆,也会一并消失。那她除了在我的脑海里,就好像从未存在过,而我的脑子也不像以前那么清醒了。钱斯的脑袋歪到一边,好像知道我在想什么似的。

"你就算一直待在这儿,她也没办法回来了,爷爷。"

"嗯,那么,祝你生日快乐,因为今天也是你的生日。还是你根本不记得这事了?"

钱斯把领带全都扯了下来:"我当然没忘,爷爷。不然我为什么来这里呢?"他说话的时候没有看着我的眼睛,这反映了一些问题。

"好吧,你觉得这样合适吗?"我说,"今天是我的第一百个生日，但世上唯一一个和我有血缘关系的人居然都不记得，你来就是为了让我滚出自己的房子。"

"不是这样的。就算我是为了让你离开这里，但你把我说得好像很自私一样。我之前说要花钱给你找一个看护中心，记得吧？那些养老院不是免费的，你难道不知道吗？我得付给他们自己辛辛苦苦赚的血汗钱。"

"你拿好你的臭钱，我还是住在我这套房子里。"

又是钱斯和他的钱。他总是说他工作多么辛苦，他赚了多少钱。但是我注意到他看我那些旧棒球装备的眼神——它们就好像接下来要被卖到附近当铺的商品一样。

他环顾我的房子，和先前的每一次一样，仔仔细细地审视了一圈。他的目光停留在壁炉架子上一张已经褪色的珍妮的照片上，不知道这是否让他想起了他的第一任妻子，他为了一个年轻漂亮的小东西抛弃了她；又或者是否让他想起了他的第二任妻子，他为了更年轻更漂亮的现任妻子而抛弃了她。但他的目光又转移到我最喜欢的棒球手套上——陪我走过整个职业生涯的那副手套。他戴上之后，往自己掌心打了两拳，就跟手套是他的似的。

"真可惜，你没赶上自由球员制的时代。"他说了不下二十遍了，"这些天，他们可是赚翻了。"

"我从来都不需要赚什么大钱，我打棒球是因为我喜欢，珍妮喜欢，孩子——也就是你爸爸——也喜欢。这就够了。"

"好吧，"钱斯丝毫不掩饰他的反感，"但他们现在全都不在了,仅仅凭借热爱似乎已经不够了。"

他盯着我的手套,掌心开了又合,好像在适应它们。我能读懂他现在的眼神。我在世上唯一的亲人,正盯着我视若珍宝的东西,他很可能正在想这副手套在我死后能卖多少钱。我咬到了舌头,尝到了一丝血腥味。当然,这其实很轻松。我这副老旧的躯体,皮肤看起来像皮革一样,但实际却像沾了水的纸巾一样容易撕裂。钱斯似乎已经把我给忘了,直到他四处飘忽的眼神落在他脚边的箱子上。

"哦!"他说道,"你看,我没忘记你的生日,我还给你带了个礼物呢。"他又一次从沙发上蹦起来,可我根本不想看他。他不知道他敏捷的身手会让我多么怀念年轻时的日子。他把盒子递过来,但我没有站起身来接,他就直接把盒子放在了我身边的沙发上。"打开它,爷爷。"

我阴着脸,盯着这个盒子,纸板盖已经破了,几根包装带也松松垮垮地耷拉着。纸箱边上潦草地写了三个不同的名字和地址,都用记号笔划掉了,一个比一个划得潦草。但要是听钱斯的描述,你会以为纸箱外面包着写有"生日快乐"的包装纸,还系了一个漂亮的小蝴蝶结。

事实证明,我甚至根本不用打开它。我把纸箱从沙发上拿起来的时候,只有箱子跟着我的手起来了。一个笨重的电子设备直接从箱子底漏了出来,侧着落在了沙发上,差点儿掉在地上。这东西连个包装袋都没有。

"这是什么?"

"爷爷,这是个电邮机。和电脑比起来,老人们更愿意用这个,因为这个操作起来更简单。从技术方面讲,我猜它其实也是电脑,但是它只有电子邮件的功能,所以很容易上手。我觉得你可以用它给……不管是谁,发电子邮件。你得与时俱进,知道吧?"

钱斯知道我对与时俱进没什么兴趣,他也知道我根本搞不懂这个破机器是干什么用的。虽然我搞不懂这个破玩意儿,但我知道我不喜欢他说话的语气。我可能有时候听不懂他说的话是什么意思,但还是能听出来他在嘲笑我。

"我不需要这玩意儿。"我说道。

钱斯看起来相当惊讶,这让我不由得怀疑了几秒,这个机器也许真的是他特意带给我的生日礼物? 在他的黑色头发和长下巴的映衬下,他的眼睛足足瞪得有两倍大,显得更亮、更蓝了。"好吧,爷爷。这东西随你处置了,我只是不想要它了。我和简宁正在清理我们的储藏室,想着你可能会喜欢这个机器。"

我就知道。这下真相大白了。

"你走吧。"我说,"除非你还有别的话要对我说。"

"你真的是个倔老头。以前你不是这样的。"我们四目相对,盯着对方,几秒钟后,我看到他眼里的厌恶变成了沮丧。我得替他解释一下,他只是一点都不了解我。相信我,这是相互的,是两个人共同的问题。我和我儿子们从来都不会这样的。

好吧,也许我和他们之间也是这样。但我和珍妮觉得让孩子们学会独立很重要。因为经济大萧条时代已经充分展示了生活到底会有多糟糕,所以我们告诉孩子们要努力工作,要接受教育,要自己赚钱养家,不要依赖任何人,包括父母。现在我不禁在想,或许我应该花更多时间去表达我有多爱他们。如果我这么做了,他们也许就不会和自己的孩子这么疏远了。

我现在就应该告诉钱斯我爱他,这也是为了我和孩子之间的情感缺失赎罪。但我还没来得及开口,钱斯的手就随意地在空中挥舞了几下,好像我根本不配接受他正儿八经的示弱一样。"好吧,爷爷。如果你真的要这样,那我走。但是这个电邮机……我还是劝你搬出这个破地方……你知道我都是为了你好。"

他抓起领带和西装外套,在快走到门口的时候停住了:"爷爷,你这样真的让我很伤心。"他看起来欲言又止。我也想说些什么,比如一些充满爱意和安慰的话语,一些能让我们团聚在一起的东西。但我脑子里出现的词怎么都说不出口,而当我意识到的时候,这个恰当的时机已经过去了。钱斯摇了摇头,把西装外套甩到肩头,沿着门廊走出去,仿佛把所有烦恼都抛之脑后。

我拿着他那个该死的电邮机走进厨房,打开垃圾箱的盖子,"哐啷"一声把它扔了进去。

第四章

看到钱斯的那辆拉风的进口车消失在街角转弯处时,那种作为父亲的失败感又一次刺痛了我。我以前是那么的疏离、古板,最关键的是,一切都为时已晚了。当我意识到我失去了亲情的时候,孩子们都已经长大了。我猜这也影响到了下一代。就像球员们大获全胜后,朝教练们扔巨无霸水壶一样,所有的事情都一团糟。

我有点想拉下百叶窗,闭上眼睛小憩一会儿,而且希望永远都不再醒来。但是我突然想到了那个孩子和他的愿望清单。我把纸条从我衬衫的口袋里拿出来,又读了一遍。我实在不明白自己这是在干什么,为什么要和我那贪婪的孙子浪费时间。我现在唯一想做的是把这个清单还给小男孩。如果可以,我还想帮他完成清单上的几个愿望。

那么,这就是我决定要做的事情。

我摸了摸挂在脖子上的双焦眼镜,穿上鞋,戴上软呢帽,走出房门。我又回到了这个世界。我在第五大道的拐角处左转，爬上圣约瑟夫教堂前的石阶，移动的速度就像一只患了关节炎的乌龟。最近我的皮肤看起来也很像爬行动物的皮，以前圆鼓鼓的都是肌肉的地方，现在却皱巴巴的，只剩下一层皮耷拉在那儿。这个变化发生得实在太慢，我甚至一直都没有察觉。直到有一天，我低头一看，小臂像毛巾挂在晾衣架上一样松松垮垮"悬挂"在手肘上，我吓了一跳，还以为自己得了什么病。后来我才意识到，我只是老了。

我站在教堂里，淡淡的熏香味直冲鼻子，就像被一个快球打中了肋骨一样的感觉。我闭上眼睛，感觉她就在那里。十九岁的她，全世界最美丽的新娘，当时正要嫁给一个蠢货，并将带给他他所能想象到的最好的八十年时光。我试着把这些回忆和情感都埋在心底，但我永远都不知道它们什么时候会突然冒出来。你可能会觉得，我在家准备好回忆往事的时候，它们更可能会涌上心头。有时我甚至会提前做一些准备工作——确定周围只有我一个人，然后再拿出一盒抽纸。但是每每当我准备好了，这种浓烈的情感却从来都不会光顾。但是当我在便利店排队，或在球场本垒板后面的第三排坐着想事情的时候，它都会出其不意地涌上心头。我甚至还没反应过来，就已经哭得像个婴儿一样。我怀念我的新娘，胜过怀念生命本身。

"默里，是你吗？"

我擦干了眼泪，清了清嗓子。真不希望这么容易就被认出来。我用手背擦了擦鼻子，又吸了一下鼻涕，然后像往常一样坐在了后面的长椅上。詹姆斯牧师也坐了下来，但坐在与我隔了几排的前面的长椅上，他知道我喜欢这样。

"我以为你得再过几个小时才来。"

"嗯，"我说道，"还会再来的。我这次不是来忏悔的，是我遇到了一个小问题。"

我告诉牧师，基顿医生说我可怜又孤独、我去医院的经历，还有男孩杰森。然后我把那张纸条递给了他，牧师一如往常地慢慢点了点头。虽然我在漫无目的地东拉西扯，但他也没有催促我让我赶紧说完。现在的年轻人里很少有像他这么沉稳的，大多都浮躁得要命。这可能就是他能够让一头茂密的头发和长长的胡须保持乌黑锃亮的原因，也非常符合他牧师的形象。

"所以你是想帮他实现他最后的愿望？"詹姆斯牧师在我说完之后问道。

"是的。牧师，这个孩子身上的某种东西触动了我。"

"是什么东西呢？"

我看着祭坛后面被钉在十字架上的基督，思考了一会儿："不公平，就是这个触动了我。那孩子不应该有一个那样对待他的父亲。他这个年纪的小孩也不该有心脏病。为什么上帝让我健健康康地活了一百年，却让那孩子得心脏病呢？"

"你知道的，默里，对于这个问题，我没有答案。"

如果说我不喜欢詹姆斯牧师，那就是因为这个，他总是说他什么都不知道。信仰一个事物需要坚强的信念，因为我们普通人肯定无法知晓上帝想要什么、打算怎么做，或者有什么计划。但我觉得牧师应该知道这些。我和他聊过，但他只是笑笑，然后说了些乱七八糟有关谦逊的东西。

"你为什么觉得你能帮这个男孩？"詹姆斯牧师问，"我想用不着我来提醒你，你已经不是个年轻人了，默里。而且他这些愿望有的确实……很难，况且他现在已经病得这么重了。"他把那张清单一巴掌拍在大腿上，就好像他能有计可施似的："你真的认为你是这事的合适人选吗？"

牧师也许是对的。我太老了，也太没用了，几个小时前我甚至还计划着明天停药自杀。但男孩的爸爸把他拽走时他脸上的神情总在我脑海里挥之不去，即便是回家吃男厨罐头也不能让我忘记这一幕。如果我好好干，也许我能给杰森一些我没能给予我的孩子们的东西——扮演一个真正的爸爸的角色，我会明明白白地告诉他，他有多重要。

"我可以，"我说，"我还是挺有干劲的。"

牧师看着我，和基顿医生有时看我的眼神一模一样。这眼神看起来就像我刚在葬礼上讲了个笑话，他不该笑，但实在又忍俊不禁。

"那好吧。"他说，"或许你应该联系一下他。"

长椅"嘎吱嘎吱"的响声回荡在空旷的教堂里。

"确实应该，但是我不知道他的地址和电话。"

"跟我来，我也许能帮你。"牧师说。

牧师知道我岁数大了，放慢步伐来迁就我，速度就像糖浆沿着梅森罐的玻璃壁缓缓滴落一样。我起身跟着他来到教堂前方，穿过侧面的门。我应该算不上去过教堂后面，至少我没在里面待上很久。我小时候做过辅祭，但已经是很久很久以前了。当时我们对这个工作一无所知，因为全都是拉丁文。虽然我一点都不懂，但是我守口如瓶，什么也不说。因为如果我坦白说我不懂，就会挨父亲的鞭子。

詹姆斯牧师带着我穿过了走廊，比我知道的教堂还要远一些。我们来到了他们办公的地方，他朝一个正在伏案工作的女士挥了挥手。我很好奇，教堂里有什么工作是需要女士坐在桌前做的。

"就是这儿了。"牧师说着，坐在了一把看起来很舒服的椅子上。他翻看着一本电话簿，然后锁定了目光。他拿起电话，拨了个号码。不一会儿，他开始和电话那边的人聊天："玛莎！我是詹姆斯·冈萨雷斯牧师，圣乔教堂的那……我很好，谢谢，你怎么样？我听说你最近有些好消息。"

他们像这样聊了一阵子，就像是在走什么流程。现在好多人都太看重利益了，切入主题之前甚至都没时间嘘寒问暖一番。但牧师不这样，他和电话那边的人聊了几分钟，其间聊到了未出生的孩子，上周下雷阵雨时夹杂的冰雹，还有教堂里新改造的教区。我走神了一会儿，看起了墙上的十字架，还有牧师桌子上摆着的照片——年轻的詹姆斯牧师，身边的一定是他的父母。还有一张圣母玛利亚的卡片，看上去像是从葬礼上带回来的，上面写着"安息"这个词,还有一些经文。当听到牧师说到杰森的名字时,我才又把注意力集中到他们的谈话上。

"没错,"他说,"卡什曼。卡车的卡,什锦的什,曼妙的曼。对,听起来像钱[1]……哦,什么都行,比如电话号码。电子邮箱也可以,如果他有的话。现在的孩子们都很……真的吗?那太好了!太感谢你了,玛莎,咱们回头再聊。"

牧师挂了电话,朝我笑了笑:"我在医院里有熟人,好消息是,你要找的这位杰森·卡什曼有电子邮箱。看来这小孩还挺潮。"

他面向电脑,拿着什么东西晃了晃——之前听人管它叫鼠标——屏幕亮起来了,然后他敲了几下键盘上的按键。这是我所知道的有关电脑的全部知识了:鼠标、键盘、按键。我也根本不需要知道别的,现在所有人都说电脑至关重要,但是我不这么觉得。我一百年来从没用过电脑,还不是过得好好的。我从来也没饿着肚子、没和妻子离婚,也没拖欠过抵押贷款。

"好了。"牧师又敲了键盘上的几个字母,然后从椅子上站起来,示意我过来,"你可以坐在这儿给这个男孩写信了。"

"信?在这个机器上?怎么可能?"

"就像我刚才说的,他有电邮。"

"电邮?"

"它是电子产品,所以叫电邮,需要靠因特网工作。你知道

---

[1] 男孩的姓氏是 Cashman,在英文中 cash 有现金的意思。——译者注

因特网吧?"

"听过这个词。"

詹姆斯牧师突然放声大笑。我真搞不懂他奇怪的笑点。他一边示意我坐到椅子上,一边说:"敲一封信出来就好,我会把它发给男孩的。"

"信?写什么?"

"你自己决定。先在'主题'一栏写点东西,然后想写什么就写什么。"

我不确定要写什么,写我想帮他完成清单上的愿望?这来自一个陌生人,可能会显得有点奇怪。但那把椅子看上去确实很吸引人,所以我慢慢坐下来,盯着键盘。所有字母都在键盘上,我得花点时间才能找到那个正确的字母。珍妮以前有个打字机,所以这对我来说并不陌生。我按下了几个字母,然后开始连词成句。

收件人:jasoncashmanrules@aol.com

发件人:FatherJamesGonzolez@hotmail.com

主题:我今天见过你,我们还一起在电视上玩了游戏,而且你赢了。我这里有属于你的东西,应该归还于你

亲爱的杰森·卡什曼:

我是默里·麦克布莱德,你可以叫我麦克布莱德先生。今天我们在医院见过。我拿到了你的清单,想尽快还给你。

> *祝好，*
>
> *默里·麦克布莱德*

"很好，"牧师的声音从我肩膀上方传来，"写这封信只花了二十来分钟。"他咯咯地笑着，好像刚才说的话很搞笑似的。他眯着眼睛看了看屏幕，说道："主题通常会稍微短一些，不过也没关系。现在我们发送邮件就可以了。"他又按了鼠标上的什么东西，然后电脑发出了奇怪的声音。

坐在电脑前，不用纸和笔，就能给别人写封信。这感觉怪怪的，不太合乎常理。我往后推了推椅子，想站起来，可是这破膝盖突然像被针扎了一样，疼得我忍不住叫出了声。

"不着急，默里。"牧师说道，"你想坐多久就坐多久。"

我的膝盖确实疼得厉害，但我也不打算继续坐在这儿让牧师怜悯我。"那现在要干什么？"我说。

"他也许会回信。"

"我还没给他寄过去呢，他怎么可能会回信？"

"你已经寄给他了，你给他发了电子邮件呀！"

"怎么发的？我连他的地址都不知道。"

"默里，你有他的电子邮箱，记得吗？你家里有电脑吗？"

"不算是有。"

"不算是，这是什么意思？你家要不就有电脑，要不就没有。"

"钱斯扔给我一个像是电脑的东西,但又不是真的电脑,好像叫什么邮件机器。"

"电邮机吗?"牧师问道,"那太好了。它其实是电脑,但只用来收发电子邮件。你可以用那个机器给杰森写信。"

"我都和你说过了,我没有他的地址。"

"但是你有他的邮箱地址啊,默里。还是不懂吗?它是电……哦,快看!他已经回复了。"

他指着电脑屏幕,俯下身又点了点鼠标,一个小小的页面变大了一些。然后我读了这封信:

发至:FatherJamesGonzolez@hotmail.com
来自:jasoncashmanrules@aol.com
主题:我的天!

我的天!哥们儿,你酷毙了!我没想把它丢在那儿的,但是我那浑蛋老爹不让我回去拿。求求你了,能把它还给我吗?我很需要它,联系我的管床医生吧。886

"看在上帝的分儿上,你能告诉我这写的是什么东西吗?"我问。

"他的回复。你之前没和我说他年龄这么小。"

"说了,我说他还是个孩子。"

"你是说了,好吧,无所谓了。信上说他想要回他的清单。"

我把胸前挂着的双焦眼镜架在鼻子上,问道:"他哪儿说了?"

"不用管了,"牧师说道,"我会给你申请个邮箱,然后你就可以在家用电邮机和杰森联系了。你想用哪个平台的邮箱?微软还是雅虎?"

"什么?"

"算了,我就随便给你申请一个吧。我现在打几个电话,你可以回家睡个午觉。一有消息我会给你打电话的。"

我在回家的路上又紧张又混乱,但也有些高兴。一想到我能见到杰森,我能帮助他完成那个愿望清单,我就高兴得想要蹦起来。这么多年来,我可是难得这么开心。

第五章

我已经很久没有过这种感觉了，我甚至思考了好一阵子才想起来这种感觉叫什么——参与感。天啊，以前我打球的时候，有时在参加重要系列赛的前夜，我都会辗转难眠。不管我怎么努力，都没办法转移注意力。这和我现在的感觉一模一样。要是回家等牧师的电话，最后我肯定会一直坐在餐桌旁，盯着电话，等着它响。而等电话真响了的时候，估计会给我吓出心脏病，那我就再也没法把清单还给杰森了。

我又从衬衫口袋里拿出了那张清单，盯着看了一会儿。但另一张纸片也从我的口袋里掉了出来，落在了地上。我花了一会儿时间把腰弯得足够低，才把它捡起来。这是基顿医生给我的那张有关社区大学美术课的纸条。

我觉得这个差事也许还不错，至少比冒着吓出心脏病的风险一直盯着电话要好一些，毕竟我好不容易才决定要好好活着。社区大学就几个街区远,今天已经给我折腾坏了,所以我决定坐公交去,不走路了。我一天内居然坐了两次公交。

我在车上大概只坐了一分钟。到站时,司机提醒我该下车了,甚至还扶我下台阶。司机是个大块头的黑人,可能得有300磅[1]重。但他的步伐那么轻盈,说不定他过去也是球手。他这个年龄是可以加入大联盟的,不像我们那个时候,因为种族问题,只能认识和我们长得一样的人。直到1947年杰基·罗宾逊[2]的到来才打破了这种种族隔阂。当然,我的棒球职业生涯在那时就结束了。

那时候,我偶尔会和兄弟们一起开车去看堪萨斯帝王队[3]的比赛,给他们加油打气。很少有人知道队员们一直希望黑人能加入我们的大联盟。很多年后,这个愿望才得以实现。以前一直是球队的老板不想让他们加入。

有一次,我和兄弟们在堪萨斯看萨奇·佩吉[4]比赛,然后说服他和他的朋友们比赛结束后一起去酒吧喝一杯。其实我们也没怎么费口舌。他是我见过的最有名的大人物,所以他和我们说他比白人队任何一个投球手都厉害的时候,我们相信了,而且我们刚刚也确实看到了他在投球墩上的优异表现。这就是美好的旧日时

---

[1] 300磅=136.1公斤=272.2斤。——译者注
[2] 杰基·罗宾逊:Jackie Robinson,美国职业棒球大联盟的第一位非裔美国人球员。——译者注
[3] 堪萨斯帝王队:历史最悠久的黑人棒球队。——译者注
[4] 萨奇·佩吉:Satchel Paige,非裔美国人棒球选手。——译者注

光。但如果老萨奇和其他几个人能加入我们球队,这个故事会更好,好一万倍。

公交车司机拍了拍我的手,好像我是个小婴儿似的,还超级大声地祝我今天顺利。我真想让他安静点,毕竟我耳朵又不聋。

我一瘸一拐地走到社区大学的入口,想着我的世界在过去的岁月里是怎么缩小到现在这样的。以前,我能坐火车去遍全国联赛的每一个城市,去住高级酒店,去漂亮的体育场;但现在,我的活动范围几乎只有我家附近的几个街区那么远。以前,我能把一个棒球从我家直接扔到圣约瑟夫教堂,能扔到基顿医生的办公室里,甚至都可能扔到斯科基的那家便利店里;但现在,我很少离开我的生活圈,除了偶尔的"模特工作"——至少他们是这么称呼的。

其实,这些工作虽然离我家很近,但我也不是特别喜欢。我不知道他们为什么不找俊男美女,而要找我。可能出于各种各样的原因,他们偶尔就是需要一个老头。有一次,一个年轻人和我解释是为了人口统计,说得就好像我能听懂似的。

尽管如此,我还是走进了社区大学的大门,因为我实在不想一直等着詹姆斯牧师的电话。基顿医生觉得这个工作可能对我有点好处,而我也非常尊重基顿医生,因此我还是来了。

我去过的大厦里几乎都有秘书处,但可能因为这是个社区大学,大厅里什么都没有,也没有人来指引我。我只有那张医生给我的纸条,上面写着:柠檬林社区大学101室,下午四点。幸运的是，几步之遥的一个房间的门牌上写着101。虽然已经累得筋疲力尽了，但我的眼睛还是挺好使的——只要我戴上双焦眼镜。

但踏进房间的一刹那，我就知道我肯定看错房间号了。房间里光线很暗，前面桌子上仅用五六根蜡烛围成了一个圈。屋子里有十几个座位，都坐满了，各个年龄段的人都有。他们环绕成一个圈，正中间放着一把椅子。屋子里味道太大了，我有点发晕。我还在惊讶什么蜡烛居然能这么臭的时候，看到了在房间一角里燃着的一根香，另外三个角落也各有一根。我捂住鼻子，转身朝门口走去，但一个响亮而飘忽的声音叫住了我。

"欢迎您，先生。"这个声音说道，她的眼镜片比我的还厚，长发及腰。尽管光线很暗，但还是能看出来她的妆容跟面具一样扣在脸上。珍妮一点妆都不用化，天生丽质、绝世无双。"你就是默里吧？"她说道，呼出的气息闻起来和燃着的香一模一样，可能她熏香就和嚼口香糖一样随便。

"是的，女士。但我不确定是不是这个房间。"

我当然知道就是这个房间，不然她怎么可能知道我的名字。但要早知道是这个阵仗，我是肯定不会来的。这个疯女人挽上了我的胳膊，等我反应过来的时候，我已经站在一圈椅子的正中间了。每个人面前都有一个画架，所以我是看不到他们的脸的，除非他们从画架后面探出头来看我。至少这样还是有一点隐私的。我的膝盖抽痛得越来越厉害，身旁的椅子太吸引人了，所以我还是坐下了。来都来了，那就让他们画吧。

屋里实在太黑了，刚才都没注意到这里还有一把椅子。它也在正中间，就在我这把椅子旁边。一位英俊帅气的绅士在这儿坐得笔直，双手交叉放在身前的桌子上。他朝我笑了笑，我点点头回应他。看起来他人还不错，活了一百年，我一眼就能看出来谁好谁坏。

"当然。"那位说话轻飘飘的女士说道，"我们需要您把衣服脱掉。"

"脱衣服？没门。这上的是哪门子课？"

我试着站起来，但那香把我熏得晕乎乎的，所以我又坐了回去。那女人对我动手动脚的，试图让我冷静下来。"很抱歉，"她说，"我以为您的经纪人已经提前知会您了。"她指尖轻轻点了点下巴："也许，今天，可以穿着你的那个。"

"哪个？"我问道。我猜她说的是我的内裤："是这样，我不打算脱衣服，因为不合规矩，就这么简单。"

"但是，先生，这是艺术。"她说，就好像这一个词就能解释清楚一切似的。她又点了几次下巴，然后直接朝我走过来，手搭在我的肩膀上，很粗鲁地侵犯了我的个人空间。"我理解。可能有些误会，非常抱歉。那能请您脱掉衬衫吗？我们今天就只画面部和上半身。"

我不确定当众脱掉衬衫会怎么样，但是我也根本不着急回家，回家也没什么事做。而且，这里这么黑，也不至于是什么偷窥秀。

"我可以脱掉衬衫,但是背心不能脱。"

她皱了皱眉,但是也没有反对,所以我开始慢慢、慢慢地解扣子。这个疯女人兴奋地咯咯直笑。

"好了,各位,现在让我们进入禅境,让全宇宙的能量在你们的身体里流淌,游走到双手,再从指尖流逝。现在和我一起唱。"

这简直不像是地球人能发出的声音。我把胳膊从衬衫里拿出来,然后放了大腿上。我刚觉得这还挺舒服的时候,天花板上的灯突然都亮了起来,差点儿把我的眼睛闪瞎了。

"完美,"女人说道,"光与影的完美平衡。"

灯光确实把我吓了一跳,但我不想让任何人看出来,所以我假装表现得像期待已久似的,坐得直直的。不过,很多年前我就变成圆肩了,现在连我的头也有点偏,不能直直地架在脖子上。这种假装的效果可能不太好。

"我想起了第一次在这儿做模特,"我身旁的男人说道。我不知道他是谁,也不知道他为什么穿得整整齐齐地坐在这儿,手还交叉着放在桌子上。"我也讨厌她那种行为,"他说,"她让我摘掉手套,然后就把灯打开了。我长这么大,第一次觉得自己这么露骨。"

一开始,我没明白他在说什么,然后我才恍然大悟,是他的手。他来这儿是因为他们要临摹他的双手。现在我注意到了,他的手确实很好看,很有力量。

"刚才你是想讲个笑话?"我问道。

"对，但看起来笑话失败了。不好意思。"他朝我点头致意，"我是柯林斯。我想和你握个手，但是……"他朝那个疯女人甩了甩头。

"好啦，大家，"她刚好说道，"现在让我们近距离观察一下今天的第二位模特。我们这位……成熟的朋友。仔细看，注意岁月留下的痕迹，还有阅历留下的独特印记。"

和钱斯一样，这位女士也在这儿说暗号呢，但是我能破译出来。岁月留下的痕迹指的是我脸上和胳膊上的老年斑。那阅历留下的独特印记呢？是指皱纹太深了，绒毛都卡在里面了，皮也耷拉到了下巴。她不用这么隐晦，我能听懂。

"但是除了这些之外，"她说，"向深处探寻，你会看到淡蓝色的眼睛。你会联想到他的苏格兰血统——"

"爱尔兰。"我说道。

从他们画画开始，这好像是她第一次注意到我："嗯？什么？"

"我是爱尔兰人，名字是麦克布莱德。我父亲是坐船过来的。"

"当然，当然。可是我们需要您纹丝不动，之前没人和您说过吗？您一说话，嘴周围的皱纹就会跟着动，下巴附近的皮也会抖动——"

"好好好，我懂。我又不是傻子。"

她继续逐一描述我身体其他已经垮掉的部分。我之前应该一有机会就逃离这里。

"懂我的意思了吧？"柯林斯窃窃私语，"麦克布莱德先生，我从来没和别人提起过，但这个女人实在太吓人了。"

我明白这个年轻人的好意,他想让我放松下来。他很贴心,但还是不足以让我对那女人的评论置若罔闻。

我内心深处,期待他们能看见一些与众不同的东西,看到我以前的样子。但这么想实在是太傻了,基顿医生让我来这儿工作也太傻了。

我坐了一个小时,忽视了膝盖和后背的疼痛,忽视了胸口深处的疼痛,忽视了在他们眼里我其实只是一个疲惫不堪的老头,没有丝毫价值。这个老头现在做不了以前常做的事,手脚不灵活了,连脑子也不灵光了。这个老头满面苍老,什么都做不了,只能坐在这里。

出门的时候,我瞥到了一个学生的画。画架已经开裂了,向左边歪了点儿;画布也磨损褪色了,就好像他买不起新工具似的。

但是和画布上那个行将就木、狼狈不堪的老头相比,起身离开的我仿佛重获新生。

第六章

到家时已经差不多是傍晚了。我要是没去这个美术课就好了，这样我会舒服很多。要不是因为杰森，我肯定早就回家了，准备结束这一切。

但我现在认识了杰森，情况变得不一样了。其实，一切都变了。

我把钱斯的电邮机从垃圾桶里拿出来，放在了餐厅的桌子上。大概花了五秒钟的时间盯着这些按键，然后发现自己面对这个破玩意儿毫无头绪。我胃里又开始翻江倒海了——每次遇到我之前从来没见过的东西，而且对其一无所知时，我就会这样。以前，我几乎从来不会；但现在，我每次出门都会这样。而此时此刻，就在我自己家里，居然也会这样，这简直是压死骆驼的最后一根稻草。不得不承认，我需要别人教我用这个玩意儿。"砰"的一声，我把机器合上，一瘸一拐地走进卧室，想小憩一会儿。

几个小时后,电话铃把我吵醒了,正是我每天溜达到教堂做忏悔的时候。电话是詹姆斯牧师打来的,他说我晚上不用去忏悔了。这是牧师该说的话吗?他说他已经和医院的人联系过了,有办法让我和杰森见面。

牧师开着一辆豪华的林肯城市①来我家接我去医院的时候,天都黑了。可能有人觉得这太招摇,但牧师应该开着好车四处逛。我还见过很多教徒的车比他的还好。注意,这里不包括我,而是另有其人。

我问牧师能不能就在车里听我忏悔。我确实需要忏悔,而且我这把年纪的人,不知道什么时候就一命呜呼了。他咧开嘴笑了,问我要忏悔什么。我们总是会直接跳过"你上次忏悔是什么时候"这部分,因为他知道答案——一天前。

我忏悔了今天的那句"该死的",詹姆斯牧师笑着原宥了我的罪过——只说了一次"万福玛利亚",我觉得他可能只是刚好想开口说话罢了。为了表明态度,我大声说了三遍"万福玛利亚",说完时刚好到达医院。

詹姆斯牧师扶着我下了车,我们走进医院大门,然后坐在了一位女士面前。坐下之前,我一直都挽着他的胳膊走。这位女士自称是杰森的"管床",我搞不懂是什么意思。她问我为什么对杰森这么感兴趣。

---

① 林肯城市(Lincoln Town Car):美国最典型的超级大型豪华轿车。——译者注

一百岁的老头总是特别厉害……突然想不起怎么说才好……反正我年轻的时候,总说他们特别能信口胡诌。但是也有些好的评价,比如,"管床"觉得八十岁以上的老人人畜无害,而且相当可信。

"那孩子列了个清单。"我一边说,一边从衬衫前面的口袋里掏纸条,但怎么都拿不出来。詹姆斯牧师过来帮我——但凡换个人在这儿,我都会把他的手拍掉,但我知道牧师帮我是好心。

我摆弄着纸片背面黏糊糊的地方,把它展开。那位女士接过去看了一遍,眼睛湿润了。管床医生肯定特别了解这个孩子,她说得很委婉,但我还是抓住了重点。杰森的父母离婚了,他那个爸爸忙着再赚一百万美元;他妈妈人很好,但经济上有点困难,正在努力独立抚养儿子。她不想接受任何人的帮助,总是在工作,每个月只休一个周末。他妈妈觉得杰森需要一个爸爸一样的人来引导他,所以她给杰森报名了"大哥一帮一"活动。

然后她又接着说了些有的没的。

"但麦克布莱德先生,"眼泪差点儿就滚落下来,但她及时擦掉了,"杰森的情况……不太好,我不知道该怎么和您说。"

"直说就好。"

"好吧。是这样,杰森的妈妈——她叫安娜——她给杰森报名的时候,要求我们提前告知每位大哥杰森目前的情况。"

"他住进心脏科病房的身体状况吗?"我问道。

"是的。很多大哥都想对他们帮扶的弟弟产生长久的影响,这对他们来说很重要，您能理解吗？"我盯着她看了一会儿，她又重复了一遍，"长久的影响。"

我看了一眼眉头紧皱的詹姆斯牧师，然后又转过去看看这位女士。我想尽可能地让自己看起来很冷静，但实际上我已经气得怒火中烧了："我当然理解。但你们不能因为我岁数大了就取消我参加活动的资格，我还能活个几年呢！我能对他产生长久的影响！"

"不，您误会了。"女士赶紧换了个坐姿，手指轻轻抹了抹眼泪，"不是您的问题，是杰森。他的心脏……可能坚持不了多久了。他现在在等待移植的名单上，但……"

她没再说什么，也不用再说了。但她要是觉得我会被杰森的病情吓跑，那可就大错特错了。

"你有电话簿吗？"我问，"我想现在就给活动主办方打个电话。"

女士笑着拿起桌上的手机，按了几个数字。五分钟后，杰森有了这个活动史上最老的老大哥。

这其实没什么好笑的，但一想到我和我小弟两个人可能都活不过一年，我忍不住轻声笑了。

· · · · ·

事实证明，就算你有心脏病，管床医生也不是只服务一个患者的。这位女士刚挂完电话，就飞快地说了声"谢谢"，然后离开了。实际上，是我们被轰出了办公室，但她说话做事很得体、很有礼貌,所以我也不太介意。而且,我的目的已经达成了。

"回家之后,你应该先给他发个邮件。"牧师说,"你得给他父母打电话约个时间见一面,但如果你先给杰森发个邮件,他会很开心。"

"你怎么知道?"

"孩子们就是喜欢这样。时代变了,默里。"

看在上帝的面子上,我把想说的脏话咽了下去,只是嘟囔了几句。

我们开着车往回走,各回各家。我回我的家,牧师回上帝给他的家。我真的不想承认,我对人们说的那个什么邮件一窍不通。牧师肯定懂,但是我不想让他知道我不懂。但如果不开口问的话,回家就没法给杰森发邮件了。

"电邮机挺好用的是吧?"我问道。说不定我不直说出来,他也能懂我的意思。

"小菜一碟。"他就说了这四个字,没了。

我稍微挪动了一下,放松一下膝盖:"插上电,然后它就开始工作了?"

"差不多。"

他嘴巴旁边出现了一条小小的皱纹,我觉得十有八九他是在憋着笑呢。

"好,很好。你非要这样的话,那我就直接问了。"

"问什么?"

"你这是明知故问。我完全不知道那玩意儿该怎么用。我可以给它插上电,也能找到我要按的字母,但剩下的谁来教我啊?"

现在,他肆无忌惮地大笑出声了:"我觉得我可以。"

"你还有更重要的事情要做。"我说道。让詹姆斯牧师看到我努力学习如何使用那台电子邮件机,还不如让我把我心爱的1934年获得的棒球球星卡给他。

牧师开着他的豪车冲到了四车道上。我从来没坐过这么快的车,时速肯定快四十迈①了。有一半的时间他都没看路,总时不时就瞥我一眼,一直在努力憋笑。

"我会众里有个小孩,十五岁,他参加了一个组织,就是专门搞这个的。"牧师说。

"搞什么的?教老古董怎么玩转电邮机的?"

"不止这个,他们能教老人们使用各种各样的电子产品,比如随身听、电脑……"

"好的好的,我听懂了。你确定他们能教我用电邮机,是吧?"

"确定、一定以及肯定。"

天很黑,一排排街灯每过几秒钟就闪一下我的眼睛。我刚恢复了视线就又被闪了一下。这就像看着一拨快速球飞过,因为球飞得太快,所以根本看不见球在哪儿,命中率就更低了。

"那好吧。他什么时候能过来?"

---

① 1英里/时(迈)=1.609344千米/时(公里每小时)。——译者注

"我一会儿回教堂就给他打电话,让他一有空就过来。今天晚上也有可能,因为现在的小孩好像都熬到很晚。"我嘟囔着应了一声,转头看向窗外。牧师好像看出了我的情绪,换了个话题:"其实,你可能是对的。"

"什么是对的?"摸着良心说,我老了以后好像做什么都不太对。

"帮扶这个孩子。谁知道呢,你现在可能也正好需要他。"

"我需要?你说反了吧,明明是他需要我。我为什么会需要他?"

轮胎和地面摩擦的"嗡嗡"声充斥着沉默的车厢。"让你的人生恢复生机。"牧师说。我回头看他时,他脸上的笑容消失了。

· · · · · ·

果然,几小时后,有个孩子来敲我家的门了。其实我当时都要上床睡觉了,我换好了睡衣、穿着拖鞋,刚热好了一杯牛奶。但我觉得这个时间来拜访也还可以。大概一小时前,我把电邮机放在桌子上鼓捣了一阵子,让它开机了,然后就只能一直盯着它。

我打开门,一个小孩正眯着眼睛站在门廊上,他头发乱糟糟的,还戴着厚厚的眼镜。

"是麦克布莱德先生吗?"他问道。

"没错。詹姆斯牧师让你来的?"

"对。我本来想给你发短信告诉你一声我要来,但是,我猜你一定有座机什么的。"

"我有一部电话。"我回答道,希望我的回答没错。

小孩从我胳膊底下钻过去,进了房间。他甚至还喃喃自语道:"我总是被分到最难搞的人。"他看了一眼桌子上的电邮机,把我的椅子拉过去坐下了:"哇,这个很古老了,你从哪里弄到的?"

"我以为你很了解科技产品。"我说道。听他的语气,好像从来没见过这个机器。

"我不研究这种复古的产品。"他回答道。他接着按了个按钮,机器就开机了。我刚才可是花了快半个小时才把它打开。"所以你需要我教你什么?你自己研究到哪一步了?"

"下车前詹姆斯牧师和我说了一些,告诉了我从哪儿输入单词之类的。但是我打了几个字,完全没反应。"

"你打了什么字?"孩子问。

"我应该是输了www.email.com。www这部分是牧师告诉我的,后半部分是我自己想出来的。"

孩子深深地叹了一口气,然后使劲揉了揉自己的脸。他噼里啪啦地敲击键盘,凡是手指经过的地方,就好像和键盘粘在了一起似的。他一边打字,一边念叨着什么,但没有发出声音。

"你觉得你能——"

"嘘。"他伸手比画了一个停止的手势。

通常情况下,我会骂他一顿,因为这个行为是不礼貌的。但他的行为举止阻止了我,感觉他像老师,而我是学生。虽然他还是个孩子，但我俩目前的关系确实如此。那孩子看起来不需要我在周围看着，所以我拿起了桌子上的牛奶，跛着脚走到了前厅的厨房。我抿了一小口牛奶，享受着它的温暖和丝滑。几分钟后，我喝完了，他从屋外探进头来。

"都弄好了，"他说，"来吧，我教你。"

电邮机屏幕上全都是我之前从没见过的东西。我真想不明白，这么大的小孩是怎么知道这么多电脑知识的。"你是生活在科技世界吗？"我问。

他看了看我，好像没明白我是什么意思。我坐了下来，他过来靠近我的肩膀，指着屏幕上五花八门的图标。

"我已经把它尽可能地简化了，你千万别再把它弄乱了。"他说，"现在只需要点一下这个。"他指着一个写着"电子邮件"的图标说道。我移动了一下鼠标，但我的手抖得厉害，实在很难把那个小箭头挪到我想要的地方。"深呼吸。"那个孩子说。不知道是不是在嘲笑我，但他不可能知道我肺不好的事情。"把自己当成那个小箭头，耐心一些。"

我终于把箭头挪到了那个点上，然后点击鼠标（我做相应动作的时候确实开口说出了"点击"和"鼠标"这两个词，这样小孩就不会觉得我一点都不懂了），我好像已经完成任务了。

"把收件人的邮箱写在这里，"他说，"在这里写邮件，写完后点击'发送'就可以了。要是还有问题，就问问詹姆斯牧师，他应该可以帮你。"

我还没来得及回答，他就已经走出了房间。朝我喊了一声"祝你好运"，然后把门一关离开了。我盯着屏幕，开始回想他让我在哪里输 www.email.com。我拿出那张写着杰森电子邮箱的纸条，把它输了进去，希望我没输错地方。接下来的半个多小时，我一直在戳键盘上的字母。终于，我点击了"发送"，就像老师刚才教我的那样。希望一切顺利。

收件人：jasoncashmanrules@aol.com

发件人：MurrayMcBride@aol.com

主题：我是那位被分配做你大哥的人。但其实是我主动选择的，不是他们把你分配给我的

亲爱的杰森·卡什曼：

　　我之前用詹姆斯牧师的机器给你发过电子邮件。现在我有自己的机器了，但不知道它是否能正常工作，可否请你回复我一下？我对科技方面的东西还不太熟悉。

祝好，

默里·麦克布莱德先生

收件人：MurrayMcBride@aol.com

发件人：jasoncashmanrules@aol.com

主题：回复：我是那位被分配做你大哥的人。但其实是我主动

第六章 / 061

选择的,不是他们把你分配给我的

　　哥们儿,我们现在是兄弟了! hhh 你不需要再用牧师伙计的邮箱了哈?酷毙了!他们说我在网上说的话显得我很成熟,但别怀疑我真的就十岁。你多大了?医院的护士说你像埃及的金字塔那么古老还是什么的……变老一定很酷!你有车吗?回聊。

收件人:jasoncashmanrules@aol.com

发件人:MurrayMcBride@aol.com

主题:回复:我是那位被分配做你大哥的人。但其实是我主动选择的,不是他们把你分配给我的

亲爱的杰森·卡什曼:

　　感谢你的来信,虽然有些东西理解起来很困难。我以前学到的是,信件应该正式一些,你可能需要在这方面注意一下。至少首字母要大写,而且要规范使用标点符号。

　　至于你的问题(至少我觉得你提出的是问题),我今天刚庆祝了100岁生日。我有一辆车,但已经很久没开了。

　　感觉你是个不错的孩子,期待很快与你再见。

祝好,

默里·麦克布莱德先生

收件人：MurrayMcBride@aol.com

发件人：jasoncashmanrules@aol.com

主题：回复：我是那位被分配做你大哥的人。但其实是我主动选择的，不是他们把你分配给我的

  天啊，哥们儿！你居然会说"规范"这个词，你太搞笑了。还说我是"不错的孩子"？对我说好话？好诡异。回见！另：刚写的这些话，首字母我都大写了，也写标点了，是吧？hhh下次见，大哥！

第七章

我有一辆车，以前我们都管它叫铁皮罐子。我的车是一辆1967年产的雪佛兰，现在一直停在车库里吃灰——就在那排挂着的扳手和撬棍旁边——自从有人在第十八街和大学街的拐角处放了一个禁止通行的牌子后，我就再没开过它。他们可以拿走我的驾照，但不能强迫我卖掉自己的东西。我之前和钱斯解释说，没卖掉它是因为根本卖不到什么好价钱。实际上我是未雨绸缪，就怕某天突然发生这种情况。其实我也没想到会是今天这种情况，但世事难料嘛。

我把车钥匙插到点火开关里，这是我很怀念的感觉。我已经很多年没这么做了。我把钥匙往前转了一下，期待着引擎的轰鸣声。但它像个老人一样呜呜地喘息，这个原因我略知一二。终于，第四次尝试的时候，它终于起死回生了——毕竟它是辆雪佛兰呢。

我挂了倒车挡，试着像以前一样转身看看后面的情况。过去几十年里，我脖子肯定一直很僵，以至于现在几乎看不到副驾驶一侧的车窗。我想，这可能就是他们发明后视镜的原因吧。所以我看了一眼后视镜，这可比转身轻松多了。我松开刹车，平稳地开出车库，到了车道上。突然听到"嘎吱"一声，车子颠了一下。

不过我也没有太紧张——撞到小孩和小狗都不会是这种声音，可能就是一个纸箱子，或者是个垃圾桶。我又把车停了回去，从车上慢吞吞地出来。

结果是个邮箱。我想不明白，我的邮箱为什么会在车道上，可能我得开到草坪上一点点。我得确保杰森坐我车的时候，不会发生这种需要倒回去的情况。

前前后后挪了几次，我终于直直地、平稳地把车开到了大马路上。开着开着，原来的感觉就回来了，重点是要慢点开。现在这些年轻人都不懂什么叫"限速"。如果限速是每小时三十迈，那在我愿意的情况下，我完全有权以每小时十五迈的速度驾驶雪佛兰。但是现在的人都太急躁了。所有东西都是现成的，人类都要退化成一群没脑子的老鼠了。开了还不到一英里，就有三个人朝我竖中指。我那个时代绝对不可能发生这种事。

我拿出女管床医生在电话里和我说的地址，十分钟后，我看到了她说的房子。油门有点松了，所以我只能以每小时二十迈的速度冲过去。刹车肯定也松了，刚才我踩下去的时候，轮胎和地面摩擦，发出了很刺耳的声音，我的头差点儿撞到挡风玻璃上。我头一次这么感谢安全带的存在。我试着把车停在大门旁边，但前面两个轮子不知怎的就开到了一栋单人小楼旁边的人行道上，但这也没什么影响。

感觉我好像把车停进了城堡里，铁门和外面的路围成了一个圆，然后又绕了回来。中间的喷泉大得可以让半个棒球队在里面游泳。门口一个穿着制服的人怒气冲冲地看着我，然后又低头看了看自己的脚。我哪知道他的脚为什么会离我的前轮这么近。他示意我把车窗摇下来。旋钮生锈了，转着有点费劲，但没关系，我还是成功地把它摇下来了。

"先生，您来这儿有什么事吗？"保安问道。

"我来看杰森，"我说，"实际上是来接他，给他个惊喜。"

穿着制服的小伙子斜着眼看着我："卡什曼先生知道你来吗？"

我说杰森知道，但他还是朝对讲机说了些什么，好像不太相信我说的话。等听到对讲机里的回答之后，他才挥挥手放行。进来以后，我开得更慢了，好一会儿才开到门口。在门前停好车之后，又过了一会儿我才慢吞吞地从车上下来，走到门前也花了一点时间。可能这就是我敲门没人应的原因吧——卡什曼先生觉得我应该早就到了。我按了门铃，还是没反应。我的膝盖可没法支撑我一直站在这儿等，所以我开始一遍又一遍地按门铃，最后终于有人来了。

一个穿着考究的男人用手指着我，好像在告诫一个三岁的小孩要耐心点。他低头看着自己的脚，对着鞋子说了几句话，然后把不知道什么东西放在耳朵边，看着很像电话，但是又没有电话线。可能是什么玩具电话吧,我不太懂成年人为什么会要这玩意儿。他抬起头来的时候,我认出他就是那个把杰森从医院带走的人,也就是杰森的爸爸。

"你为什么不告诉他我刚才说的那些话?"他说。

我想回答来着,但发现自己根本不知道他在说什么。"不好意思,"我说,"你能再重复一遍吗?"

"我的天啊,你觉得我有时间管这些吗?我开的是公司,又不是慈善机构。"

男人摇了摇头,然后我突然觉得有点奇怪,他根本就没在看我,至少没有看着我的眼睛,他在环顾四周。我不知道他精神还正不正常,又或者他就是像孩子似的随便玩玩,假装在打电话。但我就站在他面前,他难道看不见我吗?"就这么干吧,"他说道,"然后回来找我。"

这是我经历过的最奇怪的对话。我想弄清楚他在说什么,但可能我脑子太慢了。"现在听我说,"我说道,"我不知道你想让我干什么,但我希望你能换个语气和我说话。"

"一会儿给你打过去。"他说道,然后合上了他的玩具电话,第一次正视我的眼睛。他的手放在大腿上,直直地看着我:"你想干什么?"

我膝盖疼得要命,我把重心换到另一边,继续坚持着:"你不能这样和我说话。有人来拜访你,你却一遍又一遍地斥责他,这太不礼貌了,而且很莫名其妙。这不是绅士该做的事。"

"一遍又一遍地斥责？"男人一脸不可置信的样子，"我到现在只和你说了五个字。我还没问你到底是谁，来我家干什么？"

我听不懂他在说什么。过去的五分钟里，他一直非常粗鲁地和我说一些令人费解的话。五个字？这人神经错乱了吧。但我不知道还要说些什么，都过去了，就这样吧。

"我是默里·麦克布莱德，我来找杰森。"

男人困惑了一阵子，然后说："哦，好。那个小家伙是吧，他在屋里。"

他转身背对着我，大步流星地穿过门廊，进了一个房间。他把门一关，又开始在屋里自言自语。大门还开着，我抬起我的腿——好吧，越来越不灵便的腿——迈上台阶，发现自己正站在我大半辈子以来见过的最奢华的房间。

一盏巨大的吊灯挂在我头顶，看起来像是水晶做的，掉下来直接能把我砸死。我赶紧拖着我的腿从它下面躲开，但被铺满鹅卵石的地板绊了一下。我摇摇晃晃地努力站稳，突然发现自己面前有一个白色大理石做的喷泉。水从一个藏在裸体石头女人胳膊下的桶里冒出来。我刚意识到我的手都湿了，而且还在托着她的胸。但谢天谢地，没有被人看到。我把手拿开，站得笔直，更仔细地观察了一下这个雕像。不知道我是否需要向詹姆斯牧师忏悔这段小插曲。

我有点迷茫，不知道接下来要做什么。要是就靠我自己在这么大的房子里找杰森，我得找上一个星期。幸运的是，我听到了一阵欢呼声。我循着声音来到了一个客厅,足足有半个马球场那么大。在皮沙发的层层褶皱里,我看到了那个几乎隐身了的男孩杰森,他在玩电脑游戏。

氧气罐就在他旁边,但是氧气面罩不在了,取而代之的是一根从他衬衫底下穿进去的塑料管,一直插到鼻子里。他做了鼻腔插管——反正医生是这么叫珍妮当时戴的那个设备的——他需要氧气的时候,直接就可以从鼻子这里吸氧。

"你好呀,"我说,"你可能不记得我了。"

男孩和他爸爸一样,对我不理不睬的,就差用手指着我命令我等一下了。"听着,"我提高了音量,"我说,估计你可能不记得我了。"

还是没有人回答。我蹭着地走过去,用力拍了拍他的肩膀,拍得我手都疼了,才终于引起了他的注意。他从沙发上蹦了起来,而我刚才说的话他一个字都没听到。这些机器真是烦人。

他一开始很吃惊,瞪大眼睛盯着我,后来笑了起来:"嗨,这不是我的新哥们儿吗?"

他眯着眼睛,好像在研究我。然后我才意识到,我肯定是皱眉头了。"还记得我和你说的吗?你这个年龄的孩子应该叫我'先生'或者'阁下',电脑邮件里也要这么写。"

他耸了耸肩,好像不关他的事似的。他看着健康些了,但还是需要戴着这个长长的鼻腔插管。"好吧,"他说,"嗨,这不是我的新哥们儿先生吗?"

我沉了一下嗓子，还是随他去吧，他还是个孩子。"我们不是真的兄弟，这是个项目，明白吗？詹姆斯牧师发现你在这个活动的名单上，所以他给医院打了电话，医院的人告诉他……"

孩子一脸懵懂地看着我。我摇了摇头，决定直奔主题："想去棒球场看看吗？"

第八章

球棒击打棒球的声音是世界上最美妙的声音,但还是不如珍妮的"我爱你"动听。当然,必须得是木质的球棒,因为这才是真正的球棒。现在孩子们用的金属球棒……说实话,让我很难受。金属球棒击打棒球的"砰砰"声都快把我的耳朵震聋了,这简直是人神共愤的行为。我和杰森赶到柠檬林棒球场入口时,木质球棒发出的声音简直一下把我拉回到几十年前。不过,按照大多数人的标准,几十年前的我也还是一个上了岁数的老人。

现在还不到中午,A组小熊队成员已经在训练笼里挥舞着球棒练习了。今天的比赛一定在下午。我把杰森安全带到了这个离医院、疾病和死亡尽可能远的地方,尽可能远离他那冷漠的父亲。这个地方生机勃勃,宁静和平。世界上没有比棒球场更好的地方了。

"你知道人们为什么会去医院吗?"杰森问道。

我以为这个问题是个反问句。正当我朝保安点头示意的时候——他一眼就认出了我,打开了棒球场的大门——杰森回答了自己刚刚提出的问题:"因为他们生病了。"

我点点头,扬起下巴,好像要说"原来如此,我明白了"。但杰森接着说:"我去医院是因为我生病了,我的心脏出了问题。人没有心脏就活不成了,你知道吧?"

我知不知道人为什么会去医院?我知不知道人没了心脏就会死?这孩子是在拿我找乐子吗?"咱们坐下吧。"我指着本垒后面前排的几个座位说。我往前走了几步才发现他没有跟上来,还站在原地,正戴着氧气面罩大口大口地吸气。他其实应该插着那个氧气管的,但我明白,像他这么大的孩子,肯定不想在公共场合被人看见他那个样子。

他感觉好一些了,就赶快跟上了我。一个叫哈维尔·冈萨雷斯的小伙子正在击球训练笼里,所以我赶紧坐在硬硬的塑料座位上,准备看这位棒球天才的精彩表现。听说这小伙子现在随时都能鱼跃龙门——加入大联盟。

"他们在打棒球,"杰森说,"棒球比赛就是你尽全力击球,然后跑垒。"

"如果你摸到了本垒板,就能得一分。"我接着他的话说道。他惊讶地看着我。

"我知道的其实挺多的。"

"可是你都这么老了。"

"一百年很长。在这么长的时间里,人能学到很多东西。"

杰森在座位上扭动了一下，好像突然怎么坐都不舒服，好像他原来的世界观都崩塌了似的。"你不用觉得尴尬。"他说。

"尴尬？我有什么可尴尬的？"事实上，变老确实会带来很多尴尬的事情，但孩子不需要知道那么多。

"所有人都会忘记一些事情，"他说，"我明白，没关系的。"

哈维尔二垒击球了。我本来想好好教训他一下，但转念一想，还是算了，因为他在家可能没少挨训。"那是阿尔兹海默症，"我说，"不是所有老人都会得这个病。而且基顿医生说，我的头脑和同龄人相比已经算是非常灵活了。"

很久没看到杰森现在这种怀疑的眼神了。要想让我这位年轻的朋友相信我并不是无可救药的病人，似乎任重道远，而且教他尊重长辈也不是什么坏事。

我们看着哈维尔抛球：平直球，沿中线，全垒打。我终于明白那些传言原来不是毫无根据的，这孩子确实没有短板。我从薄夹克的口袋深处掏出那张便利贴："我想你可能是不小心把它落在医院了。"

"我的清单！"杰森从我手中一把抓过纸条，盯着看了一会儿，然后给了我一个大大的拥抱。

"好啦，好啦。"我说道，"不用这么煽情。"我有点尴尬地拍了拍他的后背，然后轻轻地推开了他。现在的人都太……热情了。我们以前可不这样，往往是握个手，再加上一些短暂的眼神交流，彼此就心领神会了。杰森最后终于松开了我。他眼里含泪，看那张纸条的眼神就像在看救星。

"如果它真的对你这么重要的话,你应该把上面的内容都记下来。"我说。

"我已经都记下来了,很赞吧!"

我不太懂"赞"是什么意思,但我打算蒙混过关:"那你为什么这么急着要这个清单?"

他把纸条紧紧贴着胸口:"医生告诉我我的心脏有问题之后,我写了这个清单。他说,如果我不换一个新的心脏的话,最多只能活六个月,我当时吓坏了。但写完这个清单之后,就没那么害怕了。所以现在我随时都把这个纸条带在身上。"

我不知道医生就这样直截了当地告诉他是否合适,毕竟他还这么小。但医生也许有他的道理,毕竟这是杰森自己的命。可怜的孩子!我想问问他医生是什么时候告知他只有六个月生命的,但后来又觉得我不该多管闲事。

"好吧,我们应该开始做清单上的事情了,你不觉得很赞吗?"

他又用那种眼神看我,好像我是个笨蛋一样。也许"赞"这个词不应该这么用。他用手摸了摸那张便利贴,好像要确认一下它是真实存在的。"我们能从第四个开始吗?妈妈现在真的很需要一个好男友。"

"就从第一个开始,先试试看。"

杰森可真是一点儿都不怯场,站起来摇晃着屁股,就像披头士乐队火爆全球的时候做的那样。他轻咬下唇,紧紧地闭着眼睛。

我已经几十年没看过这么不堪入目的场面了,而我面前这个孩子才十岁。最后,为了把气氛烘到极致,他用青春期变声前尖厉的嗓音唱起了歌。

"我要吻一个女孩,耶,我要吻一个女孩。吻在嘴唇上,你最好要小心,我要吻一个女孩……"

"哎哟!我的老天爷啊。"我一边说着,一边闭着眼睛、捂住耳朵。光是看着他在这儿扭就已经是种罪过了。我感觉给自己揽的这个活儿有点过了,我可能承受不来。但他都这样庆祝了,我不知道现在怎么提退出的事情。

"麦克布莱德先生,"声音从球场上传来,是哈维尔·冈萨雷斯,他隔着拦网和我们打招呼,用浓浓的西班牙口音说道,"您觉得我击球如何?挥棒怎么样?"

我们之前见过几次。我一来看球赛他们就大惊小怪的。我不得不总是买山顶票,这样就没人会注意到我了。但是现在如果我想爬到那么高的位置,得需要个人扶着。所以现在他们就经常把我安排在本垒板后面,也不用花钱买票。他们总说,一日熊队,一生熊队。

"非常棒,"我对哈维尔说,"但是你得站在球后面,重心靠后。"

其实这孩子挥棒的动作非常完美,我当时要是能做到他这样,就能在大联盟再打上五年。不过现在的孩子,野心应该不止于此。

"谢谢您,麦克布莱德先生,我试试。"

我身旁有一阵机械的呼呼声。哈维尔小跑回休息室时,我转身看见杰森正戴着面罩深呼吸,眼睛瞪得有原来的两倍大。

"他刚刚和你说话了。"杰森说。

"是啊,他就是个球手。"这时,另一个球员正好路过,也和我问好,可我没认出来是谁。我挥挥手,点头回应了一下。"会是谁呢?"我问杰森。

"哈?"他还没回过神来,还在震惊我居然知道什么是棒球,震惊居然有球员会认识我。事实上,所有的球员都认识我,但杰森没必要知道这个。

"那个幸运的女孩。"我说。可他还是一副困惑的表情,我摇摇头说道:"你要亲谁?"

"不知道,某个女孩吧。"

这比我想象的还要糟。这傻孩子竟然还觉得我傻?!

"那学校里有没有你很上心的女孩?"

"哈?"

天,这孩子。"在学校,有没有一个,你喜欢的,女孩?"

"哦,你直接这么问不就好了?米娅·哈蒙,上科学课的时候我坐在她旁边,当然,前提是我没去医院。有时我会在午餐时把苹果酱弹到她的头发上。"

把苹果酱弹头发上这个回答,说明帮他亲一个四年级的孩子可能不是个好主意。我不确定米娅·哈蒙的爸爸会不会乐意看到一个男孩拥吻他视若珍宝的女儿,尤其是一个会抖屁股的男孩。

"米娅·哈蒙确实不错,但是我觉得我们可以把视野放宽一点。"

"哈?"

我忍无可忍了。如果还想继续沟通下去,首先得步调一致,得听懂对方说话。"首先,你应该说'什么?',如果用'您说什么?'或者'不好意思,您说什么?'回答就更好了。总之不要再发出'哈?'这种声音了。"他无所谓地耸耸肩,但我觉得还是不要一下子把他逼得太紧,也许我教给他的这些东西会潜移默化地影响他。"其次,你的视野。我觉得我们应该站得更高些。"

他好像沉思了一下:"您说什么?但是,哈?"

至少他在努力了。"你见过的最漂亮、光彩照人、出类拔萃的女孩是谁?"

"如果你的意思是'性感'的女孩,那绝对是莎朗·斯通。"

"很好,莎朗·斯通是谁?你们学校的女孩?"

"你居然问莎朗·斯通是谁?是不是在逗我?你知道心脏病,也知道棒球,但你居然不知道莎朗·斯通?!她是最最最性感的电影明星。"

我怎么总觉得我俩不在一个频道上,"好吧,听我说,谁是你在现实生活中见过的最……性感……的女孩?"

杰森张开嘴,指了指喉咙,假装吐在了座位上。"划重点:老人绝对不应该说'性感'这个词。不过可能是明迪·阿普尔盖特吧。"

"这个人我也应该知道吗?"我问。

"也许吧,不过她只是柠檬林中学的啦啦队队长,大长腿,小麦肤色。有一次她带着啦啦队队员来我们学校做禁烟活动。她弯腰系鞋带的时候，我朋友汤米看到了她衬衫的里面，他说她有超级大的——"

"咱们还是说她的嘴吧。"我说道。我的神啊，我十岁的时候可不这样："你清单上写的是想亲一个女孩的嘴。那你愿意亲明迪·阿普尔盖特的嘴吗？"

"当然啊，超赞的。"他回答道。现在我非常确定刚才确实用错这个词了。"但是这好像是世界上最不可能发生的事了。"

这孩子真的看过清单上的其他愿望吗？

我开始觉得这个实现愿望的计划不会像我预想的那么顺利。我可能把这事想得太容易了。至少我之前觉得正常沟通是没有问题的。这个世界变了这么多吗？

我可能应该换个主题，也许和杰森待一个下午就应该送他回家，然后告诉这个活动的工作人员我们俩合不来。我看到杰森直愣愣地盯着这张清单，像救命稻草一般把它抓在手里。就在这一瞬间，我只想看着我的杰森小朋友在那个柠檬林中学啦啦队队长的嘴上种下一个吻。

"其实，"我说，"这事可能也没你想得那么困难。"他突然全神贯注地盯着我。

他嘲笑我从座位上站起来时发出的呼噜声。我往外走的时候，他就跟在我身边，带滑轮的制氧机在他身后"吱吱"地响。"现在，我们要去侦察一番。"

第九章

"这他妈的是哪儿?！你说要带我去那个中学的！"

我差点儿把车开到沟里去。孩子们是从什么时候开始当着老人家的面这么凶的？我小时候要是这么干，早就被人带到棚子后面打一顿了；一阵鬼哭狼嚎之后，我得三天放不下屁股。

但这也许不是最好的解决方式。所以我想了一会儿该做何反应。"'他妈的'这三个字不可以随意说出口，"我说，"所以你要注意措辞。我现在绕了点儿路。"

"为什么？"

"要去见某人一面。"

"见谁？"

"我孙子，看看他要不要跟我们一起去。"

我无视了他的抱怨，开上了去见钱斯的车道。钱斯的房子很花哨——实际上钱斯骄傲地把它形容为富丽堂皇——但是没有杰森爸爸的房子那么大。不过我不会把这个花边新闻告诉别人。要是让钱斯知道方圆五十英里内有人比他还富，他就算死在公司里也要去争个第一。我不想承担这种责任。

杰森跳下我的雪佛兰，拖着他的氧气罐跑到门前连按了十几次门铃，我都来不及跟上他把他的手拉下来。几秒钟后，钱斯过来开门，但已经气得冒烟了。我设想的见面不是这样的。他愤怒地看了看杰森，然后又愤怒地看着我。傻子都能看出来他不喜欢孩子，更何况，他从没见过杰森这样的孩子。

"嗨，我是杰森，你爷爷是我大哥，我正要去找明迪·阿普尔盖特亲个嘴儿，你要一起吗？"

我原本打算换个说法，但已经晚了。看了看钱斯抽搐的下巴就知道，现在应该让这孩子回避一下。"你去屋子里面玩一会儿吧。"我对杰森说道。但钱斯把门关上了，只留下一个缝，他正好堵在缝里。

"爷爷，我不觉得这是个好主意。他就不能在人行道上随便玩玩吗？"

杰森没听懂这是一种拒绝，他还微笑着等待钱斯邀请他进屋玩。"去玩一会儿吧。"我拍了拍他的肩膀，"我一会儿就过来找你。别跑远了，不能到马路上去玩。"

杰森跑开后，钱斯看我的眼神就像我刚拿棒球砸穿了他家的窗户似的。

"这是在干什么？你为什么带个孩子来我家？"

"他又不是炸弹。"

"随你怎么说吧。但他到底是谁?"

"他是我的小兄弟。你知道那个项目吧?"

"你不觉得你这个岁数参加这个项目有点儿大了吗?"

我转过身去,背对着钱斯,一方面是不想让他看出来我现在有多生气,另一方面是看看杰森。但不知道那孩子跑哪儿去了,人行道上没有,车旁边没有,车里也没有。我的心脏怦怦直跳,直到看见他从房子侧面跑着过来,正追着一只小猫还是什么东西。小猫跑走后,杰森就开始在前面的草坪上转圈圈,后来转晕了直接倒在了地上。氧气罐也被他一起带倒的时候,我吓了一跳,不知道那玩意儿会不会爆炸。不过还好,感谢老天,没炸。

"我想来谢谢你送给我那个电脑机器。"我说道,但仍然没有面对着钱斯。说这种话我有点难为情,因为这不是我的性格:"我现在已经知道怎么用了。"

"真的?你研究明白了?"

"当然。"我说。他不用知道我到底是怎么研究明白的。

"等一下,"钱斯第一次踏出门外,眯着眼睛看着我那辆雪佛兰,好像看见了尼斯湖水怪,"那是你的车?不会是你自己开来的吧?"

"那孩子的岁数也不够开车呀。"

"爷爷,你连驾照都没有,你知道万一出事,后果会有多严重吗?万一你撞到人怎么办?万一你把人家撞伤了怎么办?"

"我开得很小心,"我说,"一直在限速内,也不溜车了。"

钱斯长长叹了一口气,好像在和孩子解决问题似的。那这可能有两个孩子,我和杰森都是。我现在宁愿和杰森分到一组,也不愿意和钱斯在一组。"真是让人费解,"他嘀咕着,"所以爷爷,你需要什么?你一路开过来,置路人性命于不顾,就为了谢谢我送你电邮机?刚才那孩子说要亲别人,又是怎么回事?"

"这个男孩有一个清单,上面写着他想在死之前完成的五个愿望,我正在帮他实现它们。"

"他病得这么重吗?"钱斯第一次充满好奇地看向杰森。他难道没注意到那孩子一直拖着氧气罐吗?不知道他脑子里在琢磨些什么。这一瞬间,时间好像变慢了,我都想高歌《带我去看棒球赛》[①]了。我想说一些温馨的、有爱的话,但此刻什么都想不起来。

"就像杰森说的,我觉得你应该跟着一起去,虽然我们今天就是先侦察一下。"

钱斯凝视着平躺在草地上的杰森:"我不想去,爷爷。你知道我不喜欢和孩子在一起。"

我想和他描述一下我和杰森相处时的感受,那种对生命肃然起敬的感觉,那种返老还童的感觉。我已经许久没有这些感受了,而钱斯长这么大可能还根本没体会过,但我不知道怎么和他讲述

---

① 《带我去看棒球赛》:美国一首非常经典的童谣。——译者注

这些。

"爷爷，我没办法放下手头的事情，我得工作。"

"你不懂，这很重要，重返年轻会让你懂得活着的意义。"

"不，花钱去做自己想做的事情才会让我明白活着的意义。趁你还没说那些愤世嫉俗的话之前，赶紧走。把你所有的钱都捐出去，睡几天大街，然后再来和我探讨什么重返年轻。"

他用那种眼神看着我，那种觉得我可悲到无可救药的眼神。其实我俩都知道，他对我的嫌弃不止这些。事实是，他连认识我都觉得尴尬。

"当我没说。"我说道。

"就这样吧，爷爷。"我还没朝车那边挪动步子，他就要关门了，"你注意安全。"

第十章

下午五点,季前橄榄球赛刚刚结束。我和杰森靠在场边的钩花网上,看着一群年轻的小伙子汗流浃背地从面前走过。他们穿着无袖衫,露出健壮有力的臂膀,手上拿着头盔和护肩,鞋钉在柏油跑道上"嘎吱"作响。

很久以前,我也玩橄榄球。小时候想玩什么就玩什么,但是练习通常只有一个小时。天还大亮的时候,很多男孩就被叫回家收麦子了。但现在这些男孩踢完球刚好回家吃晚饭。

停车场另一边的一片空地上,明迪·阿普尔盖特正带着队伍欢呼喝彩:"加油,向前!不要退缩,一起来吧!"[1]

我用夹克的袖子擦掉了杰森嘴边的口水。他正张着嘴发出"啧啧"的声音,然后咽了一下口水说:"她的身材太火辣了。"

---

[1] 此处为歌曲《咄咄逼人》(*Be Aggressive*)中的歌词。——译者注

我俩一起躲在停车场的一辆车后面，后背紧紧贴着车，像一对真正的间谍。我的膝盖疼得要死，但我怕坐下之后杰森没法把我扶起来。现在要担心一些更重要的事情了。

"把这个帽子戴上。"我把头上的软呢帽拿下来扣在杰森头上。他戴着帽子，像黑帮的孩子似的。

"为啥？"

"不想让明迪·阿普尔盖特下次见到你时认出你，这会打乱整个计划。"

"什么计划？你知道你现在在干什么吗？"

"相信我，"我说，"把这个留在那儿。"我把他的氧气罐拉到我身旁，用它来支撑一下我。"接下来这么做，"我说道，"啦啦队中场休息的时候，你去找那个离明迪·阿普尔盖特最远的女孩，问问谁是明迪的情郎。"

"哈——啊，您说什么？"

"她的情郎，就是男朋友的意思。"

"管她男朋友是谁呢，我又不是要和她约会。"

我思考了一阵子才明白"约会"的意思是两个人确定关系。"我们不需要她和你约会，"我说，"我们只需要知道你吻她之后会不会被揍成肉饼。"

"为爱而死，我会勇往直前。"

到目前为止，这孩子对什么都嬉皮笑脸，所以刚开始我以为那个"为爱而死"也只是个笑话罢了。但这一次，他看来是铁了心了。我忍不住盯着他的胸脯,不由得在想,如此坚定赤诚的一颗心,怎么就生病了呢?这时啦啦队队员下场休息,她们都朝各自的水瓶走去,附近的人都慢慢聚集到一处。"就现在。"趁我还没太多愁善感之前,我对他说道。

他绕过汽车,踮着脚跑到我和啦啦队中间的一棵巨大橡树下。我忘了告诉他不用这么偷偷摸摸的,他现在看着就像一个跟踪狂。我吹了个口哨让他看过来,示意他别搞这些花里胡哨的。但他好像没看懂,反而把手摆成手枪的样子,还做了个不怎么样的后空翻,压瘪了我的软呢帽。

他现在没有躲在树后面,而是在揉自己的脖子,我觉得他刚刚可能翻过了那个树根。他注意到啦啦队队员全都在看他,所以他径直走向了那个最外圈的女孩。她正坐在那儿,用手敲打后背来放松。但当她看到杰森的时候,后背突然挺直了,好像要做出不知是迎战还是逃跑的决定。

我听不到那边正在发生什么,但杰森直接撞到了她身上(我认为是软呢帽挡住了他的视线),然后和女孩说了些什么。女孩看起来很困惑,但她刚回答完毕,杰森就飞一般朝我跑来。我赶紧转过头去,差点儿没站稳。我靠在车上,花了好几秒才站直,然后拿着氧气罐往另一个方向走去,这样啦啦队队员就看不到我的脸了。

杰森上气不接下气地追上我,极度亢奋。我得表扬他,确实勇气可嘉。"她没有男朋友。"他气喘吁吁地说。跑步真的已经让他筋疲力尽了，不知道医生有没有和他说过要避免运动，我其实是需要了解这些事的。"但是她喜欢贾罗德·米勒，他是橄榄球队的四分卫。"

我脑子里的齿轮过了一会儿才开始转动，实在是落灰太久了，也太旧了。但一旦转动起来，我还是能琢磨出一些好主意的。

"干得漂亮，小兵。"我把帽子从他头上拿下来，朝里面打了一拳，让它重新鼓起来，然后戴回自己头上。杰森过来拿起氧气面罩，深深地吸了几口气。"咱们等上一天，别引起她们的怀疑，"我说，"今晚睡觉前记得涂点润唇膏，因为明天，你就要和明迪·阿普尔盖特亲嘴了。"

第十一章

回家看到电话答录机的灯一闪一闪的。我按下播放按钮,然后去开了一瓶方饺罐头。我正要把罐头往碗里倒的时候,整个房间突然充斥着布兰登·奇尔森的声音。

"嗨,默里,我是布兰登。上次你怎么不给我回电话?因为耳罩的那个拍摄吗?不理经纪人可不好哦,我可是站在你这边的。

"不管怎样,我就是想确认一下基顿医生有没有说服你去接手那个美术课的工作。现在有一个花生酱公司的拍摄,他们需要一个老人,我觉得你是最佳人选。试镜在周三下午四点整,地址是奥康纳大厦223室。去吧,好吗?他们要找的就是你。这个钱很好赚,相信我,默里。"

我没理这条留言,把我的方饺放在炉子上热了三分钟零二十秒——最恰到好处的时长——而且幸好钱斯不在这儿。他总是对我的模特职业冷嘲热讽,管它叫老人年鉴俱乐部。

我接了一杯自来水，坐在那张我和珍妮以前用的圆木桌旁吃晚餐。吃完饭，我走到水槽边，把餐具都洗干净，然后走进客厅。

　　这是栋老房子了，客厅上面还有一间阁楼。我已经快十年没上去过了，但今天晚上总觉得有什么在召唤我。我从布满蜘蛛网的角落里拿起一把旧扫帚，用它去钩天花板上一块拴着方形木板的绳子。扫帚把总是左右摇晃，我试了十几次才终于钩到了绳子，让它垂到了我能够到的高度。

　　我闪到一边，使劲拉动绳子。接着，那块方形板子沿着绳子滑下来，露出了阁楼的一个小口。我又往下拽了一点绳子，安装在旋转门上的梯子就一直滑到了地板上。

　　我花了整整十分钟才爬上去。钱斯要是知道我正在干什么，他肯定又会絮絮叨叨地训斥我一番。我下定决心千万不能掉下来摔断髋骨，绝不让他有任何理由把我扔到那个所谓的"家"，也就是养老院。据我了解，养老院和家毫不沾边，有着左撇子和右撇子一样的天壤之别。

　　阁楼和球员休息区差不多大，到处都是蜘蛛网和堆积的尘土。我拉了一下天花板上的抽绳，灯泡随之亮了起来。这上面东西不多，大部分都是奖杯之类的，还有几个对我意义非凡的棒球，其中一个是我在大联盟打出的第一千个球获得的奖杯。这蜘蛛网也太多了。但这些都不是我现在要找的东西。

　　我对阁楼最里面的行李箱比较感兴趣。打开它时发出了刺耳的"吱吱"声，卡片就在最上面，装在一个塑料小盒里。这是一张 1934 年的球星卡,也是我所有卡片里面最好看的一张。他们都是让我举着球棒摆拍,或者在我挥棒的时候突然喊停,拍一张丑丑的照片。可是,谁会在球员休息室外面打棒球啊?

1934 年是我在大联盟的最后一年,而我却错过了拍照的那天。我和珍妮在拍照前一天的晚上出去吃饭,吃的是意大利面还是什么。结果吃完饭,我肚子疼得满地打滚,那一整晚和第二天,我都是在厕所里度过的。珍妮很担心我,给我做了吐司和鸡汤,一点一点地把我照顾好,让我恢复了健康,但我还是没来得及赶去拍照。所以他们不得不在比赛的时候给我拍。我一直都不像那帮老头们那么爱自吹自擂,但这张棒球卡上的照片是我这辈子看起来最健壮的一张。这张照片里的年轻人正值壮年。这是唯一一张——在所有纪念品中——我永远都不会丢掉的照片。我保证,在我寿终正寝的时候一定会带着这张照片。我已经和詹姆斯牧师说了,不要让钱斯的脏手打我照片的主意。

我盯着这张棒球卡看了很久,回忆起过去在晴空万里的棒球场上的点滴。直到膝盖开始抽痛时,我才依依不舍地把卡片放回行李箱。里面还有一台老式留声机,这我可一点印象都没有了。我懒得清理上面的灰尘,甚至懒得打开看看里面装的是什么碟片,直接把它拎出来插到墙上的插座里,按下了开关。因为刚才俯下身来插插座,我膝盖现在僵得不行,所以赶紧坐下来,准备听录音。沙发椅上的方格纹布料已经有些磨损了,肯定是让老鼠咬了。

先是一阵"噼里啪啦"的声音,然后,阁楼里回荡起深沉又神圣的声音。

　　默里·麦克布莱德来到了击球位,这位三十七岁的左外野手老将在本赛季的击球率为 0.226,很多人认为这将是他最后一次身穿小熊队队服。他走后,芝加哥小熊队一定会非常想念他。

这应该是场比赛。我隐约想起,我的一位老朋友很多年前用黑胶碟给我录了几场比赛,这一定是其中一场。
　　也许是录音里的声音,又或许是他们说话的方式,把我带回了从前,让我想起了蔚蓝的天空、青青的草地,我似乎闻到了皮革和松焦油①的味道。闭上眼睛,我仿佛回到了三十七岁。

　　鲍勃·雷诺兹火力全开,准备一击,这是一个内角②快球。

我不记得场上都有谁,也不记得这是哪场比赛。当时我要是三十七岁的话,那就是 1934 年的事情,我的最后一个赛季。我又回到行李箱前,拿出那张 1934 年的棒球球星卡,把它紧紧攥在手里,感受着它的存在。

---

① 松焦油:会增加投球手的棒球旋转速度。棒球投手涂抹松焦油后,能增加手指与球的摩擦力,还能降低出汗等因素造成的控球不稳。——译者注
② 内角:在棒球运动里,内角是指投手投出的球,在偏靠近打者位置。——译者注

第十一章

雷诺兹在等待信号[1]……现在他接收到了，又一次冲了出去……麦克布莱德挥棒但未中，差了一英尺。老默里·麦克布莱德被虚晃了一招。

老默里·麦克布莱德，他是没见到我现在有多老。

这就是为什么大家说麦克布莱德的职业生涯已经接近尾声了。长久以来，他一直是大联盟的中流砥柱，但众所周知，棒球是年轻人的运动。雷诺兹甩掉了捕手，现在的场上形势对他有利。继麦克布莱德的上一次挥棒后，我们估计又会看到另一个曲线球。

打曲线球，谅你也不敢。我年轻时绝对能击中那球的，虽然我当时已经三十七岁了，联盟里的投手我可是一个都不怕。我仿佛看到了观众为了来看球赛而盛装出席。

现在雷诺兹要投球了……又是一个变向球！但这次麦克布莱德略过了这一球，球朝着左外野飞去。格林伯格回去了，他现在上了警戒跑道[2]……他没有接住！球没有打到墙，麦克

---

[1] 信号：此处指投手和接手之间的暗号。——译者注
[2] 警戒跑道：用以警告接球的外场队员已接近看台等。——译者注

布莱德在二垒附近冲刺，直奔三垒——快看，他跑得飞快！天，他还是挺敏捷的。现在要投三垒……麦克布莱德滑倒了，他……安全上垒了！默里·麦克布莱德凭借他在本赛季的第五场三连胜稳居第三。哦，天哪，也许这位老伙计还是宝刀未老。默里·麦克布莱德向世界展示了他依旧有……

　　播音员还在继续，但在我的思绪里仿佛已经消散远去了。脑海里的声音震耳欲聋，以前的记忆也汹涌而来。我想起我曾离开珍妮，离开孩子们，奔走于各个城市，一天一天地离他们远去。我错过了孩子们的校园时光，错过了他们的体育锻炼，错过了他们的恋爱……实际上，我错过了他们的全部人生。当我终于不打棒球的时候，孩子们早已经长大成人，也确实按照我们的指示去做了——他们步入社会，自力更生，也都各自结婚，组建了自己的家庭。他们总是非常热心地来探望我们，我们也一直都有联系和往来，但他们看我的眼神和看珍妮的截然不同。我花了巨大的时间和精力来欺骗自己这没什么可难过的，假装这不是我的错。

　　我走过去，一拳砸在留声机上。唱臂断裂，播音员的声音也戛然而止。

　　我又坐回椅子里，开始哭泣，手里还紧紧攥着那张棒球卡，它是我人生的全部价值。除了在珍妮的葬礼上，我从来没像现在这样号啕大哭过。我紧紧地捂住我的脸，但还是止不住哭泣。

　　我为逝去的青春痛哭，为珍妮和孩子们痛哭，为我所错过的一切痛哭。我想变成一个能坦坦荡荡倾诉衷肠的人。

我想变成一个父亲，让孩子们知道，他们就是我的全世界的那种父亲。

收件人：MurrayMcBride@aol.com

发件人：jasoncashmanrules@aol.com

主题：我马上就要亲亲又啵啵啦

尊敬的默里·麦克布莱德先生：

哥们儿，我在家庭纽带重播时听到了些什么，但其实根本没明白是什么意思。我终于逃离了我的浑蛋爸爸，又回到妈妈身边了。她说我得告诉你我的一些情况，也得让你介绍一下你自己的情况。她很奇怪是吧？她还说我不应该用 OMG 和 hhh 这种词，因为你看不懂，但我觉得这不可能看不懂啊。你是地球人吗？

好吧。你知道我十岁了，也看过我的清单了，别的也没什么可说的了。噢，我长大以后想做职业棒球手或职业橄榄球队员，说不定还想做职业篮球队员。我喜欢奶球和樱桃可乐，可是妈妈不让我吃太多。她说是为了我的心脏好，但我觉得她在瞎扯。瞎扯听起来很奇怪是吧？但妈妈说我不能说脏话。连拼写检查都觉得"瞎扯"这个词很奇怪。我写的每一个字都会被检查修正。

这是我写过的最无聊的邮件了。我妈妈有时候很笨，但至少她人很好。

> 回聊。杰森。注：妈妈让我写"祝好"，但我和她说，她要是这么想写这封邮件的话那就自己写算了，然后她被我噎回去了。

收件人：jasoncashmanrules@aol.com

发件人：MurrayMcBride@aol.com

主题：回复：我马上就要亲亲又啵啵啦

亲爱的杰森：

　　感谢你的来信。听起来你妈妈人非常好。她告诉你不要说脏话，也不要吃垃圾食品，这都非常正确。我确信她一定非常爱你。我也想和你介绍一下我自己，但我一百年的故事，在一封信里无法全部说完。

　　期待明天见面。祝你接吻成功。

祝好，

默里·麦克布莱德先生

收件人：MurrayMcBride@aol.com

发件人：jasoncashmanrules@aol.com

主题：回复：我马上就要亲亲又啵啵啦

　　哥们儿，我不敢相信你居然管那叫"信"。讲真，实在太搞笑了。

第十二章

今天是杰森的大日子。我把雪佛兰开到了一条朴实得多的车道上，和他爸爸奢华的车道迥然不同：混凝土开裂，杂草丛生。这是一座农场风格的小房子，外墙其实应该用深蓝色漆料翻新一下，白色镶边看着也有点旧了。

两位年轻女士正坐在前廊的藤条椅上喝着饮料，很可能是沙士[1]，毕竟现在就开始喝高球[2]什么的确实太早了些。至少，对我而言，太早了。但你永远不知道别人是怎么想的，而且她们喝什么其实和我无关。

我还没来得及停好车，杰森就从前门出来了。这孩子真是使出浑身解数了。他穿着一身细条纹三件套西装，鞋子看起来像鳄鱼皮；头发都梳向一侧，估计用了大半罐发胶才固定住。他从夹

---

[1] 沙士：一种碳酸饮料。——译者注
[2] 高球：烈酒加苏打调制出的鸡尾酒。——译者注

克内侧的口袋里拿出一个圆形的罐子,倒出一粒薄荷糖扔进嘴里,然后打开车门,把氧气罐拎了进来。

"你以为自己要去后厨吗?"我说。

杰森正在试着忽略一些他听不懂的话,不知道他是不是从我这儿学来的。"明迪·阿普尔盖特,"他扬起了下巴,"你要成为我的女人了。"

其中一位漂亮的女士在门廊的椅子上朝杰森挥了挥手,但杰森赶紧用手遮住了脸。"开车。"他说,"我说真的,赶紧开。"我转了一下钥匙,把车熄了。

"那是你妈妈吗?"我问。

"对,但是哥们儿,咱们直接走就行了,她不会介意的。"

"听着,"我说,"再重申最后一次,我不叫哥们儿,我是默里·麦克布莱德先生。叫我麦克布莱德先生。"

"好好好,那我们现在能出发了吗?"

"怎么了?和你妈妈介绍一下我,这有什么不好的?"

他叹了口气,瘫在座位上:"她会拍我的头,就好像我是只小狗一样。"

"这没什么不好的啊。"他看我的眼神犀利得能杀人了,"说不定这次不会,因为我在这儿呢。"

"就是因为你在这儿,她才会拍我的头。"杰森说,"你要是不在,她会亲我的额头,然后用她的脸颊紧紧地贴一下我的脸颊。太恶心了,虽然不像蒂甘妈妈那么糟,但还是很糟。"

"她是你的妈妈。"我说道,然后打开车门下车。当我终于从汽车前面绕过来时,我把杰森副驾的车门也打开了。他无精打采地瘫在那里,都快滑下座位了。我靠在车门上等他出来。

"天!"他喊了一声,然后把氧气罐举起来放到后座,极不情愿地拖着软塌塌的身体下了车。

走到门廊时,他的妈妈朝我们挑了挑眉,眼睛炯炯有神。她留着一头棕色短发,还有小巧精致的下巴——杰森的妈妈是个大美人。

"您好,"她的声音也像百灵鸟一样动听,"您一定就是默里·麦克布莱德先生。"她放下手中的杯子,站起身。我轻捧起她礼貌伸出的右手,亲吻了她柔软的手背。然后,我突然想到了珍妮,她要是看到我和这个比我小六十岁的女士眉来眼去的样子,一定会笑得合不拢嘴。看来杰森妈妈身边的这位女士也是这么想的,从她脸上的笑容就能看出来。她也站起来和我打招呼。她的头发——浅紫色和金色交错——剪得短短的,有点像刺猬,但她也很友善地冲我笑,所以我也礼貌地点头回应她。

"女士,"我对杰森妈妈说,"你有个好儿子,我很开心能有机会陪伴他。"

"真的吗?!"她说道,不知道她有没有听过类似的评价。我可能有点言过其实,但所有妈妈都喜欢听别人夸她们的儿子。"我非常希望您身上的气质能感染到他一些。"她拍了拍杰森的头,他扭动着躲开了。"您可以称呼我安娜。这位是我的邻居黛拉。你们今天打算去哪儿呢?"她问道,"您都让杰森穿上西装了,一定是有什么大动作。平时让他穿戴整齐可是要费九牛二虎之力。我问了他好几遍,他还是不告诉我今天要去哪儿,他说这是个大秘密。"

我应该告诉她的,因为妈妈有权利知道她的儿子要去哪儿。我正要说话时,注意到了杰森楚楚可怜的双眼,我实在是招架不住。"是的,女士,"我说,"这是我们男人之间的高度机密。"

安娜发出了银铃般的笑声。她又拍了拍杰森的头,说:"好吧,那玩得开心哦。麦克布莱德先生,以后有时间,我想请您过来一起吃晚餐。"

"女士,请称呼我默里就好——"

"什么?!为什么她能这么叫你?"

"而且,我很乐意和您一家共进晚餐。"

"太好了,"安娜说,"我今晚需要加班,您可以把杰森送回他爸爸家。"

"那个浑蛋。"另一位女士脱口而出,然后突然开始大声咳嗽,清了清嗓子继续说道,"不好意思,看来我这感冒挺严重的。"

安娜面色如常,好像什么都没发生一样,看来她已经习惯被这位女士打断谈话了。"共进晚餐的事情,我会让杰森和您通邮件。他说您很时髦,电脑技术可好了。"

"我从来没这么说过,"杰森说,"他根本什么都不懂。"

我忍不住一直盯着她看。她笑起来温暖而热情,我纵容自己瞥了一眼,看到了她脖子那儿平滑的肌肤。珍妮不会太介意的。

"你说得对,女士。我多才多艺。"

我可能需要把这部分向詹姆斯牧师忏悔一下。不知道像他这种牧师能不能理解女人的诱惑。杰森拉着我的手,我俩快速地和两位女士告了别。

"你妈妈是个不错的女人。"我们正朝着车子走去。

"逗我呢?你这话好恶心啊。"

"我不是那个意思,好吧?我又不是会被女人迷得晕头转向的那种人。我只是想说,她……人真的很好。"

我们正要上车,发现有个小男孩正绕着隔壁房子前面的灌木丛转圈,好像在监视我们似的。杰森快跑了几步,一屁股坐进车里,"砰"的一声关上了门。那个小男孩从我身旁飞奔而去,敲了敲车窗:"嗨,小杰,"他用尖细的声音问道,"你在干什么——为什么穿得这么正式——你要去哪儿——这是谁的车啊——你妈妈知道你和一个陌生人出去吗?"

"闭嘴吧,蒂甘。"杰森在车里回应道,"老天,女孩怎么这么烦人?!"

我花了一分钟才挪到车子旁边,然后发现杰森说的没错,这实际上是个小女孩。但是看错了也不能怪我,她可戴了个棒球帽啊。但不太好的是,她戴的是芝加哥白袜队的帽子,帽檐是弯的,所以我几乎看不到她的脸。她还穿着条运动短裤,蓝色的袜子一直提到膝盖;甚至还穿了件棒球衫,前面写着"美洲狮"[①],就好

[①] 美洲狮:伊利诺伊州的一个棒球队。——译者注

像她在少年棒球联盟①似的。我敲了敲玻璃，一阵大声的哀号过后，杰森才把车窗摇下来。

"你就是这么对待朋友的？"我问他。

"没有啊，她不是我朋友。"

"那她是谁？"

"先生，我的名字是蒂甘，"女孩回答，然后伸出手来要和我握手，"蒂甘·罗斯·玛丽·阿瑟顿。我是一垒女球手，也是第四号击球员。"我有点被这孩子吓到了……但是说不清具体是哪一点吓到了我，或许是她的自信，又或许是她的成熟？杰森十岁，但他除了个头不像三岁之外，头脑简单得像三岁，肢体语言也像三岁，看起来也像三岁。而这个女孩却给我一种少年老成的感觉。

"很高兴认识你，蒂甘·罗斯·玛丽·阿瑟顿。我是默里·麦克布莱德，杰森的朋友。"

"很好，"她一直蹦蹦跳跳的，比一般人活泼好动多了，"我也是杰森的朋友。"

"你不是！"杰森大吼，目光直直地盯着前方的挡风玻璃。

"您要带他去哪儿？"

我犹豫了一会儿，然后决定告诉她真相："去找一个女孩，献出他的初吻。这是他的愿望之一。如果你家人同意的话，你可以和我们一起去。"

---

① 少年棒球联盟：Little League Baseball，又称世界少棒联盟，美国的一个非营利运动组织。——译者注

"去干什么？难道去看他接吻吗？谢谢邀请，但不必了。很高兴认识您，麦克布莱德先生。小杰拜拜！"说完，她转身蹦蹦跳跳地跑向杰森家的门廊，跑到安娜身边那个染了头发的女人身边。黛拉一下子站了起来，说了一些听起来像"Es-bee-kay"之类的话，然后在蒂甘脸上使劲亲了一口。她又把蒂甘抱起来转了一圈，接着给了她一个大大的拥抱。我早该想到这个女人是她的妈妈，但我从来没看到一个女人见到自己的孩子会这么激动，除非她们已经很久很久没有见面了。蒂甘对她说了同样的话，"Es-bee-kay"。

我终于坐到车里了。"我不敢相信你居然邀请她和我们一起，"杰森说，"她是个女孩，你不懂吗？女孩！"

我没理他，我们一路开到了中学橄榄球场旁的停车场。我感觉就像是要去瑞格利球场①参加比赛似的，激动又紧张，对即将发生的事情充满了期待，又觉得一切皆有可能。

我选了一个靠近橄榄球场的停车位，这样不会引起别人的怀疑。我看到她们了，一排穿着蓝白色短裙的女孩正一路蹦蹦跳跳地唱着歌，挥舞着手里的绒球，旁若无人。看到穿着啦啦队队服的明迪·阿普尔盖特时，杰森突然像泄了气的皮球一样丧失了信心，脸色也有些发青发紫。还好小蒂甘没跟我们一块来，不然杰森可能会更难受。

---

① 瑞格利球场：位于美国伊利诺伊州芝加哥市，是美国职业棒球大联盟中芝加哥小熊队的主场。——译者注

"呼吸，"我一边说着，一边伸手去够车后座上的氧气面罩，"吸气，吸满。"面罩上起了雾气。深呼吸几次后，他看起来好一些了："还记得计划吗？"

他点点头，但没说话，然后从口袋里拿出了便利贴，直直地盯着它。他闭上了眼睛，呼吸声逐渐平缓下来。

"你可以的，"我说，"记住，告诉她你有贾罗德·米勒的口信，但是个秘密。当她俯下身来听你说悄悄话时，就在她的嘴唇上快速啄一下。啄一下就好。然后……你就回来吧，赶快他妈的逃离现场。"

我明天必须向詹姆斯牧师忏悔——居然当着一个孩子的面，说脏话了。但他必须知道，如果他不按计划执行，事情只会变得更糟。杰森把清单折起来放回到口袋里。他又一次面无血色，但我觉得这次是因为恐惧，而不是因为缺氧。

"我改主意了，"他说，"不想再继续下去了。"

我近距离地仔细看了看他，他面白如纸，呼吸急促不均。我感觉他可能差点儿就要犯心脏病了，或者是发生什么别的状况。所以我赶紧转动钥匙，把雪佛兰发动起来。

"没关系，"我安慰道，"反悔没什么可丢脸的。"

车一点一点地朝着停车场出口开着。在彻底远离明迪·阿普尔盖特之前，我又偷偷看了杰森一眼，他闭着眼睛，双手捂着脸，一滴眼泪正顺着脸颊流下来。我找到了最近的停车位，停好车。我明白他的心情，我会帮他走出来的。

"听着，孩子，"他从手指缝隙里看着我，我接着说道，"我们在人生中都会遇到令自己恐惧的事物，吓得哭爹喊娘。我们宁愿蜷缩到一个洞里躲起来，不在乎自己会错过什么，也不在乎是不是要在这个洞里躲一辈子，但我们就想一直躲下去，只要不用面对那些恐怖的事物。你现在是这种感觉吗？"

他转过去看着窗外——反正就是不看我。但我仔细地盯着他，终于看到他轻轻地点了点头。

"我理解。"我说，"我第一次要亲珍妮的时候，差点儿直接昏倒在地。所以我最终做了和你一样的决定，不亲了。如果亲一个女孩的感觉这么糟糕，那我决定还是不亲了。所以最后我没亲。但你知道后来发生什么了吗？"

小脑袋轻轻地摇了摇，微弱的声音传来："不知道。"

"什么都没发生。我什么都没做，然后她认定我肯定不喜欢她。后来厄尼·威尔斯问她要不要确定恋爱关系时，她同意了。直到那时我才意识到她值得我从洞里爬出来，意识到我宁愿出来面对恐惧也要和珍妮在一起，我不愿在洞里过没有珍妮的生活。"我把手放在他肩头，轻轻捏了捏，这是我常用的肢体动作。"你必须要做出决定。在你还可以亲吻一个女孩的时候，明迪·阿普尔盖特是那个值得你爬出洞穴的女孩吗？"

杰森擦干了眼泪，狠狠地盯着仪表盘："后来你喜欢的那个女孩怎么样了？还有那个叫厄尼的人。你最后把女孩追回来了吗？"

"当然。"

"怎么做到的?"

"我就是突然意识到,如果不好好生活,生活就毫无价值。所以我就开始好好地过日子了。"

这段话杰森消化起来可能有点困难。他摸了摸放着清单的口袋,戴上氧气面罩又深吸了一口气,一句话都没有说,下车大步朝那群啦啦队队员走去,甚至都不等她们中场休息。突然,我变成了那个无法呼吸的人。万一他被扇了一巴掌,丧失了所有的信心,我不知道该如何面对自己。

但现在为时已晚了。女生们还在大声加油助威,在做一些伸胳膊踢腿的动作,但杰森还是大步流星地直接走向了明迪·阿普尔盖特,他险些被踢到下巴。我看到杰森的嘴巴动了动,然后明迪停下来听他说话。我打开车窗想听个究竟,但实在是听不清楚。看起来计划奏效了。明迪弯下腰,脸正对着杰森。他的机会来了。

接下来我看到的这一幕把我吓得从驾驶座上蹦了起来,头差点儿撞到车顶上。杰森用胳膊环住明迪·阿普尔盖特的脖子,正非常激烈地和她热吻,我都十几年没见过这场面了。杰森可真是个接吻高手。我从车里这么远的地方看,都看得出这个吻是 PG-13 级[1]。要是在我那个年代就有分级制度的话,这个吻肯定是 R 级[2]。

---

[1] PG-13 级:美国要求 13 岁以下儿童需要在父母陪同下观看的电影级别。——译者注

[2] R 级:限制级,要求 17 岁以下观众需要有父母或成人陪同观看的电影级别。——译者注

我明明告诉他轻轻啄一下就好,他这是在干什么?我差点儿就探出车窗朝他大喊大叫了。然而奇怪的是,明迪看起来并没有反抗,甚至看起来她似乎在回吻杰森。终于,感觉过了整整一分钟后,实际上可能只有五秒,杰森转身冲向我这辆逃跑专用车。

他两眼放光,就像看到了独立日那天的压轴大戏似的,我从来没见过这么灿烂的笑容,他的嘴角都要咧到耳朵根了。如果用一个词形容现在的他,那一定是得意忘形。他想跑过来,但是每跑几步就忍不住蹦一下。手臂也挥舞得像个十岁的孩子,不过他也确实才十岁。他歇斯底里地笑着,都快要笑哭了。我听到明迪·阿普尔盖特和其他啦啦队队员在他身后的交谈声,好像很震惊的样子。她一直在看着杰森,所以她一直面朝车子这边,我可以分辨出她们说的话。"他说,是贾罗德让他这么做的,你们敢相信吗?是贾罗德!"

对于现在所发生的这一幕,我很难说自己问心无愧。总有一天,可怜的明迪·阿普尔盖特会知道想吻她的根本不是那个体形笨重的四分卫,而是一个有点变态的小孩。但一看到这个欢呼雀跃的孩子,这个可能根本活不到找女朋友的年纪的孩子,我就把明迪抛到脑后了。不管她后面发生什么,我们反正是不会回来了。

"抓紧!抓紧!"我朝窗外吼。

"冲!冲!冲!"杰森坐进了车里,大声喊道。近八十年来,我第一次飙起了车,轮胎和马路剧烈摩擦,留下了车轮印,就像逃离犯罪现场一样。

第十三章

该送杰森回家了,我问杰森能不能和他一起回去,因为我想正式地见一下他的父亲。

"他很忙。"杰森说。

"哦?忙什么?"

他亲完明迪·阿普尔盖特后的高涨情绪和脸上带着的笑容一下子消失了:"不知道。忙大人的事情。"

"一分钟就可以,"我说,"我不会占用太长时间。"

"随你便吧。"他说着,脑袋的一边抵在车窗上。我开着雪佛兰来到他家的大门前,和保安挥了挥手,大门缓缓打开了。此时,杰森还是在劝我不要去。"他可能没法和你聊天,"他说,"他平时总是特别忙。"

他越不想让我去,我就越下定决心要去。我把车停在环形车道上,然后开始了长达三分钟的漫漫下车路。刚一进门,杰森就对着巨大的门厅喊道:"我回来了。"唯一的回应是房顶的吊灯。他耸了耸肩,好像在说:"我说什么来着。"然后拽着他的氧气罐进了电视房,一屁股陷进沙发里,身上还穿着他的西装三件套。我和那个喷泉一直保持着安全距离,蹭着地跟在他身后。"想玩吗?"他问。

"现在不是时候。我在哪儿能找到你爸爸?"

"他一整天都在办公室里工作。"杰森回答道,但视线一直停留在屏幕上。

"他的办公室在这儿?在家里?"

杰森的眼睛还是紧紧地盯着电视,手指向了一条长长的走廊。我沿着这条长廊走下去,找到了他爸爸上次闪身而入的那间屋子。我把耳朵紧贴在门上,听到里面在谈话,但听起来只有一个人在说。他可能是在打电话吧。我想表现得礼貌些,等到杰森爸爸挂了电话我再进去。但我又在想——他可能一直都挺我行我素的。如果我想给他留下印象,我可能需要离经叛道一些。

所以我没敲门,直接走了进去,用我最大声、最老态的声音喊道:"噢!你在这儿啊!很高兴见到你!"

杰森爸爸的话说了一半,突然停了下来。这一次,他正坐在桌子旁,果然,耳边放着电话。他肯定从来没有遇到过现在这种状况,绝对没有人敢这样打断他。他现在看起来完全蒙了。

烟袅袅升起,他头顶上飘着的雾气又浓重了一些。地毯、书架,甚至橡木桌子和皮椅都散发着烟的气味。过了一会儿,他才回过神来,对着电话说:"一会儿打给你。"

要不是我已经一百岁了,他肯定会揍我一顿。但我没有被吓住。在他朝我大喊大叫之前,我伸出了骨瘦如柴的手,说道:"我是默里·麦克布莱德,是杰森的大哥。"

他斜着眼看了看我,然后开口说道:"我记得,有这么回事。"他挥了挥手,好像要把什么东西赶走:"我是本尼迪克特·卡什曼。"

"我把杰森送回来了,"我说,"他刚刚完成了第一个心愿。"

我其实有点期待他能和我握个手或者击个掌,甚至和我拥抱一下也可以。毕竟,现在状况不太好。他儿子的心脏坚持不了多久了——总而言之,我得出的结论是,他快死了,但他的五个愿望才完成了一个。杰森爸爸没有回应,只是茫然地盯着我。

"他亲了一个女孩,"我说,"用嘴。"

本尼迪克特皱起了眉。我不知道他是否知道这个愿望清单的事情。

"他才十岁。"

"对,我知道,这听起来确实很奇怪,我明白。"

"你明白什么?"

我预想的对话不是这样的。但当时他要是在场就好了,要是他能看到他儿子从内心流露出的喜悦,看到他像安德鲁斯姐妹[①]那样开心地手舞足蹈,看到他喜极而泣的样子,就好了。

---

① 安德鲁斯姐妹:The Andrews Sisters,是美国20世纪上半叶最成功的女性乐队。——译者注

本尼迪克特点了一支烟,隔着缓缓升起的烟雾盯着我。除了他那一排电脑发出的"嗡嗡"声之外,屋子里一片寂静。他沉默不语地盯着我,感觉像是在恐吓我,搞得我很不舒服。但我也是见过世面的人,曾经有一个时速九十迈的快球直朝我下巴飞来,我也把它降服了。他干什么都吓不倒我。

　　"杰森心脏有问题。"我说完,指了指他已经溢出来的烟灰缸,"你觉得这么做有用吗?"

　　他狠狠地吸了一口,然后像条龙似的把烟从鼻子里喷出来:"去年我赚了二百三十万美元。你知道我为什么这么努力地赚钱吗?因为要付医药费。你以为保险公司会给报销?他现在接受的治疗不能报销,他们说这叫实验性治疗,所以得自己付,得我来付。你带着他出去做一些违法乱纪的事情的时候,我一直在这儿赚钱养家糊口。现在我问你,谁更伟大?"

　　我想说,这不是谁更伟大的问题,重点是杰森。

　　但我没有说出口。透过层层烟雾仔细地审视这个人,我知道他不是个坏人。他既不贩毒,也不打孩子,他只是有些迷失方向,有些分不清主次。我不是说他竭尽全力为孩子挣医药费是错误的行为,但是他们二人的父子关系要为此付出多大的代价呢?

　　当然,我这不过是五十步笑百步罢了。况且,杰森是他唯一的孩子,但他们两个人的关系却变成现在这样,我也实在不忍心再责骂他了。

　　"我道歉,"我说,"我会自行离开的。"

我关上了门，转身返回电视房，看到杰森的角色正疯狂地向屏幕上方的一艘巨型宇宙飞船开火。我扶着氧气罐，慢慢坐到他身边，膝盖发出了清脆的响声，好像在抗议。"给我看看你的清单。"我说。

他一只手伸进口袋里拿清单，另一只手还在热火朝天地按着按钮，眼睛从未离开过屏幕。我接过清单，看到"亲一个女孩（亲嘴）"这条愿望旁边画着一个大大的红钩。这是除了珍妮给自己买的那件吊带裙之外，我见过的最美的东西。我颤抖的手指移动到下一个愿望——"在职业棒球大联盟的体育场打出本垒打"，这可能有点棘手。

"你是强击手吗？"我问。

"不是。"

"那你能打很多二垒安打①吗？"

"最近没有。"

他接过我递给他的清单，摸索着把它塞回口袋里。"你长这么大打过棒球吗？"

"没。"

"苍天啊。"

他怎么不直接写穿越时空呢？这两个愿望实现的可能性几乎差不多大。但这就是爱吧——会让你忘记所有"不可能"，就像

---

① 二垒安打：指的是打出球后，击球员最终安全跑到二垒。——译者注

我和珍妮在一起的这八十年，就像我和我的两个孩子，虽然我可能没有让他们感受到。其实从某种程度上讲，我和我的孙子钱斯之间也是这样，是有爱的。但凡不是铁石心肠的人看到杰森亲吻明迪·阿普尔盖特后的反应，都会爱上这个男孩。

所以，尽管他在职业棒球大联盟的体育场打出本垒打的这个愿望难如登天，但我又一次开始发动脑子里的齿轮了。

我想，是时候去拜访一些老朋友了。

收件人：MurrayMcBride@aol.com

发件人：jasoncashmanrules@aol.com

主题：我的治疗——没劲透了！！！

　　我今天要去医院治病。真是太没劲了。妈妈要工作，爸爸觉得太压抑了，所以不想去，而且他还得工作。你想来吗？小杰。

收件人：jasoncashmanrules@aol.com

发件人：MurrayMcBride@aol.com

主题：回复：我的治疗——没劲透了！！！

亲爱的杰森：

　　我很荣幸能陪你一起去。然而，我不清楚时间和地点，也不清楚我应该做些什么。希望你能分享一些此事的相关信息。

祝好，

默里·麦克布莱德先生

收件人：MurrayMcBride@aol.com

发件人：jasoncashmanrules@aol.com

主题：回复：我的治疗——没劲透了！！！

　　哥们儿，下面是"一些此事的相关信息"。这么说话好奇怪啊。算了。下午一点，好像是623室还是什么的，就是女厕所对面的那间，我也不知道，你问问我妈吧。

第十四章

我给杰森的妈妈打了个电话。她听上去还是像之前那么充满活力。她非常贴心地和我确认了杰森的预约时间和诊室号。看来他一直都是去医院六楼的同一间诊室接受治疗，每个月两次。而且据安娜所说，他非常清楚每次的治疗时间和诊室号，所以我不知道他为什么要装作不知道。在我看来，很有可能是因为懒。我可能因为他的身体状况对他太宽容了，但发自内心地说，我确实对他没有任何意见。

安娜因为没有办法陪杰森一起去接受治疗，和我说了好几次抱歉。她说她被叫回去工作，要是拒绝的话，很可能就得卷铺盖走人了。蒂甘的妈妈名字叫黛拉，如果我没记错的话会由她负责接送孩子们去医院，所以我不用担心这个。

我想不明白，她的工作就这么重要吗？我又想起了本尼迪克特的大别墅和他的二百三十万美元，我真想好好和安娜讲讲道理。

但我还是及时控制住了自己,我真的不应该再多管闲事了。况且,她很可能已经知道我想和她说什么了,所以,多说无益。第一次在门廊处见到她们的时候,黛拉肯定已经教训过她一番了。

我对开车又逐渐熟悉起来了,而且也挺享受的,我享受开车时的自由自在,所以以后我要多开。不过没有驾照这事确实一直让我惴惴不安。我现在试着开得快一点,这样就不会在马路上太突兀,因为有的时候速度太慢和速度太快同样引人注目。我在限速三十迈的路上加速到大概时速二十五迈,与此同时,一辆警车从路边的快餐店开出来,跟在我的车后面。

我的呼吸声突然变得短促无力。我想深呼吸,但是看来今天早上的那片药不太管用。每过几秒钟,我就要冒险把视线从马路上转向后视镜。警车紧紧跟在我的雪佛兰后面,让我不得不开快点。我紧紧抓住方向盘,把速度直接加到了时速二十八迈。但路边的树"嗖嗖"地从窗外闪过,我又一下子换到了刹车,踩得还挺狠。我已经做好被警车追尾的准备了,双眼紧闭。虽然我知道这么做非常危险,但就像快球直直地向我脑袋飞来的时候一样,我就是会忍不住闭上眼睛。

但我没感觉到撞击。我眯着眼偷偷看了看,发现自己面前正好是一块停车标志牌。刚才实在太害怕交警了,甚至都没注意到我前面有个警示牌。看来,我踩刹车踩对了。可我还是觉得交警随时都会把我截住,可他直接开到了我的雪佛兰旁边,连看都没看我就开走了,右转上了四车道。

第十四章

我的心跳逐渐平缓下来，稍稍放松了自己握方向盘的力道，接下来在开往医院的路上，我加倍小心。很幸运，剩下的路途平安无事，我找到了一个靠近医院大门的停车位。

我上到六楼，走向杰森所在的诊室，听到房间里有说话的声音。我很想推门进去，坐在他身边和他计划一下本垒打的事情，甚至都已经站到了门前。我闭上眼睛想象着我走进诊室的场景，但我就是没办法迈过诊室的门槛。所以，我在周围找了个看起来很舒服的长椅，坐了下来。大概过了半个小时，杰森出来了，蒂甘跟在他身边。这一幕看起来有点不真实，因为我第一次见到蒂甘的时候，目睹了杰森当时是如何对待她的。我在想，杰森说自己不喜欢她，也许是在演戏。今天蒂甘扎了双马尾，垂在棒球帽外面摇摇晃晃的，可爱得不得了。

"我在这儿呢，冠军。"但是这句话在当下的场合有点蠢。没人在医院管孩子叫"冠军"，这听着很做作。

杰森有点难为情地朝我笑了笑，好像因为被我抓住他和女孩在一起，他很尴尬。女孩的名字是蒂甘·罗斯·玛丽·阿瑟顿——好吧，我只是想证明一下我的头脑还很灵光。

"嗨，麦克布莱德先生。"蒂甘说着，和上次一样向我伸出了手。我握了握，她的皮肤摸起来是这么软、这么年轻。仅仅是这样触碰年轻人，我都能瞬间追忆起自己的青年时代。

当然，我绝对不会让大家知道我在想什么。虽然我的出发点十分单纯，但可能还是不太合适。我的膝盖又开始疼了。我又坐回到椅子上了,杰森和蒂甘一左一右坐在我身边。杰森把他的氧气罐拉到他那边,戴上氧气罩,深吸了一口气。他在看一张纸条,上面写了些东西。我伸长脖子去看他手里的清单,可这个不是他的愿望清单。

"你在看什么?"我问。

他耸耸肩回答道:"蒂甘的清单。"

"这就是个游戏,真的,"蒂甘赶快解释,"这个就是我在他接受治疗的时候打发时间才写的。我没什么愿望,我又没生病什么的。我们就是想看看,如果是我的话,会写什么愿望。"

"对,"杰森说,"你的愿望都逊爆了。我的意思是,超级、无敌无聊。"

"因为我什么都不需要啊。"蒂甘说。

"嗯,但你是认真的吗?吃一年的奶味糖豆?坐敞篷车在街区里转一圈?让这位默里老兄——"

"我写的是麦克布莱德先生——"

"在棒球比赛里把每一个位置都打一遍。女人,你真的需要帮助。你应该看看什么才是真正的愿望清单,比如,我的清单。"

"不要叫我'女人'。"蒂甘说着,越过我一把从杰森的口袋里掏出清单,用手指着一行一行地往下看,"小杰,这些都不可能实现的。你怎么不直接写'变成神'呢?"杰森一脸烦躁地盯着她。"好吧,"她说,"那我写一个和你类似的愿望。给我写上,我要亲个男人,帅气的男人。但是只亲脸就足够了。"

杰森翻了个白眼："你肯定是在逗我。"

"我不明白你为什么总说这句话，"蒂甘说，"你这么说话根本毫无意义。我告诉你我最喜欢的球队是白袜队的时候，你就这么说；我告诉你我上周数学突击测验考了A的时候，你也这么说；连我告诉你我曾祖母在全美女子职业棒球联盟打过球的时候，你还是这么说。"

"因为这是假的啊，人人都知道女人不能打棒球。"

"现在停一下，听我说。"

直到刚刚，我一直都很享受在这里听他们的谈话，可能因为以前我和珍妮同处一室的时候也是这样的情景。我俩年轻的时候，拌嘴拌得比他们还凶。这让我不得不怀疑杰森对这个女孩到底抱着一种什么样的情感。"蒂甘说得没错，"我说，"女孩也能打棒球，而且打得相当好。有些女士击球很猛的。"

两个人眼睛瞪得老大，但眼周还是平滑得很，没有一丝皱纹。他们就这样盯着我看了一阵子，直到后来蒂甘好像突然灵光一现听懂了我的话，说道："我一直都想这么和他解释来着。"

我的脑海中突然浮现出一个场景：一群年轻女孩在一个棒球场里打男孩们该打的比赛。我和珍妮手牵手坐在看台上，看着这些女孩们打出了出乎所有人意料的好成绩。每次我们都会邀请儿子、儿媳和孙子们一起来看比赛，但我从不记得他们来过。

"不过这是我退役之后的事情了，"我说，"我以前在瑞格利球场打球，但现在回到那个球场是种折磨，我再也没有要上场奋战的那种强烈的激情了,因为我实在是难以迈进球场的大门。所以我和珍妮会去中西区逛一逛,有时候去看黑人棒球联盟的比赛,有时候也会去看那些女士们打球。基诺沙,南本德,拉辛——"

"我曾祖母就在这个队!"蒂甘说道,"她在威斯康星的拉辛贝蕾思队①打了三个赛季,后来又在罗克福德桃子队②打了两个赛季。我就是在那儿学会的本垒打。"她站起来假装挥棒,然后把手放到眼睛上方,好像在遮挡阳光似的,看着球飞远。这孩子挥棒的动作确实不错。

"你曾祖母是谁?"我问。

"她已经去世了,但她就是大名鼎鼎的拉冯娜·佩珀·佩尔,联盟历史得分排行榜的第四名。"

"佩珀·佩尔?"我说道,"我记得她,之前我肯定看过她好几场比赛。"

"真的吗?!"蒂甘大喊道,"这也太棒了吧!"

"在我印象里,她是很厉害的球手。不过她打点数排第五,不是第四。我和珍妮可是这些女孩的铁杆粉丝。"

"她真的是第四,"蒂甘说这话的时候,眼神里有一丝怒气,"她在列表上排第五是因为'莉比·马宏'的姓名首字母在字母

---

① 拉辛贝蕾思队:全美女子职业棒球联盟的原始球队之一。——译者注
② 罗克福德桃子队:一支代表伊利诺伊州罗克福德的女子职业棒球队。——译者注

表上比她靠前，但她们两个的打点数都是四百。"

"这样啊。"我不知道如何回答她，因为我不太确定她说得对不对。以后有机会我可能得去查证一下。

一个穿着白大褂的高个男人走进杰森刚刚接受治疗的诊室，埋着头看手里的病例。他发现屋里空无一人的时候，环顾四周，然后看到了坐在长椅上的我们。他直接朝杰森走了过来："我不想打断你们的聚会，"他一边说着，一边在病历上写了些什么，"但你离开之前，我得再检查一下你的一些体征。"

他把听诊器放在杰森的胸前，皱起了眉头。我不太懂医，但我在医院里已经看遍了人间冷暖，看得出这个表情不太妙。

"医生，怎么了？"我问道，"有什么问题吗？"

医生飞快地站起身，就好像他打牌时被我发现出老千似的。"就是检查一下。"医生摸了摸杰森的额头，又摸了摸他的手。可能是我想多了，但总感觉他肩膀突然紧绷了起来。"杰森，今天你感觉如何？头一点都不晕吧？"

杰森耸了耸肩，看着他自己的清单："挺好的。我其实很坚强的，知道吧？我不是个小孩了。"

"当然，你说得很对。"医生回答道。他说的话没什么问题，但语气和肢体语言却漏洞百出。看来他在医学院没学过怎么撒谎。

"你平时吸氧频繁吗？"医生问道。

"不太频繁，"杰森回答，"一小时可能就吸几次吧。"

我想开口反驳他，因为他说的根本不符合事实。只要几分钟不戴上面罩长长地、深深地吸一口氧，他的脸就会毫无血色。但我不确定现在开口合不合适。

医生告诉杰森要放轻松，如果感觉头晕就回来找他。他左右看了看——估计是在找杰森的父母。

"您是来接他的吗？"他问我。

"我妈妈马上就过来了，"蒂甘非常自然地插进来回答医生的话，就像和杰森说话一样自在随意。这个小孩真的不一般。"她刚刚得去邮局一趟，不过过几分钟她就会回来了。"医生点点头离开了，又埋头看着另一份病例。

"你一个小时可不止几次。"医生走后，我对杰森说道。看他一脸迷茫，我又解释道："我说的是吸氧。你明知道自己一小时吸氧的次数比你说的'几次'要多得多，刚刚为什么要对医生说谎？"

杰森警惕地向四周看了看，就跟在商店里偷棒棒糖似的："老兄，我不想一直都傻不拉几地戴着那个鼻腔插管。你在逗我吗？"

一群穿着白大褂的医生从我们面前走过，就像他们应该做的那样。杰森摸了摸一边的眉毛，试图遮住自己的脸，直到他们离开。蒂甘一脸玩味地朝他浅浅地笑了一下。但她发现我正看着她的时候，她的脸一下子变得粉扑扑的。

"麦克布莱德先生，我和杰森是……那种……非常好的朋友，"她说，"我们的妈妈也是非常好的朋友，所以我俩还没出生就认识彼此了。我和杰森一起生活了很久，甚至在我们的爸爸和我俩生活在一起的时候就一起玩了。"

听完这番话，杰森看起来有点不自在，但也不难理解。"她不是我女朋友。"杰森说道。蒂甘也重重地点了点头。

"他说的是真的。我男朋友的棒球一定要打得非常好，但杰森的球技……"

"至少我知道什么是真正的愿望，"杰森反驳道，"而你的愿望就是亲一个帅哥的脸？你是认真的吗？"

"好好好，"蒂甘说道，"那我最后一个愿望许得大一点。我的第五个，也是最后一个愿望……我希望能为无家可归的人们筹到一百万美元的善款。"

杰森把这个愿望写了下来，但他一边写一边摇头，似乎还是完全理解不了的样子。而我觉得，这是十个愿望里最棒的一个。

第十五章

之前在安娜家门廊的那个女人——留着一头金色和紫色相间、短短的刺猬头的黛拉。她冲出医院的电梯,和她当时在门廊前一样兴奋地抱住了蒂甘,她们又一次互相说了"Es-bee-kay",然后紧紧贴着彼此的额头。

我们那个时代,大家的情感通常没有这么外放,而是比较坚忍克制。人们更多秉持着一种良好的、传统的美国价值观,比如说敬业和独立精神。但现在我不由得在想,这种价值观是不是错误的。也许我当时应该听从自己的内心,像蒂甘妈妈那样紧紧地抱住我的儿子们,直到他们知道我有多爱他们。我不禁开始羡慕面前的这对母女,无论社会风向如何,她们都能按自己的意志做事。她们自己决定要成为什么样的人,以及现在想怎么做。

仔细想想,这也是一种独立。

我和大家一一说了再见,目送他们离开,然后慢慢地走到停车场找我的车。每次开车都会让我找回一些从前开车的感觉。我第一次把雪佛兰开过了时速二十八迈,不过指针刚要到三十的时候,我就赶紧减速了,当时感觉自己都吓出汗了。但是我开着车感觉很自然,好像已经开过上千次了似的。我也确实开过上千次了,但那是几千天之前了。

已经很久没有过这种自由的感觉了。所以我没有直接回家,而是绕道去了趟便利店,买了些之前一直想买的东西。

当我费了好大劲儿终于推开便利店的门时,戴着鼻环的姑娘热情地和我打招呼:"嗨,我的老朋友来了。"便利店没有那种高级的自动门。我没有回话,她以前也从来没计较过。我瞥了一眼她的姓名牌,因为要是和别人——比如基顿医生——介绍她是我朋友的话,至少得知道她的名字吧。

哈莫尼①。

她叫这个名字吗?那难怪她会打鼻环。给孩子起什么样的名字,就意味着父母希望这个孩子往什么样子发展。我敢打赌,那些有文身和打各种环的人们一半都叫哈莫尼,或者坦普伦斯②这种名字。但我不会多管闲事,就算他们给自己可怜的孩子起名叫拉拉帕罗萨③也和我没关系。以前我还见过更稀奇古怪的名字。

"你来得正是时候,"哈莫尼说,"男厨牌罐头马上就卖完了。

---

① 哈莫尼:Harmony,意为"和睦,融洽"。——译者注
② 坦普伦斯:Temperance,意为"克己,节制"。——译者注
③ 拉拉帕罗萨:Lalapalooza,意为"非常出色的人"。——译者注

你要是晚来几个小时，可能就得白跑一趟了。"

我想朝她微笑一下，然后再多聊几句。可我的膝盖又疼了起来，所以最后只是嘟囔了一声。不过我不是来这儿买罐头的，家里的橱柜里还有十几罐呢。但既然来都来了，我还是把货架上最后四罐方形饺放到了购物车里。

这辆购物车左后轮黏糊糊的，推起来特别吃力。你可能觉得，以我在这里的消费水平，我应该能推着一辆像样的购物车，或者可以坐在那种电动购物车上。但他们这里只有一辆电动购物车，现在一位绝对还不到八十岁的蓝头发老太太正坐着它驶向麦片的那排货架。

我要是想对此进行投诉的话，还得一路走回到前台，我可不打算这么干。我走到摆着糖果的那一排，在看到各式各样的糖果后，差点儿直接晕过去。我以前那个时候只有同笑乐软糖[1]和查尔斯顿糖果棒[2]，而现在这一排货架上的糖果有上百种，它们会以不同的方式来搞坏你的牙齿。当然，我现在满嘴都是假牙，但这不是重点。

我看见一个员工走进这个过道——不是哈莫尼，我还是能认清人的——我挥挥手让他过来。"奶味糖豆。"我说。他微笑着说

---

[1] 同笑乐软糖：Tootsie Roll，是自1907年以来在美国生产的巧克力太妃糖。——译者注

[2] 查尔斯顿糖果棒：Charleston Chew，由涂有巧克力涂层的调味牛轧糖制成。——译者注

了些愣愣的话:"很高兴能帮到您,先生。"我用不着他高兴,只要他告诉我他们把奶味糖豆摆在哪儿了就行。

他们的糖果足足摆满了两个过道,而奶味糖豆恰好摆在另一条过道。我尽可能快地跟上这位"微笑先生"的脚步,他站在那儿,指着一个货架——上面塞满了我要的糖果,至少得有三十几袋。我把它们一个一个都扔进了购物车,不知道一会儿哈莫尼会不会问起这些糖。

她果然问了。

"很喜欢吃甜食吗?"她笑着问道。你很难想象在身上打了这么多环的人会有这么灿烂的笑容。我又发现了她新打的几个环——一个在眉毛上,另一个好像是悬空的,看起来就像她下巴尖上粘了一个闪亮亮的贴纸。"你喜欢吗?"她开口问道,然后我才意识到我一直在盯着她的环看。怎么,她难道还希望我回答喜欢吗?

我咕哝了几句,这让她笑得更开心了。我数出了两张二十美元、两张一美元、三个二十五美分,我一边数,哈莫尼就一边咯咯直笑。很荣幸我现在还能带给年轻人这么多的欢乐。我知道这不是哈莫尼的问题,她只是想表现得友好些,只不过她是来自另一个时代。或者说,来自另一个时代的是我。想到这儿,突然感觉自己的血压有点高。

我坐进车里,一路以三十五迈的时速开回家。这一路上我都在想,如果我还是无法学会控制自己的情绪,总有一天会出车祸的。

收件人：MurrayMcBride@aol.com，LittleLeagueAllStar@hotmail.com

发件人：jasoncashmanrules@aol.com

主题：胡吃海塞一顿

哟，这位默里还有烦人的蒂甘·罗斯·玛丽·阿瑟顿，

在妈妈牌餐厅胡吃海塞，哟哟切克闹。派对开始正是黄金时间，晚上七点开始狂欢。Esta Noche[①] 欢迎大神，废柴免进。

行还是不行？给我来个痛快话。

小杰

收件人：jasoncashmanrules@aol.com，LittleLeagueAllStar@hotmail.com

发件人：MurrayMcBride@aol.com

主题：回复：胡吃海塞一顿

你好杰森。蒂甘也会看到这封邮件吗？我不知道这样操作是否正确。如果蒂甘也看到了，那么，你好蒂甘。

杰森，很抱歉地告诉你，我无法读懂你的信。你能重发一封吗？这次用我能看懂的语言写，好吗？

---

① Esta Noche.：西班牙语，意为今晚。——译者注

> 祝好，
>
> 默里·麦克布莱德先生

收件人：MurrayMcBride@aol.com，jasoncashmanrules@aol.com

发件人：LittleLeagueAllStar@hotmail.com

主题：回复：胡吃海塞一顿

　　你好杰森，你好麦克布莱德先生。

　　麦克布莱德先生，这本该是晚餐的邀请函。读不懂也没关系，不用觉得抱歉。其实我也有点儿读不懂。大意是邀请您今晚七点在杰森妈妈家共进晚餐。我妈妈说我们也会过去。

　　小杰，我知道你并不讨厌我，所以别再说这种话了。还记得二年级时在你家房子后面，你想亲我的事吗？别想否认。

蒂甘·罗斯·玛丽·阿瑟顿

收件人：MurrayMcBride@aol.com，LittleLeagueAllStar@hotmail.com

发件人：jasoncashmanrules@aol.com

主题：回复：胡吃海塞一顿

　　啊??? 二年级时在我家房子后面？默里，我对天发誓，哥们儿，我根本不知道她在说什么。恶心！

收件人：MurrayMcBride@aol.com，jasoncashmanrules@aol.com

发件人：LittleLeagueAllStar@hotmail.com

主题：回复：胡吃海塞一顿

很好，不承认是吧。但是我们都知道真相是什么。

蒂甘・罗斯・玛丽・阿瑟顿

第十六章

已经很久没有好好穿衣打扮了。上次穿西装还是在珍妮的葬礼上,也就是十七个月三周零四天之前。这套西装是压抑的黑色,现在我穿着还大了两个号——自从珍妮去世后我就没有像以前那样好好吃过饭了。但这是为了赴宴唯一能拿得出手的一身衣服了。我可能无法惊艳全场,但我也不想穿得像个流浪汉似的出现在大家面前。虽然之前只见过安娜一面,但还是要对她表示出一些尊重。

她主动提出要来接我,真是一位非常善良的女士。但我不想让她一路从家开到我这里,只为了接我上车,然后再一路开回到她家。我说我会坐公交车过去,虽然我晚上视力不太好,但我确实打算这么做。我和这套西装斗争了快半个小时才系上了所有的扣子,但这让我有点喘不过气。

很惊讶,我居然喘不过气了。

我拖拉着走进洗手间，打开那个盛着药片的塑料盒。果然，今天的药片还原封不动地躺在药盒里。

过去的几个月，我每天都会盯着撒在麦片上面的药末，思考当天要不要停药。基顿医生已经告知我停药的后果。我几乎可以照常度过这一天，可能会感觉呼吸稍微有点儿不顺畅。但到了我这个岁数，根本不会注意到这些细微的变化。大概等到我加热完罐头，准备吃晚饭的时候，才会感觉到自己呼吸困难。而快要睡觉的时候，我的肺部将会充满液体，身体无法得到足够的氧气，接着我就会晕过去，在睡梦里溺死在自己的体液中。

我对着这片药陷入了长长的、艰难的思考。每天早晨，提醒我吃药的恰恰是我关于停药的想法。奇怪的是，今天我居然忘掉了。但我可不能在和大家吃完饭的时候突然死掉，所以我赶紧把药扔进嘴里，喝了一大口水把它咽下去。就这样，我又能多活二十四小时。

然后我拿起电话打给小熊队的总办公室，给一个名叫小哈罗德·墨菲的人留了言。据电话里的语音介绍，这个人是"社区推广服务"的负责人。他肯定很快就会打电话过来，因为但凡是和小熊队有关的事情，我总能享受贵宾级别的待遇。你可能以为我是名人堂的成员或什么厉害人物，但其实我的职业生涯只是一般水平。我的成绩留在大联盟是足够的，但我从来都不是全明星运动员，也从未入选过最优秀球员。他们对我照顾有加的唯一原因是，我实在太老了，简直是一本活生生的历史书。

门铃响了,这可不是什么会经常发生的事情。我一瘸一拐地走过去,透过窗帘偷偷看了一眼,期待能看到杰森和他妈妈,希望他们会忽视我拒绝搭车的决定。但门外的并不是他们,而是钱斯。他打扮得很精致,一直在低头看他的手表,好像刚到我家门口就已经归心似箭了。也有可能这只是他最近才有的小习惯。

我刚打开门,他就说道:"爷爷!你今天怎么样?"

我咕哝了一声,往旁边挪了挪。他快步走进来,环顾了一圈我的房子。不知道他是不是想看到我的房子发生了什么变化,但他确认家里没有任何变化时,好像有点不爽,慢慢皱起了眉。他径直走到上次坐过的沙发前,"扑通"一声坐了下去,捡起了我的棒球手套,就是他觊觎已久的那只。

"最近过得怎么样?"他说。

我可不是那种说话拐弯抹角的人。依我看,想到什么就该说什么。

"你来干什么?"我问。

"噢,爷爷,别急,"他一边举着手投降,一边解释,"我就是想来看看你,就这么简单。想花点时间陪陪你。"

他没有逃避我死死盯着他的眼神,说不定他没说谎,也许他来这儿真的是想和上岁数的爷爷待上一会儿。我承认,这个想法让我非常开心。这些天我一直记挂着杰森的心愿清单,我突然想到,钱斯能不能做杰森妈妈的男朋友。当然前提是,他得改掉一些毛病。

但这肯定永远都不会发生。他自己家里已经有个老婆了，这一点完全不能忽视。也许钱斯不觉得，但至少我觉得这不能忽视。我觉得安娜也同样不会忽视这一点，尽管我对她还不是很了解，但我是这么猜测的。

钱斯现在来看我这个老头，因为他在意我。现在正是告诉他我有多在意他的好时机。不一定要像蒂甘妈妈那样声势浩大，但是也得表示一下。我决定走到沙发前给他一个拥抱。但我还没来得及调动身体的肌肉，钱斯就说话了。

"好吧，你说得对。"他说道。就好像我一直在心里埋怨他似的，"我来是因为最近家里气氛不太好，得找个地方喘口气，来你这儿串串门。你在处理家务事上挺有一套的，你和奶奶结婚多少年来着？五十年？"

"八十年！你个龟孙。"

我知道作为基督教徒不应该像这样说脏话，但过去的三十年是我和珍妮最好的时光。不要仅仅因为老人身体老了、时常和老伴儿拌嘴，就说老人不知道什么是爱、不知道怎么爱。我觉得，结婚五十年之后，才会慢慢酝酿出爱情。

"嗯，你说得对。"钱斯嘴上这么说，声音里却充满了蔑视，"你和奶奶刚领了高中毕业证就结婚了，一直过着童话故事一样的生活，从来没吵过架，在一起的每一秒都冒着幸福的泡泡。"

"你怎么敢嘲笑我们的婚姻！我们和其他夫妇一样，也会有起起落落，小打小闹。但我们对彼此的爱足够支撑我们走过这些不好的时刻。"

"哦,那我现在懂了。因为我离过几次婚,所以现在掉价了。爷爷,你直说就好了,你觉得你比我强得多,是吧?"

"我可没这么说过,我没比任何人强。我只是想说,我那个时候——"

"现在是现在,已经不是你那个时候了,还不懂吗,爷爷?你的时代已经过去很久很久了。我们看到你现在还活得好好的,都为你感到开心。我,简宁,所有人,都很开心。但请记住,你所说的'我那个时候'已经是历史了。世界变了,你已经落伍了。"

他说得对。虽然有时多少会有点儿老年痴呆的症状,但我还是能听懂人说话的。让我伤心的不是钱斯所道出的事实本身,而是他说话时令人作呕的语气和音调。

我们沉默了很久。现在我肯定是没办法拥抱他的。他低头盯着自己的鞋,而我在想他刚刚发的这通邪火从何而来。可能连他自己都不知道答案吧。他脑子里在琢磨什么呢?穿着一身板正的工作服,却害怕回家见到那个他曾经承诺要爱一辈子的女人。

"爷爷,对不起。我刚刚不应该那样和你说话。只是工作快要把我搞疯了,但简宁一点都不理解我……"

他滔滔不绝地诉说着工作和生活中遇到的问题,但我根本没听,思绪已经神游到了杰森家的餐桌上,与杰森和他美丽的妈妈共进晚餐。同时,我也在规划着怎么样才能让杰森的五个愿望早日实现。噢,实际上现在只剩下四个了。他已经完成了一个心愿,我为他骄傲的同时，也有些犹豫。也许，他的愿望完成之日，就是他离开人世之时。这些愿望就像维持他生命的药片，如果有一天他没有任何愿望了，也就没有什么能把他留在这个世界上了，也就没有能让自己再活过二十四小时的药片了。

我努力让自己不再想这些。

"你开车来的吗？"我问他。

"当然，不然我还能怎么来？你听到我说话了吧？我为我之前说的话道歉。今天工作了一天实在太烦躁了，你能理解我的，是吧？我压力太大了，然后简宁……"

我摆摆手，示意他别再说下去了。家家有本难念的经，我从小受到的教育是要无条件地原谅家人。但刚刚那番争吵过后，我还是没办法不计前嫌地给他送上一个拥抱。

"我在想，"我说道，"你能开车送我去个地方吗？

第十七章

"你确定要这么做吗?"钱斯问道,"你不是什么年轻小伙了,待在家里,管好自己就行了,让别人来操心那个男孩的事。"

我现在只要开口说话就一定会引起一场争吵,所以干脆闭嘴不回答。剩下的路途平淡无奇。所谓的"平淡无奇"实际上是指"寂若死灰",就像步入圣约瑟夫教堂后詹姆斯牧师没有出来迎接我那样寂静。我和钱斯之间的问题是,一遍又一遍地口无遮拦、互相伤害。既然人们都会口不择言,说一些令自己后悔的话。那现在不如试试闭上嘴不说话吧。

我希望和钱斯的关系能比我和儿子们的关系好一些。我想告诉他我爱他,想把他紧紧地抱在怀里。但这不是我的性格,所以我也就只是想想,不会有任何实际行动。

他把车开到了杰森家门口。"谢谢你送我过来。"我嘟哝着。

"不用和我客气,爷爷。"

就这样,他开车离开了,回到了他自己的生活里。下车后,我深深地叹了口气,感觉还不错,毕竟刚吃完药没多久。今晚的空气里氧气浓度很高。

杰森妈妈穿着围裙在门口等着我,围裙上印着法国铁塔的图片,图中间是"亲吻厨师"这几个大字。她为我打开门,我礼貌地和她问好:"您好,女士。"我按照她围裙上写的那样,吻了一下她的手。她有些脸红地说道:"默里,叫我安娜就好。"

"好的,女士。"

我还没来得及放下她的手,杰森的小脑袋就偷偷从安娜身后探了出来。我没想到像他这么大的小男孩居然能做出这副作呕的表情。"不好意思,"他说,"刚才真的有点恶心,现在吐完了简直神清气爽。"

"小屁孩,快回厨房去,"安娜说道,"一会儿我们到餐厅的时候,最好让我看到你已经摆好桌子了。"杰森像颗子弹一样,一溜烟地飞进了屋子里。他居然能跑这么快,而且也没拖着氧气罐。看来今天他的心脏状况蛮不错的。"而且我不想听到蒂甘说所有的活儿都是她一个人干完的。"安娜补充道。

她说话的方式让我愣了一下。这表面上听起来确实非常严厉,但听到这句话的任何一个人都能听出来严厉背后充满了爱意,一种纯粹而又圣洁的爱。她本可以让这个男孩一直在自己房间里休息的。如果她真的让他回去休息,我也能明白她想表达的意思,其实就是一句简单的"我爱你"。

以前，珍妮也总是用一模一样的语气和我说话。我要是打了一场0∶4的比赛，她会对我说："默里，你现在应该给自己买瓶好酒。我在图书馆等你，抓紧时间哦。"我永远会照她说的做。不知道她有什么魔力，总是能轻而易举地控制我。我最终还是会出现在那个只有一个书架的图书馆。她会给我一个大大的拥抱，喋喋不休地和我念叨她放在她母亲墓碑上的那束花，还有她在学校志愿服务时遇到的那个阅读能力达到高中水平的小学二年级学生……任何能让我从比赛中解脱并快乐起来的事。

"对不起默里，是我刚才说错什么了吗？"

安娜注视着我，眼里充满了担忧与同情，和珍妮的眼睛一模一样。她伸手擦干我脸颊的泪痕，我都没意识到自己流泪了。"没什么，"我回答，"像我这么大岁数的人，实在是有太多回忆了。"

"这是再正常不过的事了。"安娜接过了我的软呢帽和大衣，转身进了卧室。"您可以直接去餐厅，"她说，"晚饭马上就好了。我正准备去仓库里拿些红酒杯过来。"

"谢谢你，女士。"我回应道。虽然她在那儿根本听不到我说话。

我走到餐厅的时候，已经有三个人在这里了。杰森，他肯定在，还有蒂甘和她的妈妈。"女士，"我说，"我是默里·麦克布莱德。只是提醒一下，怕你忘了。"

"我当然记得您的名字，"蒂甘妈妈说着，给了我一个在我看来意味深长的眼神。她仿佛在说，简直难以置信，这人老得跟个木乃伊一样,居然能走路还能说话。有的时候,我也感觉自己像个行走的标本。"很高兴又见到您了!"

果不其然,是蒂甘在摆桌子。她今天戴了一顶新帽子,看着终于顺眼多了。我从来都不是白袜队的粉丝。1919年白袜队打世界大赛①时,我还只是个初出茅庐的新人。我一直都没有原谅他们,乔·杰克逊他们差点儿永远毁了我们的棒球比赛②。

她正戴着的这顶帽子上印着一位穿着短裙挥棒的女孩,正准备击球。我从西服口袋里抽出一条黄色包装的奶味糖豆,偷偷递给了她,还朝她眨了眨眼。她笑得和杰森一样好看。她打开包装,往嘴里塞了一块,然后靠在了她妈妈身上。

我忍不住就这样看着她们母女二人。蒂甘闭着眼睛,头靠在妈妈胸前。妈妈抚摸着她的头发,温柔地看着她,仿佛躺在怀里的是个小天使。除了我和珍妮之外,我从未看到过如此深深爱着彼此的人了。蒂甘睁开眼睛看向妈妈,说道:"Es-bee-kay。"

我不是那种爱打探别人八卦的人,但这已经是我第三次听到她们说这个词了。我终于控制不住自己的好奇心,开口问道:"打扰一下,我实在想知道'Es-bee-kay'是什么意思。我竟然从来都没听过这个词。它是外语吗?"

蒂甘揉了揉眼睛,低头盯着地板。妈妈说道:"没关系的宝贝,

---

① 世界大赛:美国职业棒球大联盟每年10月举行的总冠军赛,是美国以及加拿大职业棒球最高等级的赛事。——译者注

② 此处指1919年"黑袜事件"。——译者注

你可以把咱们俩的故事告诉他。"

蒂甘似乎还在犹豫。她盯着妈妈看了很久，最后耸耸肩，说道："其实是几个字母。S，B和K。"

"字母？"

"对。小时候，爸爸和我们住在一起。他是个坏人，总是打妈妈。"

我转头看向黛拉，仿佛能够看到几年前她身上的淤青。我在想，这个故事对黛拉来说是否太过痛苦，所以才要由蒂甘来讲述。黛拉看向我的时候，我赶紧把眼神收回，又看向蒂甘。

"妈妈因为害怕我受伤害，所以才没有离开他，"蒂甘继续说道，"如果我们离开了，不知道他会对我们做出什么可怕的事。但有一天晚上，他动手打了我。我其实一点儿都记不起来了。但妈妈当即就决定离开那个家。

"当时是半夜，爸爸一直在喝酒，后来就睡着了。妈妈小声对我说，要坚强，要勇敢。而且从现在起，我们一定要做善良的人。"

蒂甘停了下来，故事似乎结束了。我挠了挠后脑勺，认真想了一下，但还是不明白她们见面时的问候语是什么意思。

"S，B，K，"蒂甘解释道，"分别代表着坚强（Strong），勇敢（Brave），善良（Kind）。妈妈说，这三个词就相当于我们的座右铭。我们总是对彼此说这三个字母。"

"你好和再见都没有什么意义，"黛拉说着，把蒂甘又往自己怀里带了带,"我们每次见面或是分别的时候,'SBK'总是能不断地提醒我们该如何生活。这三个字母的意义早已远远超越了问候。"

我不禁又一次想到了我的儿子们。我给他们的关心实在太少了。而在我面前的这位母亲,每一天都一次又一次地告诉女儿自己有多爱她,让女儿从来都不会有一丝不安。我不知道该对此做何评价,所以我指了指蒂甘的棒球帽。

"这是基诺沙彗星队的棒球帽?"

她使劲摇了摇头,然后又依偎在妈妈的臂弯里,往嘴里塞了另一颗奶味糖豆。"是罗克福德桃子队。1945、1948、1949、1950年的大联盟冠军。"

"她一直都特别喜欢这个队,"黛拉说,"但最近好像有点移情别恋了。"

"那是因为默里认识曾祖母佩珀。"

"什么?"黛拉有些迷惑,但这也不能怪她,毕竟是很久很久以前的事情了。谁能想到居然还会有一天能遇到认识自己曾祖母的人呢?谁能想到会在便利店或邮局里碰到他们呢?

"也算不上认识,"我说,"但我确实看过她好几场球赛,和她见过一两次面。"

"您还记得她?"

"记得清清楚楚。"

"这太神奇了。"她一边摸着蒂甘的头发一边说道,"我总是和宝贝说,曾祖母佩珀是最最坚强、勇敢、善良的人了。"

"所以我根本不怕棒球,就算是直直朝我飞过来的球也不怕。"黛拉听到蒂甘的话,又朝她笑了笑。我突然很希望自己能再活得久一些,看看这个小女孩将会如何谱写自己的人生之路。有这样一位如此爱她,并教导她要坚强、勇敢、善良的妈妈,我敢打赌:任何事情,只要她想,就一定能做成。

"天哪,不是吧!"坐在角落里的杰森突然叫了一声。他一直在那儿玩电脑,根本没有帮忙摆桌子。

"我以为你会帮你妈妈干点儿活儿。"我一边说,一边朝他那边走过去。

"快看这个!"他的回应驴唇不对马嘴。但我还是靠在他肩膀上,看向电脑屏幕。

"还是那个游戏吗?"

"对,全能神和吸血外星人。"他目不转睛地盯着屏幕,把手里的第二个遥控手柄递到我面前,"这个游戏简直酷毙了!"

"你妈妈想把桌子摆好,"我说,"这个事不应该由蒂甘来做,她是客人。"但我认出了他正在努力搭建的建筑,实在是很难令他转移注意力。

"在我房子旁边放些石头,"他说,"我们要建一座有四个炮塔的城堡,这样就可以发射炮弹了。"

我瞥了一眼,桌子只摆好了一半。但我突然对这个游戏萌生了强烈的兴趣。我按下唯一熟悉的按钮,然后有一个小屋顶出现在我角色的上方。

"哥们儿,按连发键可以跳跃旋转,一会儿就会有城堡石头掉落了。"我试着破译他的话,但这孩子太急躁了。"快看!"他说着,把手里的摇杆推到左边。果然,一块大石头出现了,我可以让我的角色朝石头跑过去。我看着杰森操纵着手柄,觉得自己应该可以照猫画虎,把石头堆在他刚开始搭建的那个建筑上。

屏幕上,我的角色把石头都堆砌起来,我甚至可以模仿杰森的动作,这样就可以掉出新石头。

"哇,你挺厉害呀!"

心里好像有什么东西在翻腾,是骄傲,或者是满足感。我好像终于会玩这个游戏了。然而,一个美丽动听的声音打断了我的思绪。"看来杰森的影响力不小啊。"安娜拿着三个漂亮的红酒杯走了进来。

我赶紧往后退了一步。膝盖的刺痛一直蔓延到胯部,但这个场面实在太尴尬了,我根本顾不上疼了。"他只是给我看看……他的游戏。杰森,我刚才怎么跟你说的,现在赶快去把桌子摆好。"

杰森翻了个白眼。安娜试图隐藏她的微笑,但她笑得实在太美了,根本隐藏不住。就像试图隐藏一只在阳光下飞舞的帝王蝴蝶,不管怎么隐藏,都让人无法忽视、移不开眼。安娜帮我把椅子拉出来,我、蒂甘和她妈妈一起入座,这时杰森也刚好摆完桌子。他端着一摞盘子,一一把它们摆在餐垫上。但这孩子的数学估计学得不太好。

"杰森,你多拿了一个盘子。"我指了指多出来的第六套餐垫和餐盘。我数了一下,我们只有五个人。

杰森突然脸红了一下。正在这时,门铃响了。我们都向门口看去,但没有一个人起身去开门,就好像指望着门能自己打开似的。安娜拍了拍她围裙上的面粉,手叉着腰问道:"杰森?"

简单的两个字足以说明一切。杰森泰然自若地往桌子上摆着红酒杯,说道:"妈妈,你应该去看一下是谁来了。"

安娜生气地瞪了杰森一眼,但一点儿都不吓人。她也不能就让门外的人在那儿站着等,所以还是无奈地摇了摇头,朝门口走去。安娜前脚刚走出餐厅,杰森就忍不住咯咯大笑起来。他从口袋里拿出那张愿望清单,举着让我看。

"等着吧,"他咧着嘴开心地笑着,"今晚,我要划掉第四个愿望。"

第十八章

未见其人，先闻其"香"。好像是杰西潘尼①香水区的味道，但比那还要香上十倍。门廊处传来了一些交谈的声音，安娜的声音听起来还是很甜美，但比平常要正式许多。另一个声音听起来有些浑厚，而且很响亮。明明是和安娜的谈话，但好像是在和房子里的所有人说话一样。安娜一路小跑地进了餐厅，感觉像在躲避一头狂奔的公牛。她瞪着圆圆的眼睛，直直盯着我，好像在寻找救世主。

紧跟着她进来的是一个高个子、黑头发的男人，身穿运动装，手捧着一束鲜花。刚刚在门口时，他肯定就想把花送给安娜了。没能看到这一幕，我还有点儿小遗憾。踏入餐厅的瞬间，他好像撞上了一面隐形墙似的突然停住了脚步。他肯定以为这里空

---

① 杰西潘尼：美国最大的连锁百货商店之一。——译者注

无一人，但没想到一进来就看到我们四个坐在这里。

"嗯……"安娜支支吾吾了很久才说出一句完整的话，"那我们就开动吧？"

"那个，"黛拉说，"我刚想起来，我家的烤箱里还烤着肉呢。要是再不回去，可能就要烤焦了。"

蒂甘刚想开口说些什么，黛拉就朝她摆了个"嘘"的手势，用身体裹着她把她往门口赶。安娜眼神里充满了恳求，而黛拉则是一脸看热闹的表情，飞快地说了声"再见"。蒂甘对我说了"SBK"。听到前门发出了"吱吱扭扭"的声音，她们应该是离开了。现在，这里就剩下我们四个人了。

不知道杰森是怎么联系到这个年轻人的。每次他看向我们的时候，都会皱着眉头，一脸审视的表情。很明显，这哥们儿完全不知道这还有一个老古董和小屁孩要和他俩共进晚餐。我要是一直期盼着和美女有一场浪漫的约会，但像这样突然被当头一棒，我可能会和这伙计的反应一模一样。但我还是笑出声了。

我们都呆呆地站着，尴尬地绞着手指。钟表报时的声音唤醒了还在震惊中的安娜。"默里，我给你介绍一下，这位是德里克……雷斯特，是吧？"她表现得不错，声音听起来还是很愉悦。"杰森，"这次，眼神背后的爱藏得有些深，"你们两个之前肯定已经见过面了，在医院里。"

杰森咧嘴笑了笑，丝毫都不觉得尴尬。在我看来，如果他能对此负责的话，他应该感到更多的羞耻和恐惧，而不是娱乐。但他一手拿起桌子上的小型电脑设备，一手抓着我的胳膊，自顾自地低着头带我朝楼梯走去："祝你们两位用餐愉快。我们很想和你们一起，但你们懂的，我还有事要做，实在是忙得很。"

"你给我站住。"安娜说道。

杰森停下来盯着地板，嘴里说道："该死的……"

我思考了一下现在的情况，感觉安娜确实非常需要帮助。她不是那种会对客人无理的人，但她也根本没必要在这儿强撑着和这个人单独吃饭。她不想这样。于是我径直走到小伙子面前，向他伸出了手。

"我是默里·麦克布莱德，是他们的朋友。"

男人看了看我伸出的手，又看了看自己手上的花，试着把那束足足有二十来朵的红玫瑰移到他的臂弯里，好腾出手来和我握手。"默里。"他说着，朝我点了点头。我瞬间就觉得他绝对配不上安娜。称呼长辈的时候，应该在名字后面加上先生。不懂得尊重长辈的男人，肯定也不会尊重自己的妻子。而且握手时他给我的感觉也不太靠谱。我们那个时候专门有个词来形容这类人——奶妈。

"我是雷斯特医生。"他特意强调了医生这两个字。

"哦？是吗？是什么科的医生？"

"整形科[①]。"

我没太理解。据我所知，塑料是从实验室或工厂里生产出来

[①] 整形科：英文为"plastics"，同时也有"塑料"的意思。——译者注

的。我认识一些靠生产塑料白手起家的朋友们。他们现在混得风生水起,但没有一个人是医生。"

"好吧,"安娜摆了摆手,似乎不知道接下来应该做什么,"那要不,咱们开动吧?"

我们纷纷入座,开始享受晚餐。德里克(我要是叫他医生,怕是会遭报应)把椅子挪得离安娜很近,所以安娜也往旁边挪了挪,离他远一些。杰森正在埋头吃着他盘子里的汉堡,但眼睛却一刻不停地往上瞟,一直盯着她妈妈和这个新来的男人。德里克把花放在他旁边的桌子上,然后往安娜那边凑了凑。

"你知道我是医生了,那现在来说说你吧。"

"我?"安娜回答,"说实话,我真没什么好说的。"

"是吗?我听到的可不是这样。和我讲讲马来西亚吧。"

安娜的眼睛突然瞪了起来,不知道是不是让热菜噎住了。她重重地放下叉子,生气地看着杰森。可他倒好,正专心致志地研究着他的晚餐。"不好意思,"安娜说道,"我从来没出过国。"

德里克看起来有点费解,这个表情和他的形象还是挺匹配的。"那你是在哪儿学习然后成为禅宗大师的?"

坐在安娜对面的杰森突然大声咳嗽起来,接着咕咚咕咚地灌了很多水,还漏了几滴在衣服上。"很抱歉,我对禅宗一无所知。"安娜的声音很甜美,但未免有点过于甜美了。

而德里克这边,似乎也差不多明白这是怎么一回事了。"那我猜,"他说,"你肯定也没在巴黎当过模特喽?"

"哈！"安娜好像真的被他这句话逗笑了，"没有。我从来没有在巴黎做过模特。"

"那你学了十八个月的《爱经》[①]，也是假的？"

"够了，"安娜"腾"地一下站了起来，不小心撞到了桌子，所有人玻璃杯里的水都洒出来了一些。"我想和你说，你看起来真的很好，雷斯特医生——"

"是德里克。"

"但我得和你实话实说。我儿子和你介绍我的时候，很显然自由发挥了很多内容。恐怕我不是你要找的那种人。非常感谢你带来的花，但我现在请你出去，立刻，马上。"

德里克站了起来，怒气冲冲地盯着她。他的眼神让我内心很不爽。我也站了起来，虽然几十年前，我这个老家伙就没什么威慑力了，但无论如何，我刚刚站起身来的动作似乎还是成功震慑到他了。

"明白了。没想到这只是一个小孩儿的游戏。"

"我不是小孩儿了，"这是两个人在餐桌上开始谈话后，杰森第一次勇敢地抬起头来说话，"我十岁了。"

德里克被他噎得不知道该说些什么，只是摇着头冲出了餐厅。几秒钟后，我们听到了他摔门而出的声音。看来，这就是德里克·雷斯特医生的结局了。

[①] 《爱经》：*Kama Sutra*，印度一部关于性爱的古籍。——译者注

现在，餐桌上十分安静。杰森继续吃着他热气腾腾的饭菜，假装看不到她妈妈的眼神。"他看起来挺好的。"杰森对着盘子里的食物说道。

时钟的秒针嘀嗒嘀嗒地响着。安娜语塞，不知道该如何回应杰森的话。她一手叉腰，一手扶着额头："你到底，是从哪儿知道《爱经》的？"

杰森轻轻耸了耸肩："学校里的小孩都知道。"

"你知道它是讲什么的？"

"我只知道这本书很恶心。伊莱说这是讲怎么接吻的，就是指导啊，教学什么的。但看来大人们真的挺喜欢这书。那兄弟听到我说你学过《爱经》之后，眼睛都亮了。"

安娜沉默了一会儿，终于大笑了起来，揉了揉杰森的头发："谢谢我的小男子汉。我知道你是出于好意。但是从现在起，你只专注于你自己的愿望，好不好？"

收件人：jasoncashmanrules@aol.com, LittleLeagueAllStar@hotmail.com

发件人：MurrayMcBride@aol.com

主题：击球练习

亲爱的杰森（还有蒂甘）：

我和小熊队联系过了，他们允许我们这个月21号借用训练场地。因为那天球队不在，而且也没有其他赛事。如果有需要的话，我们可以再做调整。杰森也许可以试着打二垒。

但如果杰森想打出本垒打，应该还需要练习。周一下午4点怎么样？我会开雪佛兰去接你们二人。

请尽快回复。

祝好，

默里·麦克布莱德先生

收件人：MurrayMcBride@aol.com, LittleLeagueAllStar@hotmail.com

发件人：jasoncashmanrules@aol.com

主题：回复：击球练习

哥们儿和姐们儿：

我已经可以像荷西·坎塞柯①那样扔炸弹了。只有废柴和菜鸟才需要练习。而我要稍微让你们见识见识，怎么样才能像贝比·鲁斯②那样震慑全场！

周一下午当然没问题！你们可要准备好，小心惊爆你们的

---

① 荷西·坎塞柯·卡帕二世：José Canseco Capas, Jr.，美国职业棒球大联盟前选手。——译者注

② 乔治·赫曼·"贝比"·鲁斯：George Herman "Babe" Ruth, Jr.，美国职业棒球运动员，有"棒球之神"之称。——译者注

眼球！

　　小杰。注：《爱经》无敌！！！

收件人：MurrayMcBride@aol.com，jasoncashmanrules@aol.com

发件人：LittleLeagueAllStar@hotmail.com

主题：回复：击球练习

　　小杰，你就做你的白日梦吧。

第十九章

　　我开车到安娜家,发现蒂甘正戴着她罗克福德桃子队的棒球帽站在门口。她还戴了副手套,身穿少年棒球联盟的运动衫,棒球裤提得高高的,露出了底下的袜子。杰森站在她旁边,矮了整整一头。他穿着T恤和牛仔裤,像靠着路灯一样悠闲地倚在氧气罐上。我刚停好我的雪佛兰,杰森就立马飞奔过来,打开副驾驶的车门一屁股坐下,然后又把他的氧气罐拖进车里放在脚边。这一系列动作完成后,他从面罩里深吸了一口气。

　　"你不准备把前排的座位让给女士吗?"我问。但杰森只是耸了耸肩。

　　"没关系的。"蒂甘一边说,一边打开了后面的车门。

　　"这孩子真是没救了。"我说。蒂甘坐在后排,脑袋凑到我和杰森中间。空气里充满浓郁的草莓味。

　　"嗨,麦克布莱德先生,嘛呢?"

这是属于孩子们的潮流词汇,但我知道这个,她的意思是,"你好吗?"但杰森回了她一句听起来像"耶,哟哟"之类的话,而蒂甘似乎也没觉得这个回应有什么不妥。看来我又猜错了,所以我还是装作没听到吧。我从前排座位中间拿了一盒奶味糖豆递给蒂甘,她马上撕开了包装,给我和杰森一人分了一块奶味糖豆。这糖豆太粘牙了,我嚼了好一阵才能张嘴说话。

"后备厢里有一根旧木棒和几个用过的棒球。"我边说边发动车,准备出发。蒂甘摇下车窗大喊"SBK",她站在门前的妈妈听到后,给她送上了一个又一个的飞吻。坚强、勇敢、善良,自从那天听完她们的故事后,我一直在绞尽脑汁思考,人生中还有没有其他比这三个更重要的品质,我确实一个都没想出来。黛拉的这三个词真是一语中的,令人醍醐灌顶。

我现在对开车可以说是驾轻就熟了,但想起前几天在路上碰上警察那事还是心有余悸,更何况现在车里还有两个孩子。所以我们全程都以时速十五迈的速度慢慢前进。

"麦克布莱德先生,我妈妈说您之前能进小熊队,非常厉害。您参加过世界大赛吗?"蒂甘问道。

"小熊队打过两次,但都输了,输给了费城队和洋基队。1929年那届,我因为受伤没能参赛。后来1932年那届,被一个小伙子顶替了,没能上场。大赛结束后,他被换了下去,我才终于重新归位,但从没在世界大赛上击过球。"

"但是,"她说,"我妈妈说,这真的很'惊人'。"

"对，这已经超级酷了。"杰森说道。他看了一会儿窗外的风景，然后说道："我之前在闪电豹队。"

好笑。这小子竟然想拿少年棒球联盟的队伍来压我一头。"我记得你说你从没打过棒球。"

"我是没打过，"他看了一眼蒂甘，又赶紧看向别处，"我一直在候场区坐着。"

我真的很想抱怨几句。仅仅因为他不是全面型选手，就不许他上场参赛，这实在过分。一想到这个，我的胃里就一阵翻涌。但他能如此坦然地说出这件事，我还是挺欣赏他的。

"不过没关系，"他接着说道，"反正我也没法上场比赛。"我没有说话。他的目光一直停留在脚边的氧气罐上："我总不能拖着这玩意儿上场，但我又确实离不开它。"

大多数时间，这孩子看起来状态还凑合，说不上很好，但是也还可以。所以，当他偶尔说起类似的话的时候，我才会重新意识到他现在的病情有多严重。"那我的小闪电豹先生，"我说道，"你觉得自己能打多远？"

"我这么强壮，1000英尺应该不成问题。"

蒂甘大笑起来。杰森狠狠地瞪了她一眼，但什么都没说。一路上，我们开车途经了好几个球场，每一个都有不少人在里面打球。一开始，我还挺受鼓舞的，看来打棒球的孩子还真不少。但当我们穿过第四个球场，看到穿着队服的孩子们像军队里的士兵一样进行一次又一次的训练后，我紧张得胃溃疡要犯了。

就不能去沙地里练球吗？这些孩子身上穿戴的装备足足得花上二百美元，一直被教练追着骂，根本就不像在打棒球。这些球场里的根本不是打棒球的孩子，而是机器。怪不得杰森比不过他们。我放弃了，不再找开放的棒球场，而是掉头开向我家。我知道一个可以练球的地方。

"上个赛季你们队谁成绩最好？"我问。

"约翰尼·马泽罗斯基，"杰森回答，"目前。"

"我平均成绩更高，打点数也更多。"蒂甘说道。

"好，"我相信蒂甘说的是真的，"约翰尼·马泽罗斯基，你会被碾压成肉酱的。"

"不好意思，我还是忍不住想说，哈？"杰森一脸疑惑地看着我，"这也太恶心了。"

我停下车，开始了漫漫下车路。"不是说带我们做击球练习吗？"杰森问道。

"没错。在威拉米特老太太的花园里练。"

我们从后备厢拿球棒和球的时候，杰森嘴里一直念叨着任天堂[1]、世嘉[2]这些我根本听不懂的东西。虽然之前我花了快半个小时才把这袋棒球塞进后备厢，我现在仍然打算自己解决，不寻求任何帮助。我比这俩孩子年长九十岁，但我和他们一样不甘示弱。幸运

---

[1] 任天堂：是日本一家主要从事电子游戏软硬件开发的公司，是电子游戏业三巨头之一。——译者注

[2] 世嘉：世嘉株式会社是一家日本的电子游戏公司。——译者注

的是，蒂甘率先拎起了它。我差点儿就要摊牌，我根本拎不动它了。

威拉米特老太太其实还很年轻，我要是没记错的话，应该才八十四岁。但她动作很慢，显得很老。卖饼干的女童子军来敲门，想高价卖给我饼干的时候总是说，隔壁的"威拉米特老太太"买了三盒。从那以后，我也开始这么称呼她了。不过当然是背地里叫，威拉米特老太太可烦人了，事儿多得很。

我们小心地穿过一排排的芦笋和花椰菜，来到了花园里没种蔬菜的空旷地方。要是让她看到我们在这里，那可就惨了。但我实在想不出还能去哪儿练球。

杰森挥舞着球棒，扭动着他的屁股，像个卡通人物。"女士优先。"我说。

"啥？是我要练本垒打，又不是她。"

"你听我说——"

"没事的，麦克布莱德先生。让小杰先来吧，我反正也挺喜欢接飞球的。"

这样不对。杰森应该好好学学怎么对待女孩。但蒂甘已经跑到了那片玉米地的前面，杰森也把球棒扛在肩上站好了。那就先随他去吧。

"你知道怎么握球棒吗？"我问。

杰森快速地吸了一口氧，摆出了蹲姿，手紧紧地抓着球棒，好像要把它掐死一样。实话实说，他的动作看起来还不赖，就是双手有些太靠后了。我帮他把手的位置摆好，同时让他放松些手上的力道。我来到了一个距他二十英尺的定点,准备向他投球。

我已经半个世纪没投球了,但我敢说,我现在还是能火力全开地投得很远。我一直都想不明白,那些老家伙在赛场上投出的第一个球①为什么总是会掉到地上再弹回来。一个美国人怎么能忘了如何投球呢?

我挥起手臂,旋转着朝杰森投出第一个球。球大概飞了十英尺远,然后"啪叽"一声掉到了花园刚翻耕过的泥土里。与此同时,一阵烧灼般的剧痛从我的肩膀一直蔓延到胳膊肘。

现在再想想,那些在赛场上开球的老家伙是怎么投到那么远的?

杰森好像有点儿蒙了。他知道刚才的一幕不太对,但又说不清具体是哪儿不对。我朝着那颗落地的球走过去,把它捡起来之后,就站在原地。

"我们先来试试下手投球。"我说。

看完我刚刚投球的表现后,蒂甘什么都没说。我现在越来越喜欢这个小姑娘了。

接下来,我投了一个低手球,杰森挥棒。他要是把球棒放在肩上,可能会更容易击到球。

"就看着球,明白?盯着球,然后击球,别想太多。"

我又投了一个球,但他还是没击到。我挠了挠下巴,紧咬牙

---

① 此处是指开球仪式(Ceremonial first pitch),也称为开球表演。——译者注

关，投出了第三个球。这次，他直接把眼睛闭上了，像瑞吉·杰克森[1]一样挥舞着球棒。他的膝盖触地，痛得闷哼了一声。但谢天谢地，至少这次触到球了。

我真的没想过这孩子之前都经历过什么。1934年之后，我就一直没再用过这个球棒。球黏糊糊的，接缝处也有点开裂了。球棒击中球时，会发出轻微的"砰砰"声。而球落入杰森脚边的那片刚松过的泥土里时，也发出了类似的声音。我们都各自站在原地，看着地上的这颗球。

"要不让蒂甘来试一下吧，"杰森说，"我要把力气都留到瑞格利球场上。"

蒂甘没有等他说第二遍就朝这边跑了过来，马尾辫在她脑袋后面蹦蹦跳跳的。她从杰森手中接过了球棒，而杰森拉着他的氧气罐小心翼翼地跨过一排排泥土，朝着蒂甘刚刚站着的地方走过去。

不知怎么的，我突然意识到自己从来没有和儿子们打过球。一次都没有。至少，我一点儿都想不起来。每到赛季我都太忙了，有一半的时间都在四处奔波，在城里的大部分时间也都是在球场度过的。通常都是珍妮让孩子们上床睡觉之后，我才结束比赛回到家。休赛期，我得在钢铁厂打工赚钱，补贴家用；还得坚持锻炼，保持体形。实在没有时间和我的儿子们一起打棒球。

天哪，我现在真希望当时的我能挤出点儿时间来陪家人。

---

[1] 瑞吉·杰克森：Reggie Jackson，美国棒球运动员，1993年入选棒球名人堂。——译者注

看着杰森走得足够远了,我举起球,准备投向蒂甘。

"眼睛要一直追着球,明白吧?盯着它,然后挥棒。击不中也没关系,确实有点儿难度。"

"好的,麦克布莱德先生。"她仿佛只是握着球棒就已经很开心、很满足了。她把帽檐转到后面,朝地上啐了一口,说道:"我是乔安妮·威弗①。"

她的脚牢牢地抓着地,我投了一个低手球,和刚才给杰森投的一样。她轻轻晃动球棒,对准球猛击。由于接缝松动,球棒和球的撞击声是"砰砰"的声音。我还没来得及躲,球就"嗖"的一下从我身边飞了过去,在我身后的杰森跳到一边,朝右边跑了几步。他只能眼睁睁地看着球被卡在那排洋葱附近的泥土里。

"对不起,麦克布莱德先生。"蒂甘向我道歉。

我倒觉得没什么可抱歉的,她刚刚的这一棒甚至值得收入场费来观赏。我往后退了几步,又给她投了一个球。这次她把球打向了左外野,这样就肯定不会误伤我了。可那个球最后掉在了玉米地深处,大概第四排的地方。

"噢,糟了。"蒂甘一边说着一边朝玉米地跑过去,想找回那个球。

杰森正蹲在地上,脸埋在了手套里,好像想找个地缝钻进去。我听到他说:"这也太丢人了。"

---

① 乔安妮·威弗: Joanne Weaver, 全美女子职业棒球联盟前运动员。——译者注

就在这时，我看到威拉米特老太太家的窗帘动了一下。"别管球了！"我朝蒂甘喊道，"我们现在得跑路了！快！"

蒂甘和杰森听到我慌张的声音后赶紧朝雪佛兰而去。我尽可能加快脚步跟上他俩，一心想摆脱身后传来的老太婆刺耳的声音——"麦克布莱德""我的菜"，还有"赔钱"之类的话。我对这个老太婆简直是怕到了骨子里。现在我血液里的肾上腺素急速飙升，肯定比上次看到杰森亲明迪·阿普尔盖特那次还高。

我终于进到车里的时候，杰森和蒂甘已经笑得上气不接下气了。威拉米特老太太还站在门口，一边骂脏话一边朝我们挥着拳头。不过幸运的是，她走起路来比我还慢，所以我赶紧把车窗统统摇上去，开车逃走了。看样子，经过刚才的练习，杰森很快又能实现一个愿望了。

"麦克布莱德先生，"蒂甘笑累了，在休息的间隙问道，"'阉了你'是什么意思？"

第二十章

实话实说，我和本尼迪克特·卡什曼的第一次见面并不愉快。要是完全顺着我自己的意愿，我绝对不想和这个男人有任何瓜葛。在我看来，他是个十足的懦夫。但他也不是什么坏人，只不过我觉得应该尽可能远离那些总是和你意见相左的人。既然已经发现你们之间存在着不可调和的差异，互相纠缠下去又有什么意义呢？

不可调和的差异——这是钱斯第二次离婚时的借口。其实第一次离婚时他也是这么说的，当时我可能是第一次听到这个词。要不是为了杰森，我根本不想把车开进卡什曼家的大门。

但我必须这么做。小熊队允许我们21号借用瑞格利球场，我看了一下，是个周末。但好巧不巧，正好是杰森每月要和他爸爸一起度过的那个周末。所谓"一起度过"，其实更像是杰森待在他爸爸的大别墅里。据我观察，他们根本没有在一起的时间。尤其是想到这孩子有心脏病,我心里其实挺难过的。杰森每个月也许会多来几次,往往是安娜要加班,但又付不起保姆费的时候。

可这些都不是我该操心的事情。我现在需要征得杰森爸爸的同意,带杰森去球场,或者准备一个 B 计划。其实我心里已经有了预案,但最好还是不要用到它,否则事情会变得有点儿复杂。

B 计划可能会给我带来很多麻烦,而无证驾驶只是其中最微不足道的一个。如果最后迫不得已启用了 B 计划,那我在监狱里寿终正寝的概率大概是五成。B 计划非常冒险,但它是最简单粗暴的方法。所以我把杰森和蒂甘送回家后,又独自开车去了本尼迪克特·卡什曼的大别墅。

保安这次朝我点了点头,二话没说就放我进去了。至少他表面上看起来还是挺友好的,不过我不指望他的老板能和他一样友好。和之前一样,我不得不在门前站上一两分钟等着他的老板来给我开门。他终于过来开门了,但他的脸色还是和上次一样。

"卡什曼先生,"我说,"我是默里·麦克布莱德,杰森的老大哥。我们上周见过一面。"

"你不用每次都做一遍自我介绍。我记得你是谁,就是你上次指使我儿子亲女孩。今天来这儿有何贵干?"

"是这样,杰森这周末本来应该住在你这边,但我想带杰森去一趟苹果城。"

"苹果城?你说纽约吗?你是不是疯了?"

"不是纽约,是芝加哥。"

"但你说的是'苹果城'。"

"好吧。因为我们那个时候,苹果城指的是任何[①]……算了。我想带他去一趟芝加哥。"

他似乎已经单方面觉得我俩之间没有继续谈下去的必要。好吧,我不怪他。

"去干什么?"

"去完成一个愿望。"

"完成愿望是吧?你是在柠檬林找不到脱衣舞俱乐部吗?非得去那儿耍?"

我没太听懂,不知道该怎么回答他,但能听出来他说的不是什么好话。"他想在大联盟的体育场里打出本垒打。"

他突然发出了一声爆笑,然后又变成了嘲笑:"你要帮他完成这个愿望,是吗?你知道我儿子现在是什么状况吗?"

"是的,我知道。我相信他能做到。至少,我们要想个办法帮他做到。"

"你肯定能想出办法,但是我拒绝。我决不会让我儿子跟着一个老变态出去,况且我一个月只有周末才能见到他。只要他在我家,他就属于我。听懂我说的话了吗?"

我懂得不能再懂了。他很没有安全感,或者是一心想找安娜复仇,所以他就试图伤害身边的所有人,甚至不惜伤害杰森。他

[①] 苹果城:可以指任何大城镇和热闹的街区。但后来通常只指纽约。——译者注

真的觉得他儿子愿意窝在沙发里看电视、玩电子游戏吗？但我已经看透了，他是不会屈服的，和他说什么都是对牛弹琴。他只会为了激怒我，把事情搞得更糟。我戴上软呢帽，礼貌地抬了一下帽檐，向他道别。

"懂了，再见。"

所以，我得开启 B 计划了。

第二十一章

周四早上,我是被安娜的电话吵醒的。不过她第一次打过来的时候,我没接到,后来她又打了一次,我才和她说上话。安娜邀请我过去吃早餐,听到我的婉拒后,她问需不需要给我送一些过来。有人能过来陪我确实不错,所以我立刻就说了"好",但我紧接着就意识到,我今天还有其他的安排。其实我不太想告诉安娜我今天到底有什么安排,但在她的软磨硬泡之下,最终还是坦白告诉她,我今天得去社区大学的美术课上当模特。我没想到她会对我的行程安排这么感兴趣。那个闷热的美术教室还是和上次一样,一片漆黑,只点了几根蜡烛。等我迈进教室的时候,我明白了。

安娜、杰森、蒂甘和黛拉,四个人整整齐齐地站在教室里等着我。

"希望您不介意我们来这儿。"安娜说着,从画架前的椅子上站起身来，给了我一个拥抱。看来我不太排斥她的拥抱。"杰森知道您的安排之后，非要过来。"她看着我，脸上闪过了一丝担忧，"您不用……您不用脱光衣服，对吧？天啊，我早该想到的。"

"不，不。"我拽了拽法兰绒衬衫的袖子，"只是衬衫。他们要求我把衬衫脱掉，说是为了艺术，你明白的。"

"当然，当然。谢天谢地。您是一个很有魅力的男人，这毋庸置疑。我只是怕杰森看到会不知所措。他平时很少会……呃，他还是个小孩，您能明白吧？"

"我要去准备一下了。"我说。

杰森已经开始往画架上的画布涂颜料了。蒂甘坐在他旁边，皱着眉头表示反对。她把帽檐转向后面，就像她之前击球时那样，脸上流露出期待的神情。

"麦克布莱德先生！"我身后传来一个低沉有力，但也很温柔的声音，"很高兴见到您，我一直盼着您回来，一个人坐在这上面实在是太孤单了。"

是那个手模。看到他来，我也发自内心地高兴，但我一直都不太善于表达自己。"我记不起你的名字了。"这句话很煞风景，但我是真的忘了。

"没关系，我叫柯林斯。柯林斯·杰克森。我的名字是两个姓拼成的，这样理解会好记一些。"他紧紧地握住我的手。

"艾迪·柯林斯①，瑞吉·杰克森。"我说。

"嗯，这样好记多了。"

"哦，这位是安娜·卡什曼女士。"我刚说完就意识到，她现在可能不再用这个姓氏了，因为她已经离婚了。

"安娜·皮尔斯，"她说，"叫我安娜就好。很高兴认识你。"

杰森一心忙着往画布上铺满颜料，不然就连他都能发现这两人之间微妙的火花。安娜脸颊绯红，好像突然对自己的鞋带萌生了莫大的兴趣，一直低头看着。自从我刚才介绍完安娜后，柯林斯的目光就再没离开过她。黛拉在和那个疯女人聊天，她俩都顶着一头彩色的头发，简直像双胞胎一样。但接下来，这个疯女人的话打断了安娜和柯林斯暧昧的氛围。

"好了，大艺术家们。现在，我们要把灵魂深处的每一缕创造力都释放出来。"

安娜和柯林斯都有点儿不自在地挪了挪身子。他把头转向了房间的前面。"工作缠身，"他说，"那咱们一会儿见？"

"没问题。"

柯林斯搀扶着我的胳膊，这感觉真不错。我走得更自信了，因为就算我绊了一跤，他也能扶住我。基顿医生已经念叨我十年了，让我拄着拐杖出门。现在我终于懂了他的良苦用心，但我决不会向他承认我发现自己确实需要拐杖这件事。

---

① 艾迪·柯林斯：Eddie Collins，美国职业棒球大联盟的二垒手。——译者注

柯林斯一直护送着我坐到椅子上,我尽可能地坐得挺拔一些。那个疯女人朝我点了点头,然后我就脱下了衬衫。但我的背心还在,所以其实就只是露出了胳膊。某个画架后面传来了一声响亮的鼾声,接着是大家"咯咯"的笑声,和"嘘"的声音。柯林斯坐在我旁边的椅子上,双手交叉着放在面前的桌子上。

"请大家再次仔细观察我们的模特。注意看左边这位的手,尤其是手的线条、手指和经年累月的老茧。"

我轻哼了一声,因为我觉得柯林斯不喜欢这个女人盯着他的手,就像我不喜欢她上次对我的评价一样。但他只是眨着眼睛微笑。

"现在来看右边,这位成熟的模特终于回归了。他今天的后背好像更直了一些,很有意思,是吧?而且近距离观察就会发现,他的嘴角也比上周稍稍上扬了一些。多么迷人的画面啊。人类的身体就像是一条奔流不息的河流,像微风中滑翔的雄鹰,永不静止。你看到了什么?谁来说说?"

"希望。"一位学生说道。

"期待。"另一位继续说道。

"古老的历史!"杰森大喊道。他的答案又引起了阵阵哄笑声。

"现在,大家可以开始作画了,"疯女人说,"记住,要忠于生活,画出自己灵魂深处的东西。这两位模特现在就交给你们这些大艺术家了。"

安娜眉头紧锁,正在画布上画着什么。她偶尔会偷偷瞥向房间的前方,但大部分注意力还是集中在面前的画布上。黛拉和蒂甘都很专注，但杰森显然已经画完了，手里正摆弄着一个电子设备，很可能是在玩他喜欢的游戏。我不会训斥他的，毕竟经过游戏和电子邮件的历练，现在我自己也变成了一个十足的电子科技达人。

有四个朋友在房间里陪着我，时间似乎过得快多了。我还没反应过来，头上的灯就突然暗了下来，屋子里只剩下蜡烛来照明。疯女人开始带着大家唱歌。结束后，柯林斯搀着我朝着蒂甘的画板走去。她的胳膊一直挥来挥去，好像在棒球场做准备活动似的。

"麦克布莱德先生，您觉得我画得怎么样？喜欢吗？"

她给我看了她的画，画得确实不错，但少了很多皱纹，一层层耷拉下来的皮肤褶皱也没画上去。看着很像三十多年前的我。"很好，"我说，"你的画看起来很不错。"

"画得真棒！"黛拉说着，亲了亲蒂甘的额头。

"哥们儿，看看我画的。"杰森举起了他的画给我看。

"叫我麦克布莱德先生。"我严厉地纠正他。看完他手里的画之后，我更想骂他一顿了。我只能看出来画布上有一摊泥。

"看懂了吗？"他说，"老得掉渣了。"

以前，他这句话可能会让我恼羞成怒。但我看着他天真无邪的眼睛，知道他并没有恶意。他只是个孩子，一个调皮的小男孩，就像安娜说的那样。通常情况下，安娜会因为他太没礼貌而责骂他，但她现在正在和柯林斯聊天。

"你画得如何了？"在安娜又要低下头研究鞋带之前，我问道。

她把画扣着放在了腿上,谁都看不到。但杰森一把抢了过来,并把它翻了个面,正面朝上。一双年轻有力的手覆上了画布,将其紧紧拿在手里。"我一直都没什么艺术细胞。"安娜有些不安地解释道。

"很美。"柯林斯说。

但凡有点儿脑子的人都能听出来,他根本不是在说那幅画。

收件人:jasoncashmanrules@aol.com

发件人:MurrayMcBride@aol.com

主题:你的愿望

亲爱的杰森:

  首先,向你送上一份迟到的祝贺,恭喜你已经完成了自己的第一个愿望。虽然那个吻和我预先设想的不太一样,但我还是为你骄傲。那既然说到了这个设想不一致的问题,我想我们应该对你接下来的愿望先通个气。说得更具体一点的话,我不太明白你所说的"成为超级英雄"是什么意思。另外,你所展望的本垒打是什么样的?

谢谢,

祝好,

默里·麦克布莱德先生

第二十一章

收件人：MurrayMcBride@aol.com

发件人：jasoncashmanrules@aol.com

主题：回复：你的愿望

默里哥们儿，或先生：

"展望"。惊呆了，这居然真的是一个词。场内激光直接投向记分板，或者投向韦夫兰大道。然后，全场观众一片沸腾，要是能放个烟花就更好了，这些都是最基本的。现在来说说超级英雄。你真的不知道吗？你是认真的吗，哥们儿？超级英雄可以在建筑之间跳来跳去，徒手爬上摩天大楼也不在话下，一拳就能把坏蛋打飞十米远。但最最重要的是，超级英雄永远都能在关键时刻英雄救美。我说的永远是指超级英雄的每一部电影里面都是这样。

绝对酷毙了。

小杰

收件人：jasoncashmanrules@aol.com

发件人：MurrayMcBride@aol.com

主题：回复：你的愿望

亲爱的杰森：

首先，我已经说过很多次了，请叫我麦克布莱德先生。你

> 在开头所写的"哥们儿"是多余的,而且很没有礼貌。其次,我怀疑你根本不懂什么叫英雄救美。
>
> 祝好,
>
> 默里·麦克布莱德先生

> 收件人:MurrayMcBride@aol.com
>
> 发件人:jasoncashmanrules@aol.com
>
> 主题:回复:你的愿望
>
>   坏蛋会先撕烂辣妹的衣服,然后准备端着火箭筒射杀她,或者用光剑把她大卸八块。但坏蛋总是会花很长时间来和她交代背景故事,然后说一些废话,比如他很享受杀死她的过程、质问她为什么不加入黑暗势力、要是一起合作一定会天下无敌,等等。她可能会答应加入他们的组织,但实际上她只是在拖延时间。就在这时,超级英雄从天而降,火力全开,震惊全场。
>
> 小杰

第二十二章

　　终于又熬过了一节美术课。回家后，趁着加热方形饺的空当，我给我的小朋友发了封电子邮件。虽然他说话总是会冒犯到我，也一点儿都不尊重我，但我似乎只想和他待在一起，别的什么都不想做。只要他在我身边，我好像就能回到六十岁、三十岁，甚至是变成一个和他一样大的孩子。只有独处时，我才会意识到自己有多老，有多筋疲力尽。所以我不想总是独自一人。

　　我给他发完那封询问核实他另外几个愿望的邮件后，一直盯着屏幕，就这样等了很长时间。后来我实在忍不住又给他发了一封，说我想去他家找他，不知道他妈妈会不会介意。我这一系列行为简直就像个小男孩。他刚一回复"不介意"，我就开着雪佛兰一溜烟到了安娜家。家里就我和他两个人，我们两个肩并肩地窝在沙发里玩着电子游戏。游戏的名字简直糟糕透了，但不得不承认，确实挺好玩的。我好像又一次重返童年了。我特别喜欢看杰森全身心投入到游戏中的模样。他会缩着肩膀，脑袋晃晃悠悠的，举着游戏手柄到处乱转。大部分时间他都会这样。不过今天，他只是静静地坐着，可能是想认认真真地打一局。

我突然感觉有点儿喘不上气，但我记得今早明明吃了药的。可能药也有失效的时候吧。现代医学比米奇·曼特尔[①]的本垒打更令人惊叹，但我认为它一定仍有局限性。我放下游戏手柄，双手撑着身体，尽可能地坐直一些。以前用这一招通常能让我的呼吸顺畅一些，但这次好像不太管用，我还是呼吸不到充足的氧气。现在吸进来的氧气只能维持着我的生命，但不能让我觉得舒服。这感觉就好像是，肺有一部分要罢工了。我试着深呼吸，但似乎无论如何都吸不满。

"你怕死吗？"杰森问道。

我没想到他会突然问我这个问题。以至于屏幕上我的角色被外星人猛烈攻击之后，脑袋掉了下来，虽然这事其实常有发生。然后我开始思考该怎么回答他的问题。我可能应该坦白地告诉他，死亡是不可避免的事情，人总有一死。而我死后，就又能见到珍妮和儿子们了。我要告诉珍妮这些年我有多想她，告诉儿子们很遗憾我没有尽到父亲的职责。听起来真不错，所以对我来说，死亡没什么好怕的。

"我怕。"杰森自问自答。他似乎对游戏异常专注，但他屏

[①] 米奇·曼特尔：Mickey Mantle，美国职业棒球运动员，纽约洋基队球员。——译者注

幕上的角色却似乎没什么动静。

"在我看来，死亡很正常，但大家似乎都想不通这事。人类是无法走到时间尽头的，我们永远无法理解永恒这一概念。而且我认为，这不是我们应该做的事。"

"死亡会疼吗？"

我在思考人类思维的局限性，而他却满脑子想着死亡会不会疼。等他活到我这个岁数的时候，大概已经考虑过好多遍这个问题了，因为我也曾想过很多次。但和一个十岁的小男孩谈论这件事……似乎不太好。他这么问也许有他的理由吧。"应该不会很疼。"

"你的意思是，不会很疼，对吧？"他的眼白有些发黄，脸颊看起来也比之前更瘦削一些。我感觉他今天身体不太舒服。

"可能吧。"我说。

"连割伤和小小的擦伤都会疼，你为什么会觉得死亡不会很疼呢？二年级的时候，我从攀爬架上掉下来摔断了胳膊，疼得我喘不过气来。你觉得死亡会比骨折还疼吗？"

他好像被这个想法吓到了，我得说点儿什么来安抚一下他："这可能要取决于你的死法。我觉得有些死法确实是会更疼一些。"

"我不是这个意思。"

"嗯？"

"你说的是死之前，是生着病或者等死的时候。但我想问的是死亡的时候，就是，那一瞬间，死亡降临的那一秒。"

我放下游戏手柄，想面对面和他好好谈谈，但杰森还是一直盯着电视屏幕，就是不转过头来看我。所以我又拿回手柄，继续玩游戏。"我觉得是不会疼的。至少死亡的那一瞬间不会。"说完后，我使劲点了一下头，好像在肯定自己刚才的说辞。

杰森好像根本没注意到他正搭建的那栋楼已经倒塌了。"死亡肯定会疼的。世界上一定没有什么会比死亡还要疼。因为疼，所以才会死。如果不疼的话，人怎么会死呢？"

"我倒觉得死亡会很平静。就像睡觉一样，只不过你永远不会再醒来了。"

他的眼睛抽动了一下，还是死死地盯着屏幕。"但愿如此吧。"他深深地叹了一口气，第一次转过头来看着我。

"我只希望死亡不会太疼。"

收件人：jasoncashmanrules@aol.com, LittleLeagueAllStar@hotmail.com

发件人：MurrayMcBride@aol.com

主题：B 计划

这一百年来，我一直是一位遵纪守法的好公民。但现在，我可能要打破这个纪录了。因为时不时就会发生一些比遵纪守法还要重要的事情，比如说接下来的这件事。

杰森爸爸不同意我这周六带杰森去芝加哥。但我无论如何都要带他去一趟。

不过前提当然是你愿意去，杰森。你要是不想去的话，我也能理解，这样反倒好办多了。但如果你想去，我就一定会带你去。我们周五晚上出发，在体育场附近找个旅馆住下，周六白天去瑞格利球场，晚上送你回家。

蒂甘，你最好不要来。你的人生还长，还有大好前程在等着你，你没必要冒险和我一起违法犯罪。我一个人可以处理好这些事。让你妈妈带你去喝点儿巧克力麦芽酒，或者去做一些现在小孩会做的事情。

杰森，我现在只需要知道你想不想去。请尽快回复。

祝好，

默里·麦克布莱德先生

收件人：MurrayMcBride@aol.com, LittleLeagueAllStar@hotmail.com

发件人：jasoncashmanrules@aol.com

主题：回复：B 计划

简直帅呆了！你和警察飙车的话谁能赢？估计过几天就能知道答案了。你的问题简直太多余了，我当然想去啊，你以为我会想在浑蛋老爹家里待着？那也太逊了。喔，不好意思，这个词在"你们那个时候"可能不常用。被自己恶心到了，哈哈。

你啥时候来接我？我要打包带上我的棒球手套和我最爱吃

的棒棒糖。

杰森·当代汉克·阿伦①·卡什曼

收件人：MurrayMcBride@aol.com，jasoncashmanrules@aol.com

发件人：LittleLeagueAllStar@hotmail.com

主题：回复：B计划

　　麦克布莱德先生，您说得对，我不应该去。而且我那天下午两点要和热火队打比赛。希望您能理解。小杰，祝你好运，我相信你一定可以的。

蒂甘·罗斯·玛丽·阿瑟顿

---

① 汉克·阿伦：Hank Aaron，美国职业棒球大联盟前球员，棒球名人堂的成员之一。——译者注

第二十三章

路上似乎比平时要暗一些，雪佛兰的噪声也比之前大了。每次从路灯下经过时，我总是觉得，警察只要看到我在开车就能揣测出我要去做什么。我现在明明还什么都没做，但我就是感觉他要逮捕我，然后把我关进监狱，我会戴着罪名孤独地死去。

但现在最重要的是那个孩子。我不能再回到从前了，不能只想着挑个日子停药然后去死。杰森也是，他不能再像以前那样等着有人翘辫子之后把心脏捐赠给他，以便他能继续活着。谁知道这会在什么时候发生，谁知道这会不会发生。

不，杰森必须活着。趁现在还有机会，他必须活下去。

几十年来，我第一次把车开进圣约瑟夫教堂的停车场。之前我都是走着来的。教堂的门大敞四开，但里面一片漆黑，伸手不见五指。眼睛稍微适应了一下周围黑暗的环境后，我看到角落里有一丝光亮。我朝着光亮的方向走去，但每经过几张长椅就不得不停下来歇一会儿。又是这对破膝盖，最近疼得比以前频繁得多，但没办法，人老了就是会这样。

后来走近了一些，我才意识到是什么在发光。是蜡烛，摆了整整一排。每一根蜡烛都承载着人们的祈祷和愿望。这一排里只有六根在燃烧，剩下的仍在那里等待来人的祈祷。好吧，看来它等的就是我。今天，我就是来祈祷的。

跪凳旁边放着一个火柴盒。我笨手笨脚地摆弄了好久才拿出来一根火柴，轻轻一划把它点着。我假装没看到那个跪凳。不过我想，上帝会原谅我的。

"为了杰森的愿望，"我对着蜡烛大声许愿，我的声音在空荡的教堂里回荡着，"在他打出本垒打之前，警察不会抓到我们。"

"你为什么要担心会被警察抓到？"我身后的声音问道。

我飞快地转过身，膝盖疼得我直哆嗦。是詹姆斯牧师，他面带微笑，但同时也很困惑。我能理解，牧师一定不希望我这样的老朋友去触犯法律。

"是杰森，我要带他去城里实现他的愿望，但他父亲不同意。"

詹姆斯牧师慢慢挑起了眉毛："然后呢？"

"反正我无论如何都要带他去。"

"你是说绑架他？"

"这个词似乎有点儿太过了。"

"但法官应该会认同我的说法。"他转身走向最近的那排长椅,坐在那里等着我。他等了很长时间,我才走过去。

"他妈妈呢?"牧师说,"你问过她的意见吗?"

"我觉得最好不要把她搅和进来。她已经有太多的麻烦事要处理了。我会留个便条,这样她就不用担心了。"

"默里,你不能这么做。法律之所以存在,是有原因的。遵纪守法很重要。"

"所以就因为要遵纪守法,你宁愿选择把这个垂死的男孩交给那个一点儿都不关心他的父亲,而不选择在他临死前帮他实现美好的愿望吗?你认为遵纪守法比帮他实现愿望还要重要,是吗?你居然是这么想的吗?"

"默里,我明白,我非常理解你。但我们生活的这个世界不允许你这么做。"

"我不在乎我们生活的世界。反正我也活不了多久了。"听完我的话,他叹了口气,但没有反驳,因为每个人都知道我说的是事实,"听着,牧师,我从来没有向你坦白过这件事。你以为我有信仰,但其实我没有。说实话,我不太了解上帝什么的。但我知道,神明是真实存在的。如果苍天有眼,那他一定也希望杰森能实现愿望。"

詹姆斯牧师坐过来了一些,直直地看着我:"你知道这件事的后果会很严重。像你这么大年纪的人,做这样的事很冒险。默里,真的很冒险。"

"毫无危险的人生还有什么意义?"我说,"再说,我上次冒险是什么时候？三十年前，还是四十年前？我已经碌碌无为太久了。现在正是用上帝赐予我的生命做点什么的时候。我认识的其他人都已经入土了，上帝把我留在这里是有原因的。他让我活这么久，一定是为了让我帮杰森实现愿望。"

詹姆斯牧师又狠狠地瞪了我一眼，也许是想钻进我的脑袋里，看看我到底是怎么想的。然后他无奈地摇了摇头，抬起头来看着教堂前面的大十字架。

"你知道吗？默里，你会为此付出很大代价。"

第二十四章

　　我回到了车里。周围一片漆黑,好像危机四伏似的。我知道有个词能形容我现在的感受,但又有点儿说不清楚。我心里七上八下的,这是一种前所未有的感觉。最后,我终于想到了。是青春,基顿医生之前谈到过这个词。我不知道接下来会发生什么,但知道结果也许会非常糟糕。但正是这种充满未知性的感觉,让我又一次体验到了青春。

　　我想一直像这样在路上兜圈,想整晚都沉浸在这种感觉里。但我不能晾着杰森不管,再说,这也行不通。青春就是这样,一直在游走着。怀念青春的最佳方式就是坐在那里看着它慢慢流逝,或是偶然想起时及时将它抓住。如果你想再次体验青春,首先,你必须活着。你必须这么做。

　　所以,我就这样做了。我开着雪佛兰在安娜家后面转了转。保险起见,我熄灭了车灯。之前就算开着车前灯,我也很难看清东西。现在车前灯灭了,我就好像开进了地下五十英尺深的洞穴。我连车前半米内的东西都看不见,所以我赶紧踩了刹车。当车轮"吱吱"作响时,我有点儿害怕了。我应该系上安全带的,但我还是不太习惯。我转动钥匙,引擎的轰鸣声终于消失了。

我离安娜家还有大半个街区的距离,但我不能再打开车灯冒险开过去了。路中间有一辆黑色汽车是很可疑的。但只要接下来的几分钟里没有人往窗外看的话,我们应该就没问题。

我视线角落里的东西引起了我的注意。它做了一系列动作,但我没来得及看清它到底在干什么。也许是浣熊。但它看起来很大,也可能是一只鹿。这两种都是夜行动物。想到这里,我突然发现,现在已经快午夜了。

当我不想让车门发出任何声响的时候,我才发现雪佛兰车门的噪音有多大。车门在寂静的夜晚啸叫着,路边的路灯好像都被这声音震得发抖。我动了动腿,抻抻筋骨,然后继续上路。但我往前开过两栋房子之后,听到了仿佛是轮胎漏气的声音。

"噗嘶——"

我停下车仔细听了一下。但如果非要让我说听到了什么,我只听到了一片死寂。所以我把这个情况记了下来,这能证明当初基顿医生给我推荐助听器是正确的。当时我说,只有那些老古董们才用得到助听器。但现在,我动摇了。

"噗嘶——"

这个噪音又来了。离我最近的这栋房子就在杰森家旁边,我看了看房子前面的灌木丛,那里什么也没有,所以我继续往前开。

"噗嘶,噗嘶,噗嘶嘶嘶嘶嘶嘶嘶嘶!!!天啊,哥们儿,你听不到吗?!"

杰森一瘸一拐地从刚才我盯着看的那排灌木丛后面走了出来。他一手拖着一个和他差不多高的行李箱,看他拖得这么费劲,这行李箱的重量估计得有他体重的两倍;另一只手拿着一个方形盒子,有几根线从盒子里耷拉下来——这肯定是他的电子游戏机了。他每走一步都得踢着他身边的氧气罐往前移。

"你不知道'噗嘶'是什么意思吗?"他问,"这也是你们那个时代没有的新词吗?我是认真的,你刚刚真的听不见我——"

"停一停,"我打断他,"你刚才要是能稍微再大声一些,我肯定能听懂你的暗号。在灌木丛里发出噪音……幸好没人报警。"

他现在的一系列行为表明,平常这个时间他肯定已经睡觉了。他现在就像一个闹觉的孩子。不过,我的脾气可能也没比他好到哪儿去。

"管他呢,"他说,"你能在妈妈发现之前帮我把这些东西放到车里吗?"

"你收拾这么多东西干什么?我们只去住一晚,明白吗?"

"明白什么?你总说这个,有意思吗?"

"不懂吗?"我说道。但我现在觉得,这和我刚才说的"明白吗?"没什么不同。"你要对你自己做的决定负责,所以,你要自己把东西搬到车上。我现在得去把这张纸条留给你妈妈。"

杰森捏起嗓子来学我说话，可听起来一点儿都不像。"我现在得去把这张纸条留给你妈妈。天！"

他跟跟跄跄地走向雪佛兰，举起行李箱，踢着氧气罐，然后拖着脚向前走了一步。我朝安娜家走去。还没走几步，我就听到身后传来一阵吵闹声。非要形容一下的话，这声音就像是一台摆在柏油马路上的电子游戏机。我回头一看，杰森正压低声音，骂骂咧咧地说着些什么。看来我得找他好好聊聊说话的问题了。

我终于走到了安娜家，正要穿过院子。我走到后门的时候，鞋子已经被露水浸透了。我不想吵醒她，所以我把纸条塞进了纱门，然后深一脚浅一脚地朝雪佛兰走去。纸条上没写什么，就是告诉这位女士我偷走了她的儿子。重点是，任何读到这张纸条的人都能明白，此事与这位女士完全无关。而且，直觉告诉我，不管合不合法，她其实不会介意我带她儿子出门。

杰森的脸皱成了一团。虽然只有一两次，但以前在我儿子们的脸上也看到过一模一样的表情——极度的暴躁。只要一谈及有关性格的事情，他们就一言不发。我也试着这么做，但做不到。

"你不用把厨房的水槽打包进行李箱。"我低声说。

他摇摇头，仿佛这是他听过的最愚蠢的话："为什么有人会想把水槽打包起来？说真的，你怎么才能把一个水槽塞进行李箱里呢？"

"这只是打个比方，这句话的意思是说你打包的东西实在太多——"

"你甚至根本没法把它从厨房里拿出来！怎么，难道你要把它直接抬起来吗?！"

后座上，杰森的行李箱旁边好像有什么在晃，但这似乎不太可能。这些天我的头向后转着有点儿费劲。但在后视镜里，我看到蒂甘·罗斯·玛丽·阿瑟顿正从我的小行李包和杰森的大行李箱之间的一个缝隙里探出头来。

"你俩能安静点吗？我们会被发现的。"

第二十五章

实话实说,这可真是让我出乎意料。蒂甘居然在我的车后座上。如果我没记错的话,我在信里写得清清楚楚,说她不应该跟着来,而且她在回信里也十分同意我的观点。

"老天啊,你到底为什么会在这儿?"我说。

"厉害吧!"杰森说。

蒂甘只是耸了耸肩:"我当然不能说我要和你们一起去,我怕我妈妈会看我的电子邮件。您真的认为我不想加入你们的行动吗?"

"我确实是这么认为的。那你少年棒球联盟的比赛怎么样了?我们要是被抓了怎么办?你要是进监狱了怎么办?"

蒂甘摆了摆手,一副不在意的样子:"我们在和热火队比,他们实在太菜了。但麦克布莱德先生,或许我们不应该一直停在马路中间,您说呢?我们现在这样未免有些招摇过市了。"

一个小女孩刚刚用了一个我没听过的成语。我不知道现在的自己是什么感觉，但每次看到她，我都觉得她绝不像看上去这么简单。这个小孩相当不一般，连我这样的小老头都能看得出来。

我拨弄着车钥匙，但周围黑得跟在夜里一样。当然，现在确实就是夜里，而且是半夜。看到我把钥匙插到仪表盘上之后，杰森咯咯地笑了起来。有了蒂甘的陪伴，他的心情肯定好多了。我使劲地把钥匙往里捅，试图找到点火开关，但怎么都摸索不到。杰森现在已经笑得前仰后合了，蒂甘好像也快要忍不住笑出声了。"麦克布莱德先生，我觉得可能要稍稍往左边一点儿。"蒂甘说道。果然，我把钥匙向左边稍微挪了挪，马上就找到了正确的位置。

我假装没听到杰森的笑声，把汽车发动了起来。因为要低调一些，不能被人发现，他笑得已经算是收敛了。过了一会儿，我正要把雪佛兰开过街角，我们刚刚停靠过的那栋房子里就亮起了灯，但已经晚了。我穿行在住宅区内的街道上，看着杰森的社区在后视镜中慢慢消失远去。

下一站，风城[1]。

---

[1] 风城：芝加哥又称风城。——译者注

第二十六章

要是看杰森的反应，你可能会以为我们要去迪士尼乐园玩。每到一个加油站他都想停下来买零食和纪念品。其实对我来说这倒是个好事，因为我的膀胱也已经一百岁了，时不时就得跑趟厕所。第一站是格伦维尤路，接着，我们绕着哈姆斯森林转了几圈。这儿有一个新建的壳牌加油站，他在这里买了杯某种颜色鲜艳的饮料、一份没有加任何酱料的原味热狗，还有两大块三剑客牌糖果。杰森拿出那几根熟过头的香蕉时，蒂甘的头摇得跟拨浪鼓一样，显然非常不喜欢他的夜宵。

在到达老果园路之前，我们又停了一站。但只是白白浪费了时间，因为便利店和洗手间都关门了。我开过州际公路入口时，杰森呛了一口饮料。

"你刚刚错过了开往芝加哥的那个路口。"他说。

我决不会走那条路，上面的车都开得飞快。从我家到瑞格利球场有二十英里，通常只需要开四十来分钟。但前提是，不是我开，而且车里没有孩子。尽管现在是半夜，路上也没有多少车，但像我们现在这种状况，很可能要开一个半小时。

我把车开上了柠檬林大道，然后接着往南开。"麦克布莱德先生，我昨晚在雅虎上搜了您的名字。"蒂甘在后座上说。

"雅虎？"

"是的，"她说，"这是互联网上的一个搜索网站。"

"互联网？"

"哼，"杰森说，"互联网，在线，万维网。"他把最后一块热狗塞进嘴里，紧接着又拆开了一袋糖果，边吃边说："你可以在上面找到所有的东西。"

"就像百科全书一样吗？"我问。

"像啥？"杰森没听懂。

"对，差不多，"蒂甘回答道，"但它更像是，包含了之前所有版本的百科全书。您可以随意搜索。昨晚我搜到您在大联盟中成绩最好的赛季是在1923年。您以16个本垒打和63个打点数打出了0.289的击球率。"

"是吗？"我知道肯定会有相关的统计数据，但我无论如何都想不明白，这个小女孩昨晚是怎么在她的电脑上找到这些数据的。

街灯的强光开始让我的眼睛有些刺痛，也有点儿发干，因为我一直在瞪着眼睛开车。我把时速降到了十五迈。

我们路过了一个雪佛龙加油站。"喔！加油站，"杰森说，"掉头回去,我要尿尿。"

"又尿?"我嘴上这么说,其实我也又有点儿想去洗手间了。

进去之后才发现,这个加油站破破烂烂的,洗手间在最里面。原则上,我应该避免使用这些设施,省得显得我总是跑厕所。杰森想让我给他买另一种佳得乐牌的鲜橙色饮料,再买一件印着"吻我,我是爱尔兰人"之类图案的T恤。不知道他是不是在跟我开玩笑。

后来,我们很快经过了林肯伍德和北公园。我拿出一张小纸条看了看,上面写着小熊队给我们租的公寓地址。现在我们离它只有大约三英里远,应该很快就要到了,但突然堵车了。

你能相信吗?大半夜的居然会堵车。可能是因为道路施工什么的吧。蒂甘建议我绕路避开它,但这个地方和我上次来的时候变化很大,我不想带着孩子们迷路。格雷斯兰公墓在左边,我不能走那条路。我也不想往右边开,因为我知道那和公寓的方向完全相反。我不想开了一路夜车,最后却跑到埃尔姆伍德公园去。

所以我们还是选择在这条路上堵着。偶尔能往前挪几英尺,然后再停上一会儿。大约就这样过了半个小时,杰森终于还是坚持不住,头靠在车窗上睡了过去。一路上吃了那么多糖果,最终还是被困意打败了。

"他真是个可爱的小孩,对吧?"蒂甘说话的语气像个大人。

"有时候是。"听到我的回答,她笑了起来。我每次认真讲话的时候,大家都觉得我是在开玩笑:"你怎么这么喜欢他?"

她脸上突然闪过了一丝什么。说不清那是什么,但我能确定的是,很强烈,甚至是强大。她觉得自己的脑袋里有什么东西很厉害,我静静地等着她的回答,可她只是摇摇头,好像想把脑子里的一些想法抛出去。

"我从一出生就认识他了。我只是想帮他,可能就这么简单吧。有什么问题吗?"

"当然没什么问题。我也是这样。"

"你为什么这么做,麦克布莱德先生?"她问道,"你为什么这么喜欢他?"

我懂了,她在逃避。她不回答我的问题,但却把同样的问题抛给我。不过她有权选择不告诉我。"可能就像基顿医生说的那样,因为我想和年轻人待在一起。但如果我当初知道自己会被这孩子搞得一团糟,我宁愿一个人待在家里吃我的男厨牌罐头。"

"不,你不会的。"蒂甘说。

"哦?为什么这么说?"

我们开到一名正举着一块"停"的路障牌的工人跟前。他看了我一眼,好像他不明白我为什么不换条路走,非要在这条路上堵着。我把雪佛兰挂到了停车挡,继续等着车队往前挪。

"显然,"蒂甘说,"他在你眼里就好像是比分3:1的时候朝你飞来的一个高快球。"

"怎么说?"

"你的眼里只有他,就好像这是世界上最好的东西,其他的一切都黯然失色。"

  是不是觉得很厉害？小女孩竟然能用棒球来做类比。这孩子就和棒球比赛里的三杀[1]一样罕见，简直是个不可多得的人才。雪佛兰突然开始咆哮起来。我反应了一会儿，才意识到是我的脚不小心踩到了油门上。挂停车挡时，油门就不太好用。我一边忍着哈欠，一边把脚慢慢从油门移开。仪表盘发出的幽光温柔地洒在杰森的脸颊上。

  "明天有什么计划？"蒂甘问道。

  "下午四点左右去棒球场。白天的话，我们就待在公寓里，低调一点。你说呢？"

  我又打了一个哈欠。她摆弄着自己的辫子问道："还好吗，麦克布莱德先生？"

  "当然，"我说，"就是稍微有点儿累了。"我上次熬到晚上九点以后，还是一年半以前。那时，几乎每天晚上我都以泪洗面，根本睡不着。不哭的时候，我会捶椅子、砸桌子。当然，女孩没必要知道这些。

  "我们可以接着聊天，"蒂甘说，"我妈妈说，开车开累了的时候，她就会找别人说说话，这样可以让她保持清醒。"

  "那好吧，"我附和着，但我想不出该说什么。过了一会儿，我说："你妈妈人真的很好。她一定非常爱你。"

---

[1] 三杀：triple play，指守队队员防守无失误而将攻队三名队员连续传杀出局的防守行为。——译者注

"是的,我知道,"蒂甘说,"有的时候,我会因为她而被取笑,但我完全不在乎。"

"有人取笑你?是谁?"我的呼吸一下子变得浅而急促起来,我的血压在上升。但凡我再年轻几岁,我肯定会去找取笑蒂甘和黛拉的人,好好教训他们一顿,或者两顿。

"就是同学而已。我明白他们为什么嘲笑我,因为我妈妈和大多数人不一样。比如她的头发,还有她每次紧紧拥抱我的样子。也许还有'SBK'?可能确实有点儿奇怪。"

"人不应该用'奇怪'来形容自己的母亲。"

"不,您没明白我的意思。我完全不介意,我不觉得她奇怪。她是我妈妈,我爱她,爱她原原本本的样子。别的小孩也许想不通,但总有一天他们会明白的。"

一个十岁的女孩看待和理解事物的角度比我还要全面,不知道我是否应该为此而感到羞愧。但我想,如果这个十岁的女孩是蒂甘·罗斯·玛丽·阿瑟顿的话,那我一点儿都不尴尬。

车外的工人把路障标翻了个面,写着"慢"。真是的,就好像我能开快了似的。施工看样子快收尾了,路上也只剩下我们这一辆车了。我们离公寓已经很近了,感觉我下一秒就能进入梦乡。但蒂甘还很兴奋地颠着腿,感觉我的雪佛兰都要容不下她了。这个小女孩和我们一起拼搏、冒险,甚至可能一起犯法。而这一切都是为了那个邻家男孩,为了她的好朋友。她的目光一直停留在窗外,后来,她说话的声音盖过了雪佛兰引擎的嗡嗡声时。

"麦克布莱德先生?"

"嗯?"

"有您真好。"

我从后视镜里看到了蒂甘微笑的脸庞。如果有一天,杰森能知道自己在蒂甘心中的重要性,那他一定是个幸运的孩子。我也笑着回应蒂甘,但我的微笑永远都没法像她那样天真美丽。

"有你也很好,孩子,"我说,"有你也很好。"

第二十七章

　　我醒来时，听到窗外传来了叽叽喳喳的鸟叫声。阳光穿过薄薄的窗帘洒进屋内。从窗口吹进来的微风有点儿凉飕飕的，但也无妨，我正盖着厚厚的被子躺在床上。我有点儿蒙，不知道这一切是怎么发生的。过了一会儿，我想起来了。昨晚我们开到了这个公寓，然后蒂甘从门口的地垫底下摸出了房门钥匙。这是一间很不错的大公寓，有两间卧室、一间厨房和一间餐厅，离体育场只有两个街区远。我揉了揉眼睛上的硬痂。这是我这么多年来，第一次一觉睡到天亮。

　　早上起来，我浑身都疼。死神仿佛嗅到了将死之人的气息。一个躺在床上的老人双眼紧闭，呼吸微弱。死亡前的大部分准备工作似乎已经完成，只需给他最后一击。然后，我就会飘到天堂门前，除非我能一直欺骗死神。每天早上我醒来时，都感觉死神离我更近了些。我必须多活动活动，让我的胳膊、腿、眼皮和脚趾恢复知觉。我每天花在这上面的时间不短，而且一天比一天长。

当我终于走出卧室时，看到蒂甘正忙活着鼓捣什么。不管是看起来还是闻起来，厨房好像被她变成了一个早餐铺。我很久没见过这么多的蓝莓松饼和华夫饼了。看来她对厨房搞突袭是因为这些。不过，这似乎还不是全部。她面前还有四大罐不同口味的酸奶；一碗五颜六色的麦片；六个泡沫塑料杯，咖啡和橙汁各三杯。小熊队真是竭尽全力地提供一切物资。这里就像家一样。

"早上好，麦克布莱德先生。"蒂甘尖细的嗓音在一大早显得有些刺耳，她朝我炫耀着已经穿戴好的帽子和少年棒球队的队服。蒂甘朝我卧室里看了一眼。有一小团不明物体一动不动地待在地上，上面搭着一堆毯子。我刚刚根本没注意到，可能差点儿就被绊倒了。"我们得叫他起床了，"蒂甘说，"男孩子有时真的很懒，是吧？"

我揉了揉脸，环视了一圈卧室："你昨晚睡哪儿了？"

"就在那边。"蒂甘指着房间里紧挨着床底的那片地板。一条毛茸茸的毯子好像还保持着身体的形状，下面还有一张床单和一个枕头。看来我们昨晚开了一个盛大的睡衣派对。"我就是想离您近一些，每到一个新地方我都会有点儿害怕。"她说，"您应该尝尝那个华夫饼，可好吃了。我要是现在叫醒杰森的话，应该不会对他心脏不好吧？"

我还没来得及回答，外面就突然传来了电话铃的声音。蒂甘赶紧跑向厨房的桌台，拿起电话，看着和本尼迪克特·卡什曼的那部一模一样。我这时才意识到他之前拿的那个不是玩具。"你有无线电话吗？"我问。

"这是我妈妈的，"她盯着屏幕说，"这是她新买的。我出门之前留了一张便条，上面写着我先把电话拿走了，以及回家的时间。但她一定还是很担心。我要接电话吗？"

我不知道怎么回答，毕竟以前从未遇到过这种情况。如果她接了电话，她肯定得和她妈妈聊上几句，而黛拉一定会问她现在在哪儿，然后可能马上就会开着车一路杀过来。但如果蒂甘不接，黛拉肯定会胡思乱想的。这个小女孩才十岁，还太小了。

我还没来得及说话，电话就不响了。看来我们已经做出了决定。"要不我一会儿再打给她吧？"她说，"这样她就不用担心了，咱们也不用担心她会在小杰打出本垒打之前赶到这里打乱我们的计划。"

我俩互相盯着对方看了一会儿，然后蒂甘长按了一个按钮，电话就关机了。我实在不知道该做什么或说什么，所以走到桌子旁坐下，吃了两口糖浆华夫饼。蒂甘说得没错，华夫饼确实非常美味。就在这时，我听到了被毯子和枕头掩埋住的抱怨声。

"别管我！我要睡觉！"

"你已经睡了一晚上了，不起床怎么打本垒打啊。不过，如果你能填补自己挥棒动作的漏洞，那就另当别论了。"

杰森飞快地站了起来，头发炸得像朵蒲公英。"现在是早上？我们在芝加哥了？"

"跟我来，"蒂甘说完看向了我，"还有您，麦克布莱德先生。"她带着我们走出厨房，上了一小段楼梯。爬上最后一阶台阶后，映入眼帘的是一个阳台，阳台正上方有一个写着"L"①的牌子。就在这时，一列火车呼啸而过，震得我嘴里的假牙"哗啦哗啦"直响。杰森弯下身体，用手捂着耳朵，好像无法忍受疼痛似的。

"这他……"这阵轰鸣声终于停止时，他开口了。说实话，他能克制住自己的口头禅还是挺让我惊讶的。要是搁在以前，他一定会把这句脏话说完。"你带我们来这儿干什么？想把我们的耳膜吹破吗？"

"不是，你真是个暴脾气的小孩。看那里。"

她走到阳台的一角，探出头去。当她向后倾时，她的两条辫子跟着她的动作一起摇摇晃晃的，她好像笑得很开心。我和杰森倚着阳台的围墙，终于明白蒂甘让我们上来看什么。瑞格利球场的灯光笼罩着周围的一切。看台上，嫩绿色的草地上，还有迎风飘动的小旗子，都染上了一层淡淡的光亮。一切都一模一样。有那么一刹那，我觉得自己仿佛又回到了二十五岁。又可以击中每小时九十英里的高速球，一棒把它打到左中场，再来一个脚钩滑垒直接进入二垒。

"我迫不及待地要去一击制胜了。"杰森的这句话引得蒂甘咯咯直笑。她当时也在威拉米特老太太的花园里见证了他的球技。

---

① L：Chicago'L'，简称 The'L'，芝加哥地铁。——译者注

"但你得先填饱肚子。现在快回去吃早餐。"我说。然后我们排成一队走下楼梯,回到厨房吃华夫饼。

杰森这次很听话,大口地往嘴里塞着松饼和华夫饼。看他吃得这么津津有味,我都不忍心训斥他吧唧嘴的坏习惯。而且他不知道该怎么正确使用刀叉,还用睡衣袖子代替餐巾纸。天啊,这孩子!终于,他心满意足地靠在椅背上,双手摸着圆鼓鼓的肚子。接着,他戴上氧气面罩,使劲吸了几下,因为他刚才一直不停地往嘴里塞吃的,都没来得及做深呼吸。几秒钟后,我吓了一跳,差点儿从座位上跳了起来。这是我打球以来听到过的最响亮的打嗝声。

杰森笑得开心极了,好像这是他最自豪的时刻。但他看到我生气地盯着他时,突然又扭捏地和我道歉:"不好意思。"之后,他的眼睛突然失去了神采,眼神空洞。他把面罩扣在脸上,喘着粗气,但似乎无济于事。他皱起了眉,他自己或许也不清楚怎么突然就变成了这样。我甚至以为他今天就要这样交待在这里了。

我和蒂甘死死地盯着他。但除了等待,我们也不知道还能做些什么。另一列火车又轰隆隆地驶过头顶,似乎与我一片混乱的大脑遥相呼应。但还好,这阵子过去之后,杰森又坐直了,但有点儿蔫蔫的,他没有刚才那么活泼了。空气中还弥漫着华夫饼甜甜的香气。我们四目相对,看着对方。"有一样东西忘在车里了。"他说。

他从柜台上抓起我的车钥匙,大摇大摆地走出门,就好像刚才差点儿一命呜呼的根本不是他。我在窗户旁看着他,但他看起来确实没什么大碍。他解锁,打开后面的门,然后撅着他的小屁股在后座上翻找着什么。他终于从车里出来了,怀里抱着电子游戏机,线耷拉在他的脚边。他一回到屋里,二话没说就开始鼓捣游戏机。我一脸惊讶地看着。他是怎么知道哪条线接哪儿的?又是怎么知道在电视遥控器上要按些什么按钮?真的很神奇,他成功地启动了游戏,而且很顺畅,就像一辆在路上飞驰的全新的雪佛兰。

我们玩了很久,蒂甘一直在旁边看着我们的每一步操作。杰森现在选择的是对抗模式,看谁能最先建立起自己的"可持续发展的城市",同时避开外星人的攻击。杰森的手指在手柄上按得飞快,我都看不明白他到底在做什么。在我搞明白之前,他已经建好了一座漂亮的城堡,他的角色正在攻击外星人的宇宙飞船。几分钟后,宇宙飞船被摧毁,掉落在了地球上。杰森本来坐在沙发边上,现在高兴得一下子蹦了起来,兴奋得大喊大叫。我要是不知情的话,一定会觉得他的心脏很健康。他把一整块蓝莓松饼塞进嘴里,嘟嘟囔囔地开始说话。

"你越来越上道了,"他说,"我是说,虽然你和大神们比还差了很多,但不是很烂。"

"你明明可以赢得更有风度一些的,"我说,"这是一件重要的事情。你要明白,赢要赢得优雅,输也要输得有尊严。"

"哥们儿,你用词简直太太太奇怪了。"

"你应该听麦克布莱德先生的,"蒂甘说,"没人会想和输不起的人一起玩。但如果你赢了之后趾高气扬地耍混,也没人会想和你一起玩。"

"我不是浑蛋。我说了他玩得没那么烂。"

蒂甘无奈地朝他摇摇头。我很高兴能带着这个小女孩一起出来兜风。她非常聪明,而且有灵气。她说:"如果你输了,你应该和对方握手,并说'打得漂亮'。你甚至可以对他表示祝贺。如果你赢了,你也应该和对方握手并说'打得漂亮',并告诉你的对手他打得也很好,只是运气问题。"

杰森似乎在研究我拿着控制器的手。"但如果他打得一点儿都不好呢?我应该撒谎吗?"

"你至少应该表现出一点儿尊重,"我说,我不想说太刻薄的话,"你要做一个成熟的人。"

杰森似乎以为我要教他大学哲学这么高深的东西。"但我还没成年呢,我才十岁。"

确实,他说得没错。但我不认为这是一个借口。杰森重新开始游戏,又往嘴里塞了一块松饼。"嘿,蒂甘,"他说,"你不需要洗个澡什么的吗?"

蒂甘站在他身旁,双手叉腰问道:"不好意思,你说什么?"

"啊?你是和这哥们儿学的吗?你俩说话简直一模一样。"

蒂甘就站在那里,一句话也没说,但极其有压迫感。尽管他们年龄相仿,但她比杰森高出了许多,像杰森的大姐似的。因此,从他的体形来看，我还真猜不到他俩竟然同岁。就这样过了几秒钟，杰森好像越来越心虚了，他小声说道："我能单独和这位老兄谈谈吗？拜托。"

"当然，"蒂甘说。

身后的浴室门一关上，杰森就以一种熟悉的眼神直视着面前的电视机。不知道他接下来会问我什么。

第二十八章

"你目睹过死亡吗?"

我一直目视前方,盯着游戏。"当然。"

"谁?"

"先是我的两个儿子。"我的眼睛有点儿发酸。我很惊讶,珍妮和孩子们的事情都已经过去这么久了,但只要一提起他们,我还是会立刻哭出来。以前我可能不愿意在杰森面前袒露情感,但现在完全不介意了。

"那一定很糟糕。"

"那是我一生中最暗无天日的一段时光,"我说,"还有珍妮去世的时候。但还好这些都是意料之中的事情,我已经提前做好了心理准备。意料之外的死亡只会更糟。我的两个儿子去世时分别是七十二岁和七十四岁,珍妮去世时是九十九岁,他们都度过了漫长而充实的一生。孩子们去世后,我只有珍妮了,只剩我俩相依为命。他们去世不是什么稀奇事,我能活到现在才是真的稀奇。"

我从眼角余光里看到杰森似乎很纠结。"但如果你之前死了……你现在就不会和我一起坐在这里了。"

他很难接受我的想法,我不怪他。如果坐在你面前的这个人消失了,所有的事情都会变得完全不同。这对一百岁的我来说都很复杂,更不用说十岁的小孩了。

"多少?"杰森说。

"什么多少?"

"人。你亲眼见证过多少人的死亡?"

"很多,多到掰着手指和脚趾也数不清。我很老,明白吗?比大多数人都老。"

"它是什么感觉?"

"看着某人死去?"

他微微点了一下头,但没有看我的眼睛。一开始,我想尽量说得委婉一些,让他不要太害怕。但不知道为什么,我觉得在这件事上,还是要诚实一点。

"看着你爱的人离去时的感觉就像他们把你身上的某一部分带走了,就好像他们停止呼吸时,你自己的心也被掏空了一块。"如果未来真的要看着这个男孩离去,我不敢想象我的心会有多痛。我不想让他离开。珍妮和儿子们已经相继离开了我,我觉得自己再也无法承受这样的打击了。

"会很难过吗?"他问道,"我是说,看着他们死亡的时候。"

"痛得要命。当然,我说的不是身体上的痛。"

他沉默了很久,手上还继续玩着游戏,但很明显心不在焉。外星人飞船被成功击落时,他只是小声嘟囔了一句:"耶,你们自求多福吧。"而通常情况下,他会大声地喊出这句话。

窗外,一家四口挤上一辆小型面包车,启程了。也许是去度假,或者是去探亲,也有可能只是去趟便利店。我不明白,为什么他们能过这样正常的生活?为什么杰森不能?一切都如此随机吗?这一点儿都不公平。

"我想筹备我的葬礼,"杰森说,"这样我的葬礼就不会太无聊。"

"别这么说,你不会死的。"

"我很可能会死,你知道的。应该很快就会。"

"你听谁说的?"

他轻轻耸了耸肩:"医生。"

我不知道医生告诉他这件事是对是错。在我看来,他们要做的是让他充满希望,除非是真的连一丝希望都没有。"他们只是想让你享受当下的每一刻,以防万一。"

"是吗?那他们简直就是大蠢蛋、大白痴。当你知道自己要死了的时候,根本没有心思去享受生活。"

他怎么能这么称呼医生呢?我真想好好批评他一番,但发现自己狠不下心来。如果我对之前那位医生的肢体语言的解读是正确的,那说明,杰森活下来的可能性或许确实不大,可能真的应该策划一下他的葬礼。但面对如此可爱的一个孩子,所有人都不会放弃希望,都想让他活下来。

蒂甘从浴室走了出来,已经自己扎好了辫子。房间里弥漫着浓郁的草莓味。

电视屏幕上,外星人的飞船又回来了。我们两个的角色开始对准它发起进攻,但似乎只是以卵击石。外星人扔下了一枚炸弹,游戏很快就结束了。我突然想起之前杰森第一次教我玩这个游戏的时候说过:就算你没有做错任何事,他们还是会无缘无故地攻击你。

第二十九章

就在我们整装待发准备去棒球场的时候，一大片乌云气势汹汹地从西边涌来。道道闪电劈开了厚厚的云层，看来要有一场倾盆大雨了。墙上的电话突然响起，是小熊队负责人打来的。他说他们在球场上铺了防水布，所以我们今天不能按原计划使用场地了。他说了好几次抱歉，并向我保证，只要大雨过后场地状况良好，明天白天我们仍然可以使用场地。只要我们明天在五点前结束就好，因为晚上有比赛，小熊队需要提前在场地上做一些击球训练。向他表示感谢后，我把这个消息告诉了杰森和蒂甘。

杰森本来还在打游戏，听到这个消息后，他把手柄狠狠地往沙发上一扔，朝着旁边的抱枕捶了好几拳。我们谁都不想一直闷在这间公寓里。否则，杰森肯定一整天都会郁郁寡欢。蒂甘更是那种闲不下来的女孩。而我都记不清有多少年没来过芝加哥了，很想故地重游一番。

"也许我们可以去绕着球场走一圈。"我说。蒂甘高兴得尖叫起来,但杰森想到自己的本垒打训练要推迟到明天,还是闷闷不乐。"或者去坐地铁。"我说。

不知道你看没看过一部老动画片,里面有只触电的猫。杰森现在的反应和那只猫简直如出一辙。他高兴得手舞足蹈的样子就像一个棒球新秀第一次上场比赛时那样激动,这可能会让你误以为"坐地铁"也在他的愿望清单上。

实在太久没来了,我已经完全记不清地铁的线路了。但我想我们可以随便上一列车,坐到终点站,然后再坐回来。幸运的是,最近的地铁站离我们的公寓只有不到一个街区。

我们翻出刚刚收拾好的雨衣,还在衣橱里找到了一把雨伞。仅仅是走在街上,都能让我百感交集。街角香喷喷的面包店,每隔几分钟地铁驶过时地面的"隆隆"声,连皮肤在空气中的触感似乎都不一样。芝加哥和柠檬林仿佛不在同一个世界。

地铁站里好像一个售票员都没有,但每隔几英尺就摆着一台机器。每台机器上面都有插槽,搞不明白是干什么用的;还有一些乱七八糟读不明白的文字。盯着它看了几分钟后,我发现这里应该可以刷信用卡。但我从来没有开过信用卡,只有传统的钞票和硬币。售票机不远处有一排闸机,人们通过之前好像要刷一下什么东西。

"你俩知道怎么用这个吗?"我问。

"妈妈之前带我来过一次,"蒂甘一边说着,一边开始研究售票机,"我们去了西尔斯大楼①的透明观景台、水族馆,还有一些别的景点。我想我们只要……没错,能给我点儿钱吗,麦克布莱德先生?"

我从夹克口袋里掏出一些现金,但完全不知道该给她多少,所以就一下子都拿出来了。她从其中抽走了一张五美元的钞票,我把剩下的又揣回兜里。几分钟后,她递给我们每人一张票,检票后我们依次通过了地铁闸机。拖着杰森的氧气罐下这么多层有点儿难办,但我们每人轮流着拎两个台阶,就这样,我们最后终于到了站台,上了一列红线②地铁。

地铁上的"隆隆"声,与铁轨摩擦的尖叫声,甚至是一路上经过的这些社区,都把我带回到了年轻的时候。我在这个城市打了整整十五年的棒球。十五年来,我都会乘着"L"地铁,看着窗外美丽的湖泊,在瑞格利球场打我喜欢的棒球。我愿意付出一切代价,只为换取年轻时辉煌的一天。

地铁里有形形色色的乘客。有西装革履的商务人士和他们的家人,他们的父母对我们过于友好,总是悄悄打量着我们,好像试图搞清楚我们仨是什么关系;也有很多无家可归的人在这里乞讨。这没什么值得大惊小怪的,毕竟是大城市。以前住在这里的

---

① 西尔斯大楼:位于美国伊利诺伊州芝加哥的一幢摩天大楼。——译者注

② 红线:芝加哥地铁系统自 1993 年起开始使用颜色区别,除了红线及蓝线在市区为地下线路外,其余线路皆为高架或地面线路。——译者注

时候，我遇见过不知道几百个这样的人，那时我也没觉得怎么样。那时也许是我人生中另一段最快乐的时光，我还没变成一个暴脾气的老家伙。

蒂甘和我一样，全神贯注地沉浸于这段旅程里，但杰森自打上了车，屁股就没挨着过座位。他一溜烟爬上了离他最近的扶手杆。我勒令他赶紧下来之后，他又把头伸到座位下面四处张望着。他忙活得都顾不上自己的氧气罐了，我得一直拉着，以防它滑到别处去。这孩子真是一秒钟都不消停。绝望中，我看到蒂甘无奈地翻了个白眼。这个动作精准地概括了我现在的感受。

当我们到终点站时，杰森像在雨中起舞一样转着圈通过了出口闸机。我叫他回来，但他像没听到一样，理都不理我。还好蒂甘及时跑过去把他抓了回来。他自知理亏，一脸心虚地回到我身边，但还是瞪着大眼睛，兴奋极了。我本来想把氧气罐还给杰森，但突然发现拿它当个拐杖也不错。杰森似乎也对此毫不介意，所以就还是我来保管吧。

雨小了些，但一直没停。我们跑进街角的一家面包店稍作休息。我点了一份松饼和一杯黑咖啡，蒂甘要了一杯橙汁和一个苹果派，杰森点了两个肉桂卷和一大杯牛奶。他本来想点五个肉桂卷，但我告诉他两个就足够了。我从钱包里抽出一张二十美元的纸币，然后数了数剩下的钱，还剩三张二十美元的，应该只够今晚的饭钱了。毕竟情况特殊，回家路上可能还要加点儿油。明天的早餐和午餐估计要在公寓解决了。

我突然想到,之前也许应该给安娜留一个联系方式。虽然蒂甘拿着她妈妈的无线电话,但我要是给安娜留了一个电话号码什么的,我自己心里也会踏实些。希望她没有太担心杰森。她不在杰森身边的时候,我想我应该尽可能地充当一个父亲的角色。所以,看到他嘴角沾着的饭渣,我从口袋里掏出了一块手帕,想给他擦擦脸,但他一下子把头转开了。

"好恶心!你可能刚用这玩意儿擤了鼻子!"

"这是干净的那条,"我说,"我怎么会用擤鼻子的手帕擦你的脸呢?"但他好像不相信我说的话,把自己的嘴往袖子上蹭了蹭。好吧,擦了总比不擦强。我们都吃完了,是时候返程了。

在回程的地铁上,我的眼皮沉得像灌了铅一样,我想使劲睁开眼睛,因为我得对这俩孩子负责,但我眨眼的速度就像吊弧球一样慢。等我再反应过来的时候,蒂甘正在拍我的肩膀,我们到站了。现在我也说不清楚到底是谁对谁负责了。发现氧气罐不在我手上的时候,我吓得一激灵。后来才发现,原来是杰森自己拿着呢。他坐在我旁边,正戴着面罩深呼吸。

我提议在吃晚饭前回公寓小睡一会儿,但杰森不太同意,他说自己快饿晕了。所以我们沿着韦夫兰大道向棒球场走去。我们一边走一边看着街边大大小小的餐馆,有很多都是酒馆或者夜总会之类的店铺。我肯定不能带这两个小家伙去这种地方。当我终于看到一个老少皆宜的墨西哥餐馆时,我立刻决定,晚餐就在这里解决了。因为我实在是走不动了,得歇一歇。

餐馆墙上挂着一台小电视。下一秒电视上播出的画面直接让我的心提到了嗓子眼儿。杰森和蒂甘的照片就明晃晃地出现在WGN[1]五点新闻里,清清楚楚的,一目了然。二人照片上方的大红色标题写着失踪。

"哦,天啊!"蒂甘说,"接到负责人推迟练习的通知之后,我忘了给妈妈打电话了。现在怎么办,麦克布莱德先生?"

我不知道怎么回答这个问题,所以只能以摇头回应。杰森笑得连话都说不顺溜了:"这简直,酷——毙——了!"

"趁着还没人发现,我们得赶紧回公寓,"我说,"今晚点外卖。"

我让杰森自己拖着氧气罐,这样我就可以一边一个牵着他们俩的手。我们赶紧离开餐馆,朝着公寓的方向狂奔。就在快要到公寓的时候,突然有个声音叫住了我们。

"哟,看看这是什么。"身后的声音说道。尽管我转过身后就看到这是一群十二岁左右的男孩们,但依旧过了几分钟才反应过来,哦,不是警察,可能不用坐牢。"是泰德·威廉斯[2]。"其中一个男孩说。

另一个男孩走上前来,他离蒂甘太近了。"不,这是大卫·奥尔蒂斯[3]。"

---

[1] WGN:美国伊利诺伊州芝加哥市的一家独立电视台。——编者注
[2] 泰德·威廉斯:Ted Williams,美国职业棒球大联盟的球员。——译者注
[3] 大卫·奥尔蒂斯:David Ortiz,美国职业棒球大联盟的球员。——译者注

穿着一身棒球服的蒂甘简直可爱得不得了。这些男孩没有理由来刁难这样一个人畜无害的小女孩。只有一种解释,那就是,他们是混混。

"我来提醒你一下,"第一个男孩说,"女孩不能打棒球。"

"所以才会有垒球。得用大一点儿的球,要不她们怎么可能打得到。"

"停一下,"我说,"你不应该这样跟她说话。而且,这位小姑娘的棒球打得比你们任何一位都好。"

这些家伙们让我非常生气。蒂甘明明根本没有招惹他们,他们为什么要这样千方百计地刁难这个无辜的小女孩。真是让人恶心!真是不知道他们天天在学校都学了些什么东西?!我看得出来,杰森也很气愤。他已经在我身边摩拳擦掌了。

这群混混笑得前仰后合。不知道是在笑杰森的动作,还是在笑我刚刚说的话。我握着杰森和蒂甘的肩膀往后退了一步,想让他们离这帮男孩远一点儿。这时,其中一个男孩说:"这就对了,赶紧跟你的小男朋友回家吧。"

我想拦住杰森,但他挣脱了。下一秒他直奔四个男孩中最壮的那个,足足有两个他那么高。杰森中气十足地大喊道:"你会后悔的,浑蛋!"紧接着朝着男孩的裆部来了一拳。

杰森一定瞄得很准,那个男孩哀号着弯下腰来。我首先想到的是,一会儿事态也许会失控。四十年前说不定我还能帮上点忙,但我现在手无缚鸡之力,什么都做不了。其他三个男孩似乎觉得这一幕比那个《谁在一垒》①的段子还搞笑。他们笑得东倒西歪的，甚至笑倒在了人行道上。那个被杰森打了一拳的男孩颤抖着跪在地上，双手紧紧捂着自己的私处。三个男孩笑得更厉害了，他们指着那个男孩，大声地笑着，上气不接下气。这就是所谓的朋友。而那个孩子已经疼得面无血色了，他单膝跪在地上，手捂着嘴，好像要吐了一样。

杰森呢，他挺着小小的胸脯，下巴抬得高高的，一脸骄傲地说道："只要我在她身边，就没有人敢欺负她。"那三个孩子听完，笑得更厉害了。就在这时，那个挨打的男孩趴在地上，吐了一地。杰森俯下身对他说："我就是要把你打到吐。"然后他握住蒂甘的手，另一只手拖着氧气罐，昂首阔步地往前走。

过了一会儿，我赶上他俩的时候，发现蒂甘正目不转睛地看着杰森，就好像是第一次见到他似的。说实话，我也没想到他刚刚居然这么英勇。还记得他亲完明迪·阿普尔盖特的样子吗？现在他的表情和当时一模一样，嘴角都要咧到耳朵根儿了。

"我告诉过你。"他对我说。

"告诉过我什么？"

"每部电影里都是这样。超级英雄总是在危难时刻拯救少女。"

---

① 《谁在一垒》：Who's on First，一个关于棒球队的喜剧段子。——译者注

第三十章

杰森实现了自己超级英雄的愿望,那真是激动人心的时刻。我们赶紧回到公寓,叫了乔达诺餐厅的外卖——芝加哥特色的深盘比萨。这是我吃过的最邋遢的比萨,因为它被送来时都不成样子了;但这也是最好吃的比萨,无论如何也肯定比男厨罐头强。我们打开电视,想看看有没有关于杰森和蒂甘的进一步报道,但放的都是大型皮卡车,还有一些"能让老人重返年轻"的老年保健品广告。杰森动作夸张地坐在大沙发椅上,脚往脚凳上一搭,那气势就像一个刚打了胜仗的英雄。我走到窗前拉开窗帘,总感觉警察随时都会来敲我们公寓的门。

"您没事吧,麦克布莱德先生?"蒂甘问道。她轻轻拉了拉我的袖子,我这才想起来她年纪有多小。

"我犯了个错误,"我说,"不应该就这样贸然带你们来这里。我以为我在做好事,但实际可能做错了。"

我和蒂甘的目光交融在一起，凝视着窗外。"妈妈总是说，'出发点很重要'。比如，我不小心把盘子摔碎了，其实我只是想晚饭后帮忙收拾一下桌子。"她耸耸肩，"也许，您现在也打碎了一个盘子。但人都会犯错。"

蒂甘的这番话确实让我好受了许多，但这并不能改变两个孩子失踪的事实。是我，把他们藏在了这个芝加哥的公寓里。这个城市有上百万人口，他们可能会遇到坏人，或是别的可怕的事情。我现在有些迷茫，我的所作所为究竟是对是错？以前，我可以斩钉截铁地回答你，做正确的事比做合法的事更重要。但现在，外面的警察正在全力搜寻这两个孩子，而我们三个却躲在这间公寓里。这个问题的答案好像被蒙上了一层雾，我实在看不真切，也琢磨不透。

"我需要一个超级英雄的名字。"杰森漫不经心地看着搭在沙发椅扶手上的自己的手指甲。

我在他身边坐下，尽量不去想我们当下的处境。木已成舟，要么立刻带他们回家，要么再待一晚，帮杰森实现下一个愿望。这么一想的话，其实根本没什么好选的，当然是再待一晚。"好吧，"我说，"你有什么想法吗？"

"我喜欢'捶蛋王'。你觉得怎么样？"

"我觉得你可以想一个更得体一点儿的名字。"

"嗯，你说得对。那佐思呢？睾丸终结者的意思。"

他都是从哪儿学来的？很可能是从电视上。"叫'强壮男孩'怎么样？"

"不好意思，你是认真的吗？这绝对是宇宙超级无敌烂的超级英雄名了。"他猛地把脚放在地板上，身体向前凑了过来，就好像我们的对话有多严肃似的，"说真的，要是让我想一个有史以来最最最愚蠢的超级英雄名，就算让我想上几百年我也想不出一个比'强壮男孩'还烂的名字。"

"好吧，好吧。话不用说得这么难听。这只是我的一个想法而已。"

"喔，我想出来了一个！"他把双手放在空中，然后再缓缓展开，就好像眼前有字似的，"雾影。"

"小杰，"蒂甘说，"雾没有影子。"

"这根本不是重点。重点是，这个名字简直帅呆了。因此，从现在起，只有叫我的真实和正义之名——雾影，我才会给予回应。"

蒂甘摇摇头："真的受不了了，我去睡觉了。"

"什么？连一句'感谢你的救命之恩'都不和我说吗？"杰森说。

蒂甘双手合十，面颊贴着双手，开始朝他眨巴眼。"你说得对，"她说，"你真是风度翩翩。你在千钧一发之际迸发出的勇敢和力量，我将永远铭记于心。"

"这还差不多。"杰森说。蒂甘无奈地摇了摇头，忍不住笑了出来。

"晚安，伙计们。"

看到蒂甘进卧室后，杰森又把脚重新搭到脚凳上，来来回回地调整了好几次，终于找到了一个舒服的姿势，一副要和我促膝长谈的架势。

"你想成为一个什么样的超级英雄？"他问。

"我不太了解这些东西。"

"你不想拯救世界吗？"

"拯救世界？当然想。但我是一个现实主义者。"

"啥？"

我本来想告诉他，现实主义者是能看清事物本质，敢于面对残酷现实的人。他们不相信一些人口中的那个充满彩虹和蝴蝶的完美世界。他们眼中的世界或许充满了艰难困苦、人情淡漠。但我突然不想和他讲这些了。也许是因为他微微前倾的姿势——这说明他觉得我说的话很重要。也许是因为他眼中期待的神情——他想让我和他一起相信这些美好的童话。而且人到了我这个年纪，就会开始思考自己这辈子都做了些什么，思考自己走后人们会如何评价。"如果可以的话，也许我也想成为一名超级英雄。"

"很好，但你可能不行。我没见过像你这么暴脾气的超级英雄。"

"你不应该随便说别人暴脾气。真是一点儿礼貌都没有。"

我得承认，杰森已经尽量不说脏话了。但后来他突然开怀大笑起来。我过了一阵才反应过来，他是在笑我这个回答正好完美印证了我的暴脾气，想想确实挺奇怪的。其实我觉得这个世界非常神奇，一点点小事就会让人们闷闷不乐。像我这种活了一百年的人一定会有倒不完的苦水，但坐在我面前的这个孩子是个例外。即使已经被宣判死刑，他还是到处地跑啊、笑啊、闹啊，什么事都不往心里去。他热爱生活，也热爱生命。

"想到了！"杰森说，"你可以做一个摇着轮椅给婴儿和老人分发纸尿裤的超级英雄，俗称'干爽超人'！"他好像觉得自己刚才说的话很好笑。我强忍住自己皱眉的冲动。"算了，算了，"他说，"当超级英雄可能太难了。你可以，嗯……当一名特工。你想成为什么样的特工呢？"

"说不好。可能，只要能做好事就行。"

杰森又咯咯地笑出了声："默里·麦克布莱德——助人为乐特工。"

不知从哪里传来了海浪的声音，像是从加利福尼亚州一路飘来的，但其实只是助眠的白噪音。蒂甘可能只是想要盖住我们嘈杂的谈话声。杰森看了一眼躺在床边的游戏手柄，对我说："雾影向你发起挑战——打一局全能神和吸血外星人。"

一时确实无法适应这孩子以第三人称来称呼自己的"超级英雄代号"，但我还是拿起了一个手柄。杰森开始了游戏。我已经打了太多局了，非常清楚自己根本赢不了他，但我什么也没说。他非常需要获胜，那就让他赢吧。

"有些人觉得人是可以再回来的，你知道这个吗？"他说，"我是说，死后再回来。他们管这叫轮回还是什么的。"

"轮回，"我说，"我听说过。"

"你觉得这是真的吗？"

说实话，我现在不太确定自己的想法。我可能永远都不会和詹姆斯牧师坦白这一点。每当我试着想象珍妮和儿子们在哪儿的时候，我就是想象不出来。他们是在天上飘着的灵魂吗，还是回到了自己的身体里，在天堂闲逛？我这个脑子确实想不明白这些。"我觉得，说不好。"

"你觉得，说不好？我没太听懂你这句话的意思。"他摇了摇头，但很快又投入到游戏中去。现在要是想让他分心，得给他讲点儿厉害的东西："我觉得是真的。但你再回来的时候，不一定非要做人。你可以成为你想成为的任何事物。比如，一头大象、一棵树，什么都可以。"

"那你以什么样的身份回来呢？"

"你是说，我将会以什么样的身份回来？"

我没有回答他的问题，所以他继续自问自答地往下说："我还不太确定。之前我想变成一只熊，但现在倾向于变成一只狗，一只斗牛犬。这样我就可以参加比赛了，我一定会成为世界斗狗冠军。"

很显然，这孩子根本不知道真实的斗狗比赛有多残忍。现在最好还是不要让他知道这个。"那我要变成跳蚤，让你痒得哭爹喊娘。"

杰森被这个逗笑了："我是老鼠。"

"那我就是蛇。"

他笑得更欢了:"我要当犀牛。"

"那我就要当一只鸟。"

"一只鸟?为什么是鸟?"

"鸟怎么了?"我说,"这样我就可以一直跟在你身后,可以落在你身上,可以一直陪伴你。我会找到我的新娘,也就是我的珍妮,和她一起陪着你。她也会是一只鸟,我的儿子们也是,我们一家人都要成为鸟。"

杰森沉思了很久,比我预想的还要久。"好,"他说,"雾影是犀牛,你是鸟。我们又可以做最好的朋友了。拉钩上吊,一百年不许变。"

我喜欢他说的"又"字。看来我们现在就已经是最好的朋友了。等真的到了下辈子的时候,我们一定还想再次成为最好的朋友。胸口突然的刺痛提醒着我,我似乎还不知道这个孩子对我来说已经意义非凡了。他在潜移默化地改变着我,一点一点地带我回到过去,直到我像他一样年轻。

"拉钩。"我说。

"好,拉钩。"

他凝望着夜空,好像在沉思些什么。我真的以为当下他和我一样感同身受,心潮澎湃,直到他说了下面这句话。

"我在想我的大便会有多大一坨。"他说。

我们一起放声大笑,仿佛这是全世界最好笑的事情。

第三十一章

第二天早上我拉开窗帘,玻璃上挂着的昨夜的雨水,在阳光下熠熠生辉。蒂甘又已经把早餐都准备好了。她的电话还放在昨天的那个桌台上,看起来是开机状态,因为每隔几分钟就会伴随着"哔哔"声震动一下。蒂甘注意到我正看着她的电话,朝我耸了耸肩。

"我留了一张便条,小杰的妈妈肯定也把您留给她的便条转达给了我妈妈。我妈妈很信任您,也很信任我。她应该只是想确认一切安好。"她盯着电话,不知道会不会过去打开电话看一眼。但她只是就这样看着,没有下一步动作。"我只想知道她什么时候会打过来。杰森打出本垒打后,我们马上就回去,对吗?"

"对,即刻启程。"我说,"出发之前给你妈妈打个电话,就像昨天计划的那样。这样她们就没有时间赶过来阻止我们。这对大家都好。来!"我边说边从抽屉里拿出铅笔和记事本,"把你家的电话号码写下来。你一会儿要是忘了打电话,我来替你打。"

她草草写下了两个电话号码,把纸递给我:"第二个是我这个电话的号码,以防我们走散或分开了。妈妈说要有备无患。"

杰森拖沓着脚,跌跌撞撞地进了厨房。他往椅子上一瘫,开始狼吞虎咽地吃华夫饼,吃的甚至比昨天还要多。如果华夫饼对心脏大有裨益,那这孩子绝对壮得像头牛一样。

中午,我们终于接到了小熊队的电话。墙上的电话铃一响,我们就都凑到听筒跟前,想听听他们的最新安排。小熊队负责人说,场地还是湿的,但是允许我们使用。他建议我们两小时后再去,给他们一些准备的时间。杰森和蒂甘上新闻的事吓得我几乎一整晚都没睡。但还好,他对此只字未提。

鉴于一会儿要在外面待很长时间,我觉得我最好还是去上个厕所。上岁数后,最尴尬的事情之一就是总想去厕所。人人都知道变老会皱纹遍布、弯腰驼背、行动迟缓。其实,像上厕所这种私人问题也是很普遍的。孩子们注意到我又一次朝厕所走去的时候斜着眼看我,但还好没嘲笑我。

我从厕所出来后没见到他们。屋子里十分安静,有那么一瞬间,我甚至以为他们都没知会我一声,就悄无声息地走了。但还好,卧室里传来了窸窸窣窣的交谈声。我刚想伸手开门,就听到了杰森的声音。

"好吧,我承认,我现在怕得要死。你满意了?"我听到了气流的"嘶嘶"声,估计杰森正戴着呼吸面罩说话。

死亡，他们一定在谈这个话题，因为现在杰森脑子里只有这一件事，怎么能不想呢？这两个字一直在这个可怜的孩子的头上悬着。死亡对老人和十岁的孩子来说，完全是两码事。

"你得放松一些，"蒂甘说，"抓棒不用这么紧，手臂也放松下来，让下半身发力。"

原来如此，他们根本不是在谈死亡，而是杰森怕自己打不出本垒打。这着实让我松了一口气，脸上情不自禁地浮现出一个微笑。但我还是没有推开房门，而是把耳朵贴到门缝处，想听得更清楚一些。

"如果现在没事，那就是没事，"蒂甘压低声音说道，"我们一会儿就可以进到真正的球场里，这多棒啊！"我没有听到杰森的回应，但能想象到，他一定是给蒂甘翻了个白眼。所以蒂甘换了个方式说道："麦克布莱德先生一定能帮上忙。他之前是小熊队队员，不是卡姆隆·施里弗和汤米·卡森的那个，是真正的小熊队。"

"我知道，"杰森说。不了解他的人可能还真会从他的声音听出些敬畏的意思。"他非常厉害。"

"你真是这么想的？"蒂甘问，"我是说，他当然很厉害，但你之前总是不屑一顾的样子。"

"怎么可能？能进小熊队的都是狠角色。"

"那你应该告诉他。"

"告诉他？你在逗我。"

"我觉得至少他可以给你一些建议，能让你打得更好。"

"我知道。"杰森说。这是他第一次停顿这么长时间,好像不知道接下来该说什么。"但那样他就会发现我很差。"

会发现他很差?这孩子以为他在威拉米特老太太的花园打球的时候我闭着眼睛吗?

"我不想做差生,"他说,"但我什么都很差。我连好好活着都做不到。"

屋里传来毯子的摩擦声,床垫的弹簧也"吱吱"作响。我忍住了偷看的欲望,只是在心里描绘着这一画面。杰森一定是趴在床边,闷闷地对着地板说话。蒂甘慢慢走近安慰他,但肯定没有靠得太近,不然杰森一定会躲开。"小杰,你还有一辈子的时间来让自己变得更好。"

"谢谢你,蒂甘妈妈。"

"我是认真的。"

"你真是盲目乐观。忘了医生是怎么说的了吗?要是不换一颗心脏,我就会死。我马上就要死了。"

不。我们不能让杰森这样想。告诉他,蒂甘,告诉他,他一定会活下去的,一定能长命百岁。他会挺过去的,快告诉他,他错了。

但如果她真的说了类似的话,我其实是不忍心听下去的。因为我知道,希望渺茫。

"你知道吗?其实就是今天。"

"真的吗?已经到了?今天几号?"

"八月二十二号。"杰森说。

八月二十二日……不知道为什么,我听到这个日期后心里一紧。似乎对我很重要,但我记不清楚了。

"医生说你还有六个月——"

"二月二十二号。记得吧?'惊不惊喜,杰森,你要死了。'"

"他们不是这么说的。"

"是不是的,反正都差不多。"

二十二日,我想起来了。之前我和基顿医生说我打算这天停药。这是我要自杀的日子。谁能想到,我选择自我了断的日期恰好是医生预测的杰森的死期的日期。

在被他们发现我一直在偷听之前,我赶紧离开门口。看来我把时机把握得刚好,我还没来得及走到厨房,他们就拉着脸从卧室里出来了。杰森穿着他的少年棒球联盟队的队服,戴着棒球帽,脚踩防滑鞋,手上裹着棒球手套。当然,蒂甘也全副武装,一身棒球装备。

"可以出发了吗?"我问道。希望他们不要质问我刚刚为什么要偷听他们讲话。但他们只是挺直了身板朝我点点头,准备出门。

今天我的膝盖疼得厉害,步行穿过两个街区去棒球场似乎不是什么好主意,但我也不能告诉这两个孩子我走不动,所以还是忍一忍吧。于是,我们踏出公寓大门,一起沐浴在夏日的阳光下。

大约刚走过了一个街区,我的膝盖就疼得几乎动不了了。每走一步,都有一股钻心的疼痛从膝盖一直蔓延到整条大腿。杰森小心翼翼地碰了碰我的胳膊肘，但他实在不知道该怎么照顾我这个疼到发出了杀猪般叫声的老大爷。我欣然接受了他递到我手里的氧气罐，让我有个可以支撑的东西。善良的蒂甘紧紧地扶着我，握着我的手。"我们可以停下来休息一会儿。"她说。

附近传来了汽车的喇叭声。真是老天保佑，一辆红色敞篷车停在了我们面前。坐在驾驶座上的是哈维尔·冈萨雷斯。他是大联盟的新秀选手，正面带微笑地看着我们："麦克布莱德先生？是您吗？经理说您今晚会来旁观我们的比赛，是吗？"

"没错，"我说，"但前提是我能爬到现场。"

"三个人，"哈维尔看了看我们，又指了指自己的车，"正好三个座位。快上车吧！"

蒂甘小小地尖叫了一下。我记得坐敞篷车是她的愿望之一——确切来说，是坐着敞篷车在街区里转一圈。所以我问哈维尔能不能带我们在棒球场附近转一转。

"没问题，麦克布莱德先生。完全没问题。"

孩子们跳上敞篷车，而我和这个氧气罐较了好半天劲都没能把它扛上车。后来哈维尔下车过来帮我，像捏牙签一样轻而易举地把氧气罐放进了后备厢里。后来，我们坐在车里，晒着太阳兜风。

杰森坐在后排，把身子探出车外，想去够旁边的车。蒂甘闭着眼睛享受着这惬意的旅程，双马尾像生日彩带一样迎风飞舞着。哈维尔把车开进球员停车场的时候，我听到杰森说，"有愿望真好。"蒂甘光顾着笑了,连话都没说几句。走进体育场时,我有一种回家的感觉。

其实小熊队一直都不欠我什么。小熊队甚至花钱雇我打棒球,而这本来就是我最热爱的运动。我一直认为我们是平等的。但他们似乎不这么认为,总觉得还欠我什么。这反倒是件好事。哈维尔向我们介绍了负责社区推广服务的小哈罗德·墨菲,然后说自己快迟到了,就先离开了。墨菲先生带我们参观了俱乐部会所、击球笼,还有一个他们自己做的纪念堂,用来纪念老球员们,比如厄尼·班克斯[1]、费格森·简金斯[2]、莱恩·桑伯格[3]。在他们旁边有一张已经褪色的黑白照片,照片上有我,还有1932年参加世界大赛的其他队员。我们虽然输给了洋基队,但仍然是顶尖的棒球队。蒂甘和杰森目瞪口呆地盯着照片,就好像他们直到现在才相信我真的打过球,虽然已经过了很久很久了。

一路陪同我们的墨菲先生瞥了一眼他的手表说道:"好的。东西应该都已经准备好了。我们现在过去吧?"

他带着我们穿过球员休息室,来到球场上。阳光洒在脸上,晒得脸颊暖烘烘的,我的眼眶里甚至蓄满了泪。空气中弥漫着香

---

[1] 厄尼·班克斯:Ernie Banks,美国大联盟芝加哥小熊队队员,被认为是当代最伟大的球员之一。——译者注

[2] 费格森·简金斯:Fergusen Jenkins,美国职业棒球大联盟的投手。——译者注

[3] 莱恩·桑伯格:Ryne Sandburg,美国职业棒球选手、教练和经理。——译者注

喷喷的爆米花和热狗的味道，拓宽的球场别有一番气魄。空气似乎变得轻飘飘的，好像要带着我一起在球场上游荡一圈。除了躺在珍妮怀里的时刻，这是我这么久以来最轻松、自在的时候。

"哇！"听到杰森的赞叹声，我睁开了眼睛。

我盯着草地，惊讶于小熊队一路走到今天的辉煌成就。球场和往常一样，没什么变化，但二垒外的地方大有玄机。工作人员在外场草地上修剪了一些小圆圈，就像一个微型棒球场。不管站在球场上的哪个位置，我脑海中都能立刻浮现出小熊队现任站在位置上的是谁。哈维尔从身后的防空洞小跑了过来，我不禁怀疑小熊队是不是特意派他来接我们的。

一个常规大小的塑料本垒板摆放在外场草地上，距离二垒大约有二十英尺的距离。我们走到那里时，哈维尔拿出了一支铝制球棒。杰森快速地吸了一口氧，然后把氧气罐推给了我，转而拿起哈维尔手中的球棒，在鞋边轻轻拍打了几下。这个动作让他看起来像一个真正的棒球手。

"超轻球棒。"哈维尔低声对我说。杰森正在做一些不太雅观的挥棒练习。"是专门为他设计的，这样可以把球打得很远。桶里棒球的接缝处也都重新粘过了，甚至都有点黏糊糊的。就像全明星赛之前的本垒打大赛那样处理的。"此时，我身旁穿着一身棒球服的蒂甘已经完全沉浸在这个体育场中，惊讶到说不出话来。

他看了看我身旁的蒂甘，问道："杰森打完，女孩也要打吗？"

"她一定很想打。"我说。

蒂甘像只蓝松鸦一样开心得蹦蹦跳跳,这一定就是她的答案了。

一切都安排得天衣无缝,但我还是有些担心。我之前看过杰森在威拉米特的花园里击球的水平。即使是从外场击球,可能离左外场的拦网还得有一百五十英尺那么远。

小熊队的一位教练准备投球了,他应该是平时帮队员们进行击球练习的教练。不管他是谁,他一次又一次把球投向杰森的舒适区。在几次挥棒之后,杰森的球棒已经可以触到球了。能和小熊队同场作战,杰森的肾上腺素飙升,当然这也要多亏了有这根超轻球棒和特制棒球。大约又过了十分钟,他进步飞速,满地都是他击中的球。只要再稍微练习一会儿,他真的可能有机会打出本垒打。

"好的,杰森,"教练举起一个球,对他说道,"这个一定能行,我能感觉到。"

球棒"砰"的一声击中棒球,接着,球向左中场飞去。它飞得越来越高,也越来越远,但最终还是撞到了护栏上。小熊队的球员都非常惋惜,纷纷失望地跌坐在了地上。

但杰森没有,他只是更加用力地握紧了手中的球棒,为下一击做好准备。这一次的目标是反方向外野。这个孩子只要稍加练习,一定能成为一名优秀的棒球手。接下来的两个球他也一一击中了,但都是地滚球。后面的三次挥棒他有些用力过猛了,以至于一个都没有击中。但终于,时机成熟了。

这次投出的球很低很低,杰森像打高尔夫球一样把它扬了起来。球离棒的瞬间我就知道,这事成了。球越过了左外野的拦网,一下扎进了看台第三排。

大联盟棒球场的全垒打。

一簇簇烟花从看台顶部后方喷薄而出,喇叭里传出了几千人提前录好的欢呼声。接着,一个洪亮的声音响彻了整个棒球场:"本垒打,杰森·卡什曼!"

蒂甘激动得上蹿下跳,每次蹦起来的时候都要扯一扯我的袖子。我从没见过她这么兴奋。

杰森还站在那儿没动。他抬头望着天空,好像在想烟花和声音是从哪里来的。"跑!"教练喊道。杰森把球棒高高地抛向空中,虽然这样很容易砸到他自己。他盯着球落下的地方看了几秒钟后,开始了一圈步速完美的本垒打小跑。他站在之前修剪出圆圈状的草地点位,看起来像一垒的位置。他完美地复刻了柯克·吉布森挥舞拳头的动作。经过二垒时,他高高地举起双手继续小跑。身边的一切都黯然失色,仿佛他就是世界的唯一和中心。

虽然只是旁观,但我的内心也同样充满了自豪感。杰森现在的表情和亲吻明迪·阿普尔盖特后的表情不同,和他用拳头揍过小混混成为"超级英雄"后的表情也不同,但同样是充满喜悦和快乐的。只是他这次的喜悦中似乎还有一丝平静,仿佛他意识到自己无法改变这世界分毫。

但最重要的是,他看起来很健康。一个十岁的男孩理应是这样的,闪闪发光,肆意奔跑,沉浸在孩子单纯又美丽的世界里,发自内心地相信:一切都顺理成章,世界就应该是这个样子,整个世界都随他掌控,仿佛没有什么能打破这种完美。

但完美的唯一缺憾是,它不会持续很久,也不能持续很久。世间万物变化莫测,一切都残酷又现实。

第三圈时,杰森踉跄了一下。他突然俯下身来,紧紧地捂住自己的胸口,大口大口地吸气。所有人都一脸惊恐地看着他的身体像表演慢动作一样缓缓倒在地上。

第三十二章

接下来发生的事情是这样的：

我全身的内脏在那一瞬间好像全都停止了运转。极度的恐慌感在胃里一阵翻涌，接着像炸弹一样直冲我的胸口，紧接着涌上喉咙，我只能感到一阵刺痛和灼热，声带仿佛已经被燃烧殆尽。也许这就是我发不出任何声音的原因。

我的肌肉做出了一些反应，但不是以我想要的方式。我的肌肉没有立即行动，因为似乎一切都是徒劳，任何行动都没有意义。但此时此刻，我体内正燃烧着炸弹，全身的肌肉都知道一定是发生了什么大事。它们被一涌而上的肾上腺素淹没。但它们无能为力，无法采取任何行动。所以它们只能迅速地收紧，比以往任何时候都要紧。

这副身体的主人呢？由于肌肉过于紧张，主人什么也做不了，无法移动、无法思考，只能站在原地直直地看着。也许是肾上腺素的作用，我眼前的画面似乎变得更慢了。

　　这短短几秒被无限地拉长、延伸，就像一个不断上升的飞球，慢慢飞到空中，再慢悠悠地落回地面。杰森腾飞在半空中，即将落地，但我感觉这个过程如此缓慢，几乎会永远定格住。我甚至以为他可能会克服地心引力，再飘回到空中，然后一脸天真灿烂地微笑着奔跑。

　　但事实并非如此，甚至完全相反。

　　他的双腿已经毫无知觉，双臂也无力地垂在身侧。他在倒地前就已经不省人事了。

　　他倒在了地上，但不像其他男孩跌倒时那样膝盖或是肩膀先着地，他是鼻子先着地。鲜血从他的鼻孔里有节奏地汩汩流出，看来他的心脏似乎仍有足够的力量来将珍贵的血液输送至全身。

　　我想移开目光看向别处，但我做不到。我想上前去帮助他，但我也做不到。我想大声疾呼，但我还是做不到。

　　两名小熊队队员最先冲了过去，其中一人朝休息室挥了挥手，叫了一位教练过来。哈维尔跪了下来，让杰森的头枕在自己腿上。鲜血还是一直从杰森的鼻子里喷涌而出，流到了他和哈维尔·冈萨雷斯的球衣和裤子上。谢天谢地，哈维尔终于想起来捏住杰森的鼻子来止血。

　　下一个跑到他身边的是蒂甘。她好像在参加短跑比赛一样，辫子在她身后飞来飞去，但我眼中的一切都是慢动作。她把手轻轻地放在杰森的脸颊上，像抚摸小狗一样轻抚着他。我的脑海里依稀记得从哪里传来了一声尖叫。当我看到蒂甘张大嘴巴时,我意识到那声尖叫是她发出的。她的小脸皱成了一团。她不再是杰森的邻居了,也不再是一个永远面带微笑的假小子了。对我来说,她只是一段声音——尖叫声。但它没有起到任何作用,因为现在做什么都起不到任何作用。

杰森周围聚集的人越来越多。一定有人从我这里拿走了氧气罐,因为我看到它就在杰森身边,氧气面罩紧紧地贴在他的脸上。我挣扎着想看它是否因为呼吸而起了雾气,但我离得太远了,什么都看不到。

几分钟后,一辆救护车直接开进了场内。医护人员下车直奔人群,围在了杰森身边。他们说话的声音很轻,但也很急。直到杰森被抬上担架,我才注意到他身下的大片草地已经被染成了红色。他们把担架推上救护车,蒂甘也跟着跳上了车。

我一直都没有动。我的脑子早已无法准确地估算时间了。但从他倒下一直到现在,肯定已经过了十分钟了,甚至更久。二十分钟?我一动不动地站了二十分钟,膝盖竟没有任何痛感。已经很多年没有这种体验了,但我的内心毫无波澜,无惊无喜。

这才是最奇怪的事情。我竟然一点儿感觉都没有。一切都空落落的,一切都很平静。我脑海中唯一闪过的就是杰森的声音,他在打游戏时一遍又一遍地重复着的那句话:

"自求多福吧。"

第三十三章

哈维尔·冈萨雷斯托着我的腋下把我扶了起来。这很好，因为他如果直接把我拽起来的话，我的胳膊肯定就脱臼了。我不知道自己在这片草地上坐了多久。救护车已经开走了，队员们四处晃悠，正指着杰森摔倒的地方说着些什么。工作人员正在用大量的水冲洗地上的血迹。这些水足以淹死一头大象。

我真希望能把这摊血保留下来。这是血啊。

"麦克布莱德先生，我们帮你叫辆出租车。"哈维尔说。我麻木地跟着他的步伐，直到我们走到路边才意识到他领着我出了体育场，把我带到了大街上。他的队服上沾满了杰森的血。我的膝盖本应该会抽痛不已，但现在居然比几十年前好多了。或者说，疼痛如果没有减轻，我也完全不会注意到。哈维尔挥手拦下一辆出租车，把我扶进车里。"去儿童医院。"司机听到后，掉转车头，沿着湖的方向开去。

不知不觉间,我到了医院,又一次询问着心脏科的地点。

"请问杰森·卡什曼在哪儿?"我对问询台的女士说。

"你是他什么人?"

"我是他大哥。"

她打字的手突然停了下来,戴上眼镜看着我:"不好意思,我不太明白。那男孩是你弟弟吗?"

我们之间交流起来可能有些困难。我的大脑还不能正常运转,面前的这位女士似乎也不是乐于助人的那种人。所以看到蒂甘径直向我走来,并张开双臂紧紧搂住我时,我充满了感激。"SBK。"她说着,然后牵着我的手带我离开了这里。在这一刻,我终于感受到了这个问候语所带来的力量和勇气。我已经完全吓坏了,整个人都陷入了迷茫和恐惧中。但神奇的是,这三个字母让我好受了许多,好像变得坚强了些。

我以为蒂甘会带我去杰森的房间,但她只是领着我走到椅子前,让我坐下,仿佛我才是孩子,而她是大人。

"杰森在哪儿?"我问。

她欲言又止地摇了摇头,接着拨开了眼前的碎发,努力地深呼吸。"我不知道,"她说,"他们什么都不告诉我,因为我不是他的家属。"

"连杰森在哪儿都不告诉你吗?"

"他们说他还在手术中。还说一会儿手术结束后,杰森的父亲或母亲需要在现场。所以我给妈妈打了电话,她说她会给杰森妈妈打电话。我把这一切都告诉她了。您是怎么接上我们，然后开车来到芝加哥，怎么找到的公寓，等等。麦克布莱德先生，我很抱歉。我不知道我还能怎么做。"

"不要哭，"我说，"你做得没错。安娜需要在这里，她需要知道现在的情况。"

"我知道，但是……"她突然停了下来，把散下来的头发往后捋了捋，随意地打了个结，把头发固定住。不扎双马尾的蒂甘似乎有些不一样，看起来更成熟了。"杰森的爸爸吓疯了。报警的人其实是他。"

我坐的位置正好可以看到医院的入口。两名警察从门口进来后径直走到问询台，和那位根本帮不上什么忙的女士说了些什么，声音很小，我听不太清楚。反正和我无关，我也不需要听清楚。

"安娜怎么样？"我问。

"正在往这边赶。听起来她很糟糕，麦克布莱德先生，她已经快崩溃了。"

听到她年幼的孩子发生这样的事，而且她还不在杰森身边。她要是能淡然处之，我反而会感到惊讶。她一定是害怕得要崩溃了，也可能是自责。但这件事不是她的错，是我的错。

"麦克布莱德先生，接下来怎么办？"

蒂甘是个好孩子。她只是个十岁的小女孩，但却时常展示出与她年龄不符的成熟和理智，有时甚至会让我忘记她还是个孩子。

但现在的蒂甘让我很清楚地意识到,她只是个孩子。

我还没来得及说出那句"一切都会好起来",就看到一位警官朝我们的方向走了过来。

"先生,你是默里·麦克布莱德吗?"

"是的。"

"跟我们走一趟吧。"

"为什么?要带我去哪儿?"

"你因涉嫌绑架杰森·卡什曼和蒂甘·阿瑟顿被捕。"

我应该争辩几句。我应该告诉他杰森有一个愿望清单,而他父亲死活都不让他来这里实现愿望。我应该告诉他我是无辜的。

但我没有。我丝毫没有为自己辩解。我借着椅子靠背的支撑慢慢地站起身,看着年轻的警官用手铐铐住我那瘦骨嶙峋的手腕。

第三十四章

我还是第一次见识到库克郡立监狱这样的地方。到处都是钢筋水泥铸造而成：混凝土地面、混凝土墙、混凝土天花板。想在墙上刻个字都难，想逃跑估计难如登天。这里的氛围让我不禁怀疑，下一秒我就要被押到电刑椅上接受审讯，虽然现在的招数很可能是给我注射致幻剂。

我其实都不知道自己是怎么到这里的，因为我心里只有杰森，不知道他现在怎么样了。上帝啊，我连他这一秒是不是还活着都不知道。我现在只能和几个不知道犯了什么事的犯罪嫌疑人一起坐在这个拘留室里。

现在，我也是一名犯罪嫌疑人。这是板上钉钉的事了。我其实一点儿都不冤。从法律上讲，我从两户人家那里偷走了一男一女两个小孩。虽然事实是，孩子们愿意跟着我来芝加哥，但这也于事无补。我应该承担责任，对此负责。

你可能想不到，如果时间倒流我还是会这么做。虽然这么做可能不太道德，但我不在乎。反正现在我是不在乎的，因为我知道，仁慈的上帝一定能理解我。等我死后飘到天堂门前的时候，他一定会一眼看透我的灵魂。上帝会明白我根本没想做坏事，我自己也不知道这件事居然会发展成这样。

但这就是问题所在，不是吗？好心办坏事。比如，你失手打碎了一个盘子。如果这是个物尽其用的旧盘子，那还好说。但如果这个盘子是一件巧夺天工的瓷器呢？这时，出发点还重要吗？真希望蒂甘能帮我想明白这个问题。

我和另外三个人一起待在这个拘留室里，但他们离我远远的，好像靠近我就会中变老的魔咒或是其他什么。一个是骨瘦如柴的黑人，另外两个是肥得流油的白人男孩，加起来可能也还不到四十岁。他们仨动不动就斜着眼看我一下，可能在想，像我这样的老家伙究竟做了什么导致蹲监狱的事。我强迫自己不要想杰森，而是想这三个小伙子在心里可能会怎么偷偷编派我。他们也许觉得我发现小女朋友另寻新欢后下药毒死了她，又或者觉得我用拐杖当凶器去抢劫银行。但这完全不管用，我脑子里全都是杰森。我想知道他现在在哪儿，想知道他的心脏是不是还在跳动，想知道我还能否再见到他。

这里只有一张长凳，所以我们四个人只能挤着坐在一起。这条长凳夹在两堵墙中间，这间屋子的另外两堵墙实际上是两排铁棍。我坐在长凳的一端，剩下的地方都归他们。当然，还有他们丰富的想象力。他们好像还挺满意的。对他们来说，我就像一个外星人。这种感觉是相互的，我其实也没拿他们当地球人看。

我想舒展一下双腿，但膝盖实在是疼得厉害，只能伸到四十五度的样子。所以，我就保持这个姿势，后脑勺靠在背后的混凝土墙上，努力忽略膝盖的抽痛，闭上眼睛了一会儿。

突然，一声巨响把我惊醒。我的嘴巴里感觉干干的，看来刚才不知不觉间我张着嘴睡着了。有时候，不管你脑子里装着多少事，困意总是能轻轻松松地打败你。

"默里·麦克布莱德。"一名身穿警服的男子在门口叫了我的名字，见没人应答，他又叫了一遍。我刚挣扎着站起来，就发现他已经要关牢门了。

"我是默里·麦克布莱德。"我说。

"跟我来吧，你被保释了。"

"保释？你是说我不用待在这里了？"

他扬起眉毛，好像在说"你到底走不走"，我吃力地跟着他穿过了几条走廊，走到一扇有栏杆的窗户前，窗户下面有一个缝隙，文件之类的东西可以进出。那个满脸写着失望和愤怒、站在那儿等我的人，是钱斯。

"爷爷。"他叫了我一声，但我分辨不出他这是什么语气，这和他脸上愤怒的表情一点儿都不搭。要不是我过于了解他，我甚至会以为他在担心我。

"不要再对我进行批评教育了，听清楚了吗？我和你一样是个成年人，我可以自己做决定，我一点儿都不后悔做了这件事，明白吗？只是看到杰森变成这样，我很遗憾。"

"我不是要教训你，爷爷。其实，你被抓了我反倒很高兴，因为这可能是最好的结果。"

"你说什么？"他说的还是人话吗？

"现在你可以离开了。"他摊开手，摆在我面前，肯定看到了我的下巴气得发抖。"我知道那个孩子对你很重要，但你已经老了，爷爷。照顾好自己就可以了，你不用管别人了。尤其是这个有这么多要求的孩子，他会让你筋疲力尽的。或者说，他已经让你筋疲力尽了。"

"我自己知道什么能应付，什么不能。非常感谢你的提醒。你先担心一下自己现在家里的那位第几任老婆吧。"

话音刚落，我就知道自己说得有点儿过分了。问题是，有些话一旦从你口中说出，就如同泼出去的水，再也无法收回。一个人受到伤害时，他会大发脾气，伤害其他人，仿佛不想独自一人承受痛苦。

"我们究竟是怎么了？"钱斯问，"我们以前是那么的亲近，在一起是那么的快乐和幸福。到底是从什么时候开始变成这样的？"

"你开始打我那堆棒球装备的主意的时候。"说完，我又一次后悔了。我才在监狱里待了这么一会儿，心里的恶魔就暴露无遗了。或者是因为我意识到，我不能让钱斯感觉到我爱他胜过爱我的儿子们。又或者是因为我脑子里挥之不去的这个想法：我以为我是在帮杰森，也许我是在害他。

钱斯正近距离地看着我，审视我。他似乎想从我的脸上寻找出什么答案。"你是认真的吗？"他说，"你真的这么想吗？为什么？我究竟做了什么给你留下这样的印象？"

"每次你来家里，我都能看到你觊觎我那只手套的眼神。好像我死后你就要迫不及待地把它搞到手。"

"迫不及待地搞到手？"

"可能我还尸骨未凉，你就已经把它卖了。"

"等一下！我永远不会卖掉那只手套。你说得对，我是想要那只手套，但不是为了把它卖掉赚钱。"

他说得非常诚恳，但也有点儿沮丧。我在想我是不是有点儿误会他了。说真的，如果是我理解错了，我真的会吓个半死。我还是抛出了我的问题："那你为什么这么想得到它？"

钱斯向我这边靠了过来，甚至都碰到了我的胳膊："你不记得了吗？"我不知道他在说什么，所以就等着听他的解释。"那是我小时候，爸爸刚开了家五金店，"他说，"他总是不在家，一直在工作。陪在我身边的是你，一直都是你。你和我一起练接球，还让我用你的手套。"

我从未见过他像现在这样眼含热泪。他说的一定是实话，我毫不怀疑，但我真的不记得了。我努力回忆，但流逝的每一秒都让我越来越惶惶不安，因为我完全没有印象。我的头脑一直很敏锐。当然，这些年来我忘记了不少事，但我应该绝不会忘记这样的事情。现在，我丢失了和孙子练接球的记忆，那下一个忘掉的又会是什么？关于儿子们的记忆也会逐渐消失吗？未来某一天醒来后，我会不会连珍妮是谁都忘记了？

我脚下一个踉跄，撞在坚硬的混凝土墙上，钱斯急忙冲过来接住我。我的肩膀被撞了一下，就好像被一个时速九十迈的快球击中那样疼。钱斯及时扶住了我。感谢上帝，不然我就摔倒了。他紧紧地搀着我的胳膊，好像担心他一放手我就会倒地不起似的。不知道是谁先主动的，下一秒，我俩的前胸贴在了一起，手臂也搭在了彼此的身上，把对方紧紧包裹住。这是我这么多年来，第一次拥抱我的孙子。我感觉肩膀都已经被他的眼泪打湿了。其实我也是。我一定会帮他好好洗他这件衬衫。

"我以前总和朋友们吹牛，"他抽泣着说，"我爷爷是小熊队的队员。有你做我爷爷，我真的很自豪。我一直都想成为你的骄傲。"

我用力地拍了拍他的背，不知道有没有弄疼他，但接着我想起自己已经一百岁了。他紧紧攥着我衬衫的背面，好像要把它拧干似的。我轻轻地把他推开，看着他的眼睛。

"我误会你了。你是个好孩子。我俩疏远的原因在于我。自从我变老之后，脾气也越来越暴躁。但我现在觉得自己没这么老了，钱斯。自从遇见杰森那个男孩，我觉得自己变年轻了。你能理解吗？"

这是我印象中，钱斯第一次对我微笑："我会努力的，爷爷。我会努力理解你。"

他又一次拥抱了我。我还是一遍又一遍地搜寻着脑海中的记忆，只想回忆起我和孙子练接球的场景。

· · · · ·

"在这里签字。"坐在桌子后面的人递给我一个夹板，上面放着一张纸。我根本懒得读，只要我能离开监狱，让我签什么都可以。我现在只想尽快去见杰森。

"你能告诉我哪儿能打到车吗？我需要去趟医院。"

"爷爷，我送你去吧。"钱斯正说着话，就被警察打断了。

"不行，"他从我手里拿过夹板，指着我刚签的文件，"你现在有人身限制令。如果你出现在杰森·卡什曼所在位置的方圆五百英尺内，你将被送回监狱。再进来就没这么好出去了。"

"人身限制令？"我在努力消化他的话，"我连医院都不能去？五百英尺？"

"是的。我不建议你耍什么小聪明，法官们不喜欢这样。"他把夹板往腋下一夹，"你现在自由了，可以走了。"

"但不能去医院？"

"只要杰森·卡什曼还在那儿，你就不能去。"

他开始低头看报纸，看来他和我的谈话就到此结束了，没有什么商量的余地。钱斯安抚地拍了拍我的肩膀，我握住了他的手。

"我能用一下你的电话吗？"我问。

他从外套口袋里掏出他新买的电话,而我则在口袋里摸索着蒂甘留给我的电话号码。找到那张纸条后,我按下了相应的数字,拨通的那一瞬间,她立刻接起了电话。"一定是麦克布莱德先生。"她对着电话说。

"杰森,杰森怎么样?"

"杰森妈妈就在这儿,您和她聊聊吧。"

"安娜?"

"默里。谢天谢地你打电话来了。你在哪里?"

"监狱。但我现在要出去了。杰森怎么样?"

电话那边沉默了很长时间。她可能还不知道我进了监狱。"很抱歉听到这个消息。"她说,"杰森……他还在坚持着。手术结束了,情况还算稳定。但他需要一颗新的心脏。"

"之前不是就知道了吗?"

"是的,我们当然知道。但是,现在情况紧急,甚至是十万火急。如果没有新的心脏的话,医生也说不准他还能活多久。现在他们已经不是以月为单位了,而是天。"

我本来还在琢磨她说的是什么意思,但后来我很快就明白过来了。我这辈子从没这么害怕过。"警察说我不能去看他,因为我现在有人身限制令。"

另一端传来沉重的叹息声,还有某种东西断裂的声音。"对不起,默里。我正在努力解决这个问题。我已经和律师谈过了,我会尽快和本尼迪克特谈谈。我们会努力处理这件事的,我知道杰森一定非常想见你。"

我使劲地咽着口水,环顾四周,但只有钱斯在看着我。

"我也很想见他。告诉他,我很抱歉。"

"抱歉?默里,你没有什么可抱歉的。你已经……"

她已经难过得说不出话了。我应该在那儿陪着她的。如此善良的女士不应该独自一人经历这样的磨难。

"我现在能做什么?"我说。

"我不知道,默里。也许你可以先回家等消息,等我把问题处理完再说。"

"回家?但杰森还在医院。"

"但见不到他又有什么用呢?我相信杰森很快就能站起来遍地撒欢儿了。"

她的声音在电话里听起来很有说服力,但她此刻的表情一定会出卖她。

"那蒂甘呢?"

"蒂甘会留在这里。黛拉也在这里,她说蒂甘可以留下,不过她也别无选择。我们到医院之后,蒂甘一直寸步不离地陪在杰森身边。但你有限制令在身,什么都做不了。我觉得你应该过自己的正常生活,我不想让这件事影响到你的身体,况且现在杰森大部分时间都在休息。等本尼迪克特冷静下来,我会抓紧解决限制令的问题。"

对此我没什么可说的。我该如何解释我已经无法回到以前的生活？在遇到那个孩子之前，我离不吃药、结束自己的生命仅有寸步之遥。但安娜说得对，我什么都做不了。

钱斯开车送我回到公寓，这几天雪佛兰一直在那儿吃灰。鉴于当前的路况，还有我开车的方式，我独自开车可能得开三个小时才可以到家。不能再浪费时间了，不然我又得摸黑开车。钱斯打算一路和我并排开回去，护送我回家。于是我发动了雪佛兰，踏上了回程的路。

有趣的是，我明明离我的房子越来越近了，但真正的家却渐行渐远了。

第三十五章

只需一个词就可以概括整个漫长的回程旅途：空荡荡。空荡荡的车，空荡荡的安排，还有空荡荡的灵魂。上一次内脏有这种被狠狠地踩躏践踏的感觉是在珍妮去世那天。爱一个人就是这样，总是不得善终。

人们也许会分手。没有人比钱斯更了解分手了。用他的话来说就是：两个人存在着不可调和的差异，所以日渐疏远；或是其中一人违背了他们的结婚誓言，也就此曲终人散，各奔东西。

虽然凤毛麟角，但世上也有像我和珍妮这样的关系。我们携手走过人生数十载，一直深爱着彼此，就像上帝所说的那样，无论顺境或是逆境，无论疾病或是健康。但即使是这样，我们也无法永远爱着彼此，死亡迟早会夺走一切。我的亲身经历可以证明，这同样是一个糟糕的结局。开始和过程都堪称完美，但结局却不尽如人意。

对此我想到的唯一办法就是做两个人中最先离开的那个人。但到目前为止，很遗憾，我还没有体验过做先走的那个人是什么感觉。当然，我想结束的不是一场伟大的爱情，只是自己早已疲惫不堪的人生。

终于赶在天黑之前到家了。我不想再让我的大脑保持清醒了，所以回家什么都没做，直接上床睡觉了。但无论如何都睡不着。早上我径直走向橱柜，拿出麦片和碾碎的药片开始了新一轮的战斗。一切都回到从前，回到老样子，我甚至又开始怀疑自己起床的意义何在。

但我从不轻言放弃，而且现在我也不能放弃杰森。当然，他现在在芝加哥的医院里，而我在柠檬林因为限制令而无法和他见面。但我必须相信他正在竭尽全力地坚持活下去，所以我也要坚持，为了他而坚持。因为至少到目前为止，他还有愿望没有实现。他还得给安娜找个好男朋友，并且成为一个魔术师。

我真的很想和他说说话，我已经很久没有这样无助了。我现在唯一能做的事，就是给他发邮件。所以我打开了那台电子邮件机，点击他的邮件地址，开始打字。

收件人：jasoncashmanrules@aol.com

发件人：MurrayMcBride@aol.com

主题：想念你，我的朋友

> 亲爱的杰森：
>
> 　　我对那天在棒球场上发生的事非常抱歉。我知道这是我的错，我知道我应该负全部责任。我真希望能当面和你说这些话。我不该让你陷入那种险境，这是完全错误的决定。我真的非常抱歉。
>
> 　　我还想对你说，你的本垒打简直让人难以置信。我已经活了一百岁了，但从来没有这么骄傲自豪过。谢谢你完美的本垒打。
>
> 　　最后，对我这样暴脾气的老家伙来说，实在难以启齿，但我真的非常想念你。不夸张地说，我很爱很爱你，孩子。
>
> 祝好
>
> 默里·麦克布莱德先生

　　趁我还没改变主意，我赶紧按下了发送按钮，看着这封邮件在屏幕上消失。我觉得这封信写得太私密了，或者太肉麻了，或者别的什么原因。但这封信里写的也都是实话，是我内心深处的真实感受，不管像我这样的老人是否应该感受到。总之，这些都是我应该对我儿子们说但又从来没能说出口的话。

　　我又想起了杰森剩下的愿望，不知道我该如何帮他实现这两个心愿。但我知道，如果杰森不抛下我，那么我也不会抛下他。

　　这意味着，我要一直活着，直到安娜帮我争取到探望杰森的许可。但如果一直待在这间老房子里，我就会觉得活着没什么意思，明白吗？我需要找个地方去转转，顺便找点儿事去做。碰巧的是，社区大学在今天早上安排了一节美术课，那个手模和疯女人应该都在。我本来不打算再去那里的，但因为限制令，我现在只能在小范围内活动，所以……

我到的时候，手模已经在这里了。如果我没记错的话，他应该叫柯林斯。他已经在这里了，而我迟到了整整二十分钟。房间的灯已经亮了，我看到前面有张空椅子，估计是留给我的。疯女人像照顾小孩似的把我搀扶了上去。我很有自知之明地脱下衣服，只剩下一件背心，然后落座。

"柯林斯！"我大声地喊了他的名字，根本不在乎那位女士会做何评论。

"麦克布莱德先生。"他友好而礼貌地回应我，但声音比我轻了许多。

"你觉得，他们会怎么评价我今天的样子？"我问。

"嘘，"疯女人说，"请不要说话，记得吗？你嘴边的皱纹——"

"对，对，对，它们会耷拉下来，会抖动。"

她抿着嘴，我以为她要骂我，但她却说："既然他提起来了，大家说一说，从今天的模特身上，你们看到了什么？"

"疲惫。"一个小伙子说道。

"他今天坐在那儿好像很吃力。"一个女孩回答。

"很好，"疯女人说，"这可是一个难得的机会。请大家想象一下……几年后,他会是什么样子。"

傻子都能听明白她的潜台词是我太老、太没用了,下一秒可能就一命呜呼了。血管里的血液会停止流动,身体会慢慢冷却,皮肤会开始腐烂。这一定会很难闻。

"让想象力成就作品。"到此为止,这位女士终于说完了。谢天谢地。

"要我说,我看起来一定是朝气蓬勃的。"我对柯林斯说,"至少我自己是这么觉得的。"

柯林斯轻声笑了起来,但双手仍然保持一动不动,相当专业。疯女人清了清嗓子,我以为她要说些什么,但她没有。她可以一个小时不停地清嗓子,烦死了。只要她愿意,现在就可以把我赶出房间。我真的已经受够了。

除了杰森,再也没有其他事情能吸引我的注意力。等我反应过来的时候,学生已经走光了,看来课程早就结束了。柯林斯站在我身旁,朝我伸出了手。他把我扶了起来,和我一起走出了房间。

"你还记得那个孩子吗?"我说,"之前和安娜一起来的那个小男孩。"

"怎么会忘呢?那孩子还好吗?我注意到他一直拖着氧气罐。"

我试着开口说话,但说不出来。又试了一次,说道:"他病了,病得很厉害。"

柯林斯似乎在消化这个消息。他的脸皱成了一团，没有平时那么英俊帅气了。他把手放在了我背上，问道："您还好吗，麦克布莱德先生？有什么我能帮忙的吗？"我回说"没关系，谢谢"。但他还是执意把电话号码写在了一张纸上，然后递给了我。"如果有需要，一定要打电话给我，好吗？你有电话，对吧？"

"有的。"

"好，记得打电话给我，好吗？有任何需要，一定随时打给我。"

这才是现在年轻人应该有的样子。他就是那种懂得如何爱护女人的男人，从他对我的态度就能看得出来。这让我开始认真考虑杰森的第四个愿望。

"至于安娜……"

"嗯？"很显然，他对安娜是有感觉的。

"男孩在医院，但我没法去看他。"

其实我是想让柯林斯和安娜能共处一室，给杰森的第四个愿望一个机会。但我现在想出了一个一石二鸟的好主意。

"能送我回家吗？"我说，"有点儿东西需要你帮忙带给杰森。"

・・・・・

回家的路上，我坐在柯林斯旁边。这是一辆很不错的崭新的进口车。我想到要做什么了，想到要把什么交付给他了。虽然我相信自己的直觉，因为是直觉让我选择了珍妮和棒球，我甚至觉得我和杰森之间的相遇相识也是凭借着直觉，但我还是觉得自己得更深入地了解他一下。由于限制令这种乱七八糟的事情，柯林斯是我唯一的希望，而且多了解一点总归是有益无害。

"跟我说说你自己吧。"我说。

他似乎一点儿也不吃惊，只是微微一笑，仍然看着眼前的路。"您想知道什么？自传那种，还是我内心深处最阴暗的秘密？"

"哪一个都行。"

"好吧。我其实不叫柯林斯·杰克逊。"

"你不叫这个名字？"

"嗯。需要颠倒一下顺序。我其实叫杰克逊·柯林斯。我在哥伦比亚待了几年，不知道为什么，那儿的人总是把我的姓和名颠倒过来。也许是因为在西班牙语中，名词总是要放在形容词前面吧，我也说不清楚。但我已经习惯了柯林斯·杰克逊这个名字，所以现在自我介绍时我总会这么说。"

"你是哪儿的人？"我问。

"明尼苏达州的一个小镇。那里很美，就在密西西比河的断崖上。我没事就会回去一趟。"

"有兄弟姐妹吗？"

"有一个姐姐一直在家乡，名叫阿斯彭。她和姐夫还有克莱尔·莱昂斯一起合资开了一家餐厅。克莱尔·莱昂斯是我们那里有头有脸的大人物。"

"和父母相处得好吗？"在我看来，这是个非常重要的问题。

"他们不在了。"车窗上有个裂缝，外面的风一直从这个缝往车里钻,发出一阵阵哨声。这辆车可能也没我想象的那么新。"当时我还在哥伦比亚。我妈妈出了车祸,但我实在回不去。后来,我爸爸也病了。很遗憾,我也没能回家见他最后一面。"

"你之前在哥伦比亚干什么?"

之前的每个问题,柯林斯都回答得非常迅速。如果他觉得被冒犯到了,他肯定不会再继续回答了。"我在和平队①工作,"他说,"大部分时间,我都在非常偏远的地方凿井。有一天我终于回到波哥大②,赶紧给家里打了个电话。阿斯彭告诉我父亲去世了,而她要结婚了。"他望向车窗外,就这样望了很久。开车的时候不应该这样走神的。"我确实帮助了很多人,但我出门在外的这段时间,也错过了很多。"

我还没来得及对他有更进一步的了解,车就已经停到了我家门前。但我也听得差不多了,剩下的就看安娜喜不喜欢他了。

"这房子真不错。"柯林斯进到客厅后赞叹道。其实这房子还是老样子,一如往常。但他似乎很喜欢这里。

"能帮我弄一下这个吗?"我指着那把扫帚,想用它来够天花板上垂下来的那根绳子。

柯林斯一下子就够到了绳子,然后打开了旋转门,梯子摆得稳稳当当。他默默地跟在我身后,一阶一阶地爬上梯子。自始至终,他都没有催促过我,一次都没有。

---

① 和平队:是美国政府运营的一个志愿者独立机构。——译者注
② 波哥大:哥伦比亚的首都。——译者注

"哇！"我们终于爬上阁楼时，柯林斯惊呼出声，就好像以前从没见过破烂儿似的。他俯下身，仔细地观察着各种各样的东西，感觉好像在逛博物馆。确实，有些东西差不多和我一样老。

"我带你上来是为了看这个。"我说着，朝那个行李箱走去。我略过了记录我打球时的录音碟，拿起那张1934年的球星卡，把它递给了柯林斯。他盯着这张卡看了很久，然后突然像见了鬼一样往后退了一步。

"这是您？这……这简直太棒了！"

这里的大部分东西都不值得他用"棒"这个字来形容。但1934年的这张球星卡对我来说意义非凡。"从统计数据来看，这不是我成绩最好的一年。"因为我知道，做人要谦虚。

"但您是小熊队队员，"他说，声音中带着一丝敬畏，"是大联盟俱乐部，芝加哥小熊队的那个小熊队？"

"没错，就是这个队，"我说，"如果你愿意的话，我想拜托你把这张卡片带给杰森，也就是安娜的儿子。他在芝加哥的儿童医院，我……"我不知道应不应该再继续说下去。如果他知道我是绑匪和罪犯，不知道他会怎么想我。"尽管我很想去看他，但我现在做不到。"

柯林斯接过卡片，沉默了一阵。最后，他的目光从卡片上移开，抬起头来看着我，眼里依然充满了敬畏。"我很荣幸，麦克布莱德先生。"他说。

第三十六章

杰森没有回我的邮件。当天晚上没回,第二天早上也没回。我每隔五分钟就检查一下电子邮箱,一整天都重复着这个动作。我现在的心情简直如百爪挠心,因为我根本不知道他那边发生了什么,也不知道他的身体怎么样了。我只能一直等啊,等啊,等啊。等待可以把人逼疯,尤其是等待这种极其重要的事情。如此重要的事情,我却完全没办法插手。这让我清楚地意识到,自己在这个事件中,处于一个屁都不是的位置。

也许这就是我如此失落的原因。

终于,在我打算出去散散步的时候,电话铃响了。是安娜打来的,她几乎没说几句话,很安静,甚至有些沉默寡言。她说她只是想报个平安,因为她觉得我可能快担心疯了。她人真的很好。但我挂断电话后才意识到自己似乎没听到什么有用的消息。也许只是没有新消息,一切如常吧。

杰森还活着，但情况不太好，他需要一颗新心脏。我了解到的唯一的新消息是，他在移植接受者名单上排第三位。但坏消息是，通常大约需要四个月的时间才能有一颗新心脏。即使本尼迪克特使劲儿砸钱，也无法加速这一进程，因为听说他似乎已经尝试过了。只有一种情况能让杰森跃至名单的第一位，那就是当地正好有一颗可以用于移植的心脏，比如在离杰森非常近的地方有人死了。安娜说，在这种情况下，他们有时会破例把这颗心脏移植给杰森。

我慢慢走到圣约瑟夫教堂，心里想着我可能要站不住了。看来我得赶紧去基顿医生那儿拿副拐杖，这个膝盖可能真的撑不了多久了。我走到最近的一排长椅前，让我这副残躯坐下歇一歇。熏香的气味让我平静了许多。这才是真正的熏香，能让人心境平和，而不像那些能让人跌个跟头的刺鼻味，也不像美术课上那种熏得人头晕目眩的水果香精味。

詹姆斯牧师不知道去哪儿了。这里一个人都没有，也没有任何声响，一如既往的安静。没有散热器的嗡嗡声，没有会众的交谈声，甚至连那排祈祷蜡烛燃烧时发出的轻微"噼啪"声也没有。也许正因如此，詹姆斯牧师的脚步声才显得如此清晰、响亮。他终于来了。

"默里。"他说着，坐在了离我几英尺远的地方。我俩都沉默了几秒钟，眼睛盯着祭坛，看着被钉在十字架上的耶稣。"我听说了。"他说。

但他没再继续往下说,所以我也不太确定他究竟听说了什么。或者是什么我不知道的事吗?几分钟前杰森死了,还是他身体好转起来了?或者只是我的 B 计划没能按原计划进行。"说实话,我很爱那个孩子,牧师。"

他挪近了一些,拍了拍我的膝盖。不知为何,我不太介意我们俩的膝盖像现在这样抵在一起。"非常好,默里。这真的很好。"

"非常好?他都要死了,你怎么能说这非常好呢?这怎么可能好得了?"

我希望他会说"上帝自有安排"这类话,但他没有。"没有爱,我们的生命就没有意义,"他说,"世界也将是一片虚无。没有爱,我们甚至可能不会存在。"

"嗯。"他比我年轻,脑子也转得比我快,我一时想不出该如何回答他。最后,我只陈述了一个简单的事实。"牧师,爱有时会让人受伤,会让人痛得仿佛置身地狱,痛得生不如死。没错,我说了'地狱'这个词。不知道我是否还能承受这样的痛苦。"

"你还有其他选择吗?你要一个人蜷缩起来,逃避一切吗?"他意味深长地看了我一眼,"或者要停药?默里,死后的时间漫长无尽头,但当下是你唯一能活着的时候。不要辜负了上天的恩赐。"

他又拍了拍我的腿,站起身准备离开。但突然间,我不想独自一人待着。"我不知道该怎么办,"我说,"我不知道怎么做……才能让自己不这么失落。"牧师没有立刻回答。我揉了揉眼睛,张开我紧绷的喉咙,又一次问道:"告诉我,我该怎么办?"

詹姆斯牧师久久地注视着这阔大渊深的教堂里的石柱、耶稣受难像,还有一排排铺着红色毛毡的长椅,教堂如此空旷而陈旧。"在第一个教堂工作时,有一对年轻夫妇曾是我的会众,"他说话的声音突然变得缥缈又陌生,"正是风华正茂、自在快乐的时候。非常典型的美国家庭。过去,他们每个礼拜天都会去教堂,坐在前排长椅上唱歌祈祷。教堂里所有人都情不自禁地看着他们。对,他们就是那么引人注目。你无法把眼睛从他们身上移开。他们身上的某种特质……比我们的更强烈、更鲜明,就好像上帝赐予了他们一些特殊的东西。我想,这是大多数人得不到的能量。"

"后来,这位女士怀孕了,是个小男孩。每个人第一次见到这个男孩时都能看出他和他的父母有着同样的能量、同样的人生。但悲剧突然发生了,那个男孩去世了。和所有不幸的家庭一样,这对夫妇在遭遇了这样的噩耗后,发生了一些改变。

"女士虽然伤心欲绝,但最终还是找到了生命的意义。她找回了自己,找回了能让她如此与众不同的力量。而男人却迷失了方向,一直沉浸在悲伤、痛苦和内疚中。尽管他根本没有做错什么,但他被囚禁在这种情绪里,永远都无法走出来。"

如果牧师觉得给我讲一个关于一个死去的男孩的故事,能对我的现状有所帮助的话,那他绝对是大错特错了。虽然我这个脑子需要反应半天,但不得不承认,他的话还是有些意义的。

"默里，我们以为自己迷失了方向，但其实并没有。"牧师说，"你面前总会有路的。关键是，我们要主动地踏上这条路。"

他来到教堂前的祭坛，跪拜后继续朝侧门走去。离开之前，他转过身来对我说："看清自己的内心，默里。你会看清你的路的。"

. . . . .

看清自己的内心，就能看清自己的路。

这听起来简直像胡言乱语，是美术课上的疯女人能说出来的话，但不像是会从詹姆斯牧师口中说出来的。我在脑海中一遍又一遍地重复着这句话，试图冲刷掉内心的空虚、孤独和迷茫。

只有开车经过杰森家时，我才不会感到迷茫。所以我去了他家附近。其实，我早就去过好几次了。从芝加哥回来虽然才两天半，但我已经绕着他的街区转了六圈。我仿佛看到他那天站在枫树旁，打扮得光彩照人，准备去接吻；看到他那晚在房子后面，等着我开雪佛兰去接他。物是人非，我现在只想让孩子回来。

这时我才意识到，杰森在医院里危在旦夕，而我也在这里慢慢走向死亡。他已经成为我的航标和灯塔，成为我的指南针。希望我也能成为他的灯塔。

难怪我会迷茫。

牧师的话重重地敲醒了我。我必须看清自己，弄清自己是谁，以及我想成为什么。我非常清楚我想成为什么，我想成为杰森的朋友。

我把雪佛兰掉了个头，直奔本尼迪克特·卡什曼的豪宅。

现在，门口的保安直接挥手示意我进去，感觉我们已经是老朋友了。但本尼迪克特还是和往常一样，让我等了好一阵。当他终于开门的时候，我直接就走了进去。

"听我说，"我说，"我只想让杰森过得好。而你申请人身限制令是不对的。我现在提出要求，我要见这个孩子。"

我可能有点儿吓到他了，毕竟很少有一百岁的老人出现在你家门口对着你大喊大叫。但这种惊吓只持续了一秒钟，他就又摆上了那副咄咄逼人的嘴脸。

"你绑架了我儿子，"他说，"你觉得我会让你再靠近他吗？你可真是又老又疯。"

"你到底对我有什么意见？"我问，"你为什么要夺走我的幸福和快乐？你为什么要夺走你亲生儿子的快乐？"

"你绑架了他！"

"我是在帮他实现愿望！因为你太忙了，忙到根本顾不上他！"我的声音几近破音，甚至能想象出自己疯狂的表情，"他现在躺在医院的病床上，你还是这么忙。你这是做的哪门子父亲？"

我本来想朝他下巴来上一拳，但这可能对他造不成多大伤害。我不明白，他真的从没思考过这件事吗？也许他只是一直沉浸在工作里，根本没注意到自己已经变成了这样的父亲。也许他以为拼命赚钱支付医疗费，就能填补杰森生命中父亲角色缺失的那片空白，并认为做到这个份上已经足够了。

我对这种事略懂一二。我在教训他现在错过了什么的时候，其实也是在教训三十岁的自己。那时的我和现在的他一模一样。

"做父亲不仅仅要赚钱，明白吗？孩子的世界里有少年棒球联盟比赛，他会偷偷暗恋女孩，想学习魔术，有成为超级英雄的梦想。在那些能增进感情的节日里，比如生日、万圣节和圣诞节，你从来没有出现过。你看不到孩子的优点，因为你根本没给自己这个机会。

"但我看到了。相信我，他有很多很多优点。而且我比你想象中要更了解你。"

"你了解什么？"

"有时候，躲在坚强的外表下比直面事实要容易得多。我说的事实是，你的儿子，那个古灵精怪的小男孩，他可能会死得比你早，而且你说不定都来不及再见他一面。你的儿子随时都可能在等待心脏的过程中死去，而你甚至都不在那里陪着他。我认为这是遭人唾弃的行为。不管你承不承认，我所说的都是事实。"

把我击倒在地的那一掌仿佛就像一枚炸弹，或者可以去问问那些参加过战争的士兵那是什么感觉。本来还站得好好的，突然"砰"的一声，下一秒我竟然仰面倒在地上。我试着回想刚刚都发生了什么，怎么现在就摔成了这副四仰八叉的样子，顺便等着我的身体慢慢反应过来哪里最痛。

我躺在地上看着我上方的本尼迪克特·卡什曼，但他看起来一点儿也不像刚才推我的那个人。他的眼睛睁得大大的，眼神里充满了恐惧。我希望他不是在担心吃官司的问题。我希望他内心深处是有温度、有感情的。如果我摔倒在地能让他把隐藏起来的那一面展露给世界，那我甘愿被他推倒在地一百次。

但我的左腿好像动不了了，肾上腺素的浓度也一定在下降。因为我从来没有这么痛过，这种疼痛像是穿透了整个膝盖，甚至扩散到了全身。它就像长了触角一样，肆意地延伸到我身体的每一个角落。我用尽浑身的力气，拼命地忍着痛，但根本动不了。我看到本尼迪克特朝我伸出了手，想把我拉起来。但我抬不起手。

"对不起。"他喃喃地说。感官慢慢恢复后，我发现他在一遍又一遍地道歉。他把我拉了起来，但这又引来了新一波的疼痛，尤其是腿。我的膝盖可能有很严重的问题。他帮我拍了拍衬衫上的土，又弯下腰来把我的裤脚上的土掸干净。但他碰到我膝盖的时候，我疼得嗷嗷直叫。"对不起，"他又说道，"我只是……好吧，我没有任何借口。我向你道歉。"

我觉得我骂他多狠都不为过，我还可以起诉他，坚持打官司。但现在还有更重要的事情。多亏了本尼迪克特的暴脾气，现在，我占了上风。

"杰森，"我简明扼要地提出诉求，"我要见杰森。"

"当然，当然。我现在就联系警察解除限制令，你当然可以见杰森。对不起，我真的很抱歉。你觉得哪儿不舒服吗？"

我努力站直，挺起胸膛，展开肩膀。但我感觉不到自己在做动作。"我不知道你和安娜之间发生了什么，我也不在乎。但是你有一个儿子，一个很棒的小男孩。他需要你，明白吗？不管以前发生了什么,在这个至关重要的时刻,孩子需要他的父亲。"我狠狠地盯着他。他现在的样子和几分钟前简直是天壤之别,看来把我推倒在地这件事唤醒了他内心深处的良知。"你应该陪在他身边。"说完,我转身离开了。希望我的腿还能撑得住。

第三十七章

膝盖的剧痛已经蔓延到了我的整条腿，甚至是后背。我本来想从本尼迪克特家门口昂首阔步地走到我的车里，但实际上，我慢得简直没脸见人。

之前从来没有这么痛过，我指的是身体上的疼痛。另一种痛，我曾体验过几次，是一种胸口被死死抓住直到全被捏碎的感觉，心脏随时都会像手榴弹一样爆炸。我不禁想起了珍妮最喜欢的曲子，多丽丝·戴[①]的《再一次》。

这不会再一次发生了。

一生仅有一次。

荡气回肠。

[①] 多丽丝·戴：Doris Day，美国歌手、电影演员。——译者注

第三十七章

我和珍妮的爱情就是这样，一生仅有一次，但足够惊心动魄、荡气回肠。我找到了这个让我小鹿乱撞的女人，这个让我梦想成真的女人，这个我全心全意爱了八十年的女人。现在，我终于可以去见杰森了，我又能努力帮他实现剩余的愿望了。这对我来说至关重要，激动和兴奋几乎溢于言表。然而让我猝不及防的是，我突然间想起了珍妮。这让我又一次感受到了那种心理上的痛苦，仿佛她昨天才离开我。悲伤这种情绪就像棒球比赛一样变幻莫测，难以捉摸。

我先开着雪佛兰回了趟家，因为我至少得收拾一些随身物品再出发。我想我应该很长一段时间都不会再回家了。也许，永远不会回来了。杰森还是没有回复我的邮件，我感觉他的情况不是很好。如果他死了，我想我也会躺在他身边，陪着他一起。那样的话，我就不会再回来了。

我是时候和这间房子好好道别了，要尽快，但是也要正式一些。毕竟，这是我和珍妮结婚时住的地方，儿子们在这里出生成长。我们把他们抚养成人，又看着他们离开。最后，还是只剩下珍妮和我，这间小房子就像是我俩的小天堂。我必须要好好地，正式地和这里道别。我想走遍这里的每一个房间，再一次将自己浸润在记忆的海洋里。

刚进门我就看到电话答录机上的灯一闪一闪的。膝盖附近实在是太疼了，所以我现在走路的速度比平时还要慢上许多。我一瘸一拐地走到电话前，按下播放按钮。

默里，我是布兰登。很高兴你最近去了那个美术课，但你似乎需要遵守他们的一些规矩，比如说坐得直一些，不能说话，等等。这个我们可以稍后再讨论，你工资的支票已经拿到手了。听我说，默里。老年风现在很火爆，能赚好多好多钱，巨款，明白吗？你得抓紧机会——

我按下删除语音的按钮，听到"哔"声后，心情舒爽了许多。我大声说道："你只是想自己赚钱，你这个自私——"下一条留言打断了我的话。她一直在哭，我几乎分辨不出来这是谁。

默里？默里，我是安娜。你在吗？拜托了默里，快点儿接电话。默里，我需要你。我需要你在这里。杰森需要你。他……他现在情况不太好，默里，非常不好。我听说你已经说服本取消了限制令。收到这条留言请马上过来，立刻，时间不多了。

在我需要处理的一系列信息中，有一个是我最不应该浪费时间思考的。可是我真的想不明白她怎么会知道我和本尼迪克特之间发生了什么。要放在以前的话，这消息得过几天才能传到她耳朵里。如果离得远，有时甚至得几个星期。但现在，我前脚刚离开本尼迪克特的别墅，甚至还没到自己家呢，安娜后脚居然就已经知道我们俩见面了。当今世界的速度简直让我震惊。

有人曾告诉过我，计算机只靠0和1两个数字就能运行，而由这两个数字组成的代码奇迹般地创造了当今的数字时代。有时我会幻想天空中飘浮着一条由0和1串成的线；它旁边出现了一条和它完全一样的线；紧接着，第二条旁边又出现了一条，直到整个空间都被这些线填满。很多很多，整整一大片，就像成群的蚊子一样，厚得挡住了太阳，压得人喘不过气来。这些线现在仿佛跑到了我的身体里，从鼻孔到肺部，紧紧地贴着我的喉咙，一丝空气都进不来。我几乎要窒息在这堆线里。

电话的"哔哔"声将我从这幻象中唤醒。我猛然意识到，让我窒息的根本不是这两个数字，而是一些恐怖的东西，让人无法呼吸。

　　收到这条留言请马上过来。立刻，时间不多了。

我出门的速度从来没有这么快过，根本顾不上膝盖了，也没时间和老房子好好道别了。

第三十八章

明明几天前我才来过这家医院的问询台,但这次他们竟然一路护送我到病房,好像我是什么大明星似的。一位穿着套装的女士直接把我带到了电梯口,上到了病房那层。

"就在这里。"她说着,然后走上前准备推开那扇门。

"等一下!"我差点儿就没拦住她即将推开门的手。里面有说话的声音,其中一个如银铃般清脆的声音应该是安娜。我知道,我应该进去,我也想进去,甚至可以说我需要进去,而且是非常需要。"我想先自己待一会儿。谢谢你的帮助。"

我没理解这位女士离开时看我的眼神是什么意思,但至少她走了。确认她真的离开后,我把头靠在了门框上,闭上眼睛。上次我在医院的病房时,我是说,在病房里面,我失去了珍妮。在她生命的最后几个小时里,我一直躺在她身边,痛苦地思考着医生的问题。他们一遍又一遍地问我:"你想让她走吗?"

他们确实就是这样问的。这个问题很委婉,比"你想拔掉插管吗?"或者"你想让她现在死吗?"要好很多。我知道这只是措辞的问题,但当医生问"你想让她走吗?"的时候,除了"不!我还没准备好!她是我太太,我永远都不会让她走的!"之外,我还能怎么回答呢?

这就是我的回答。他们一遍一遍地问,我也一遍一遍不厌其烦地回答。直到一位医生用平静、温柔的语气告诉我:是时候了,她不会回来了,也不会好起来了。她的人生已经走得够远够长了,而死亡是人生中不可或缺的一部分。

我同意让她离开了。

我花了很长时间才接受这个事实。但最后我终于明白,医生做的决定是正确的,而且他做这个决定也需要很多勇气。她最后一次呼吸时,我紧紧地抵着她的额头,搂着她脆弱的肩膀,内心充满了愧疚和迷茫。

几个小时后,他们不得不把我抬下床,不得不把我的手指一根一根地从她手上掰开,不得不请一位社工来安慰我"一切都会好起来的",然后搀扶着我走出房间。我在门口转过身,看着她静静地躺在那里。她是我一生的挚爱。即使在死亡面前,她也如此平和、如此美丽。我想奋力挣开社工的束缚,想继续躺在她身边,一直和她在一起,直到我弥留之际。这样我就永远不用和她分开了。但社工温柔地把手放在我的背上安抚我。慢慢地,慢慢地,我离珍妮越来越远。

从那以后，我再也没有踏进过病房。

安娜在里面，现在我还听到了蒂甘的笑声，但似乎比我记忆中的笑声压抑一些。我闭上眼睛，希望珍妮能给我力量。终于，我深吸一口气，推开了门。

第一眼看到的是杰森，他正坐在床上。既然能坐着，那就说明他的状态没有我想象得那么糟糕。但我紧接着才意识到，他是躺在了一张竖起来的折叠床上，闭着眼睛。像他这么大的小孩，身上不应该插着这么多管子，周围也不应该架着这么多台监护仪。我走近一点儿，看到他手里紧紧攥着我那张1934年的球星卡，仿佛永远都不会撒手。

看来柯林斯已经来过了。

趁还没哭出来，我赶紧移开了视线。蒂甘又扎回了以前的双马尾，但身上穿着的不再是棒球服了。当然，她还是戴着棒球帽，好像准备随时出发去公园里打球似的。现在的她看起来才更像小女孩。这让我想起了很多女子职业棒球联盟里的队员，可能这也没什么好震惊的。屋子角落里有一对大沙发椅，安娜坐得离杰森很近，一直注视着他。黛拉在安娜旁边。

当我走进房间时，她们一齐抬起头看我。黛拉朝我微笑了一下，安娜慢慢地站起身，走过来给了我一个拥抱。"你能来真是太好了，"她说，"他一直在找你。"

她说杰森这次已经睡了很长时间了，医生也不确定他什么时候能醒过来。如果他们足够坦诚，他们就会告诉你，杰森连会不会醒过来都是未知数。但按照他最近的情况来推算，应该再过一会儿就能醒了。黛拉坚持把安娜旁边的沙发椅让给我坐。我们坐在柔软的沙发里，一起盯着杰森紧闭的双眼。我紧紧地握着她的手。

几分钟后，柯林斯端着三杯热气腾腾的咖啡和一杯热巧克力进来了。他把他那杯咖啡递给了我，但我拒绝了。我目前的消化系统已经无福消受咖啡因了。出于礼貌，我说把这个座位让给他。但他坚持让我坐在这里，真是谢天谢地。他从其他房间给黛拉和他自己搬了两把折叠椅过来。

每过一秒，我就多一分担心，担心杰森不会再醒来了。他每次呼吸时，脸上的氧气面罩就会起一层雾气。想到雾影被包裹在氧气里，我几乎笑了出来。但我没有，因为这让他看起来像是超级英雄电影中的反派，而不是英雄。我在房间里待了将近一个小时，杰森的声音突然从床上传来。

"我的老哥们儿终于来了。"我们一拥而上冲到他的床边，而蒂甘一直都在床边守着他。他把氧气面罩摘下来了一点儿，放在嘴边。这样很好，如果他觉得需要吸氧的话，可以很快再把它戴上。我俯下身拍了拍他的肩膀，这种久违的感觉，真好。尽管膝盖还在抽痛，但已经不重要了。

我们都在这里，现在杰森也醒了，似乎一切都很正常。如果这是个公平的世界，你应该感觉这很正常，但事实并非如此。杰森正在遭遇的这些，恰好说明世界一点儿都不公平。杰森的那句玩笑话有些牵强。刚刚我拍肩膀的动作也似乎带有一丝绝望。现在房间里寂静得有些不自然。

"大家，"杰森说，"我已经等了好几天了，想和默里兄玩一局全能神和吸血外星人，杀他个片甲不留。你们可以去吃点儿午饭什么的，省得他当着你们的面输了之后觉得难堪。"

"是麦克布莱德先生。"我纠正他，但后面没再说其他训斥的话。这已经不重要了。现在还没有学会的话，那就永远都学不会了。

"当然。"安娜说。所有人都开始往门外走。蒂甘一开始没有离开，而是非常近地看着杰森。她几乎压在了他身上，手轻轻抚上他的脸颊，注视着他。让我惊讶的是，杰森并没有闪躲，也不知道他是没力气躲还是根本不想躲，就一直静静地躺在那里。他们四目相对，有那么一瞬间，我甚至怀疑他们要亲上了。说不定蒂甘认定杰森就是她的王子，然后会深情地亲吻他的脸颊。但就这样过了几秒钟，蒂甘转身离开了，什么也没有发生。她妈妈和柯林斯跟在她身后，顺手带上了房间的门。

我把椅子拖到杰森床边，强迫自己不要去想珍妮，但她还是不断地浮现在我的脑海里。我只好再次祈求她给我力量，因为我知道这个可怜的孩子的病情不乐观，甚至可以说是非常不好。这些监视器、他身上的管子和氧气面罩也许还不足以让我相信这个残酷的现实，但他现在面黄肌瘦、呼吸急促的样子却真真实实地告诉我，他真的快不行了。

直到刚才,我一直都坚信他会挺过去的。我知道他有心脏病,但说实话,我觉得他的情况还可以,还不算太糟。他吻了一个女孩,而且是激烈地深吻;他能一拳把一个比他壮得多的男孩打倒在地;他甚至能把球打过瑞格利球场的拦网。一个有如此强大内心、勇气的男孩,为什么会死呢?

但现在我明白了,我们每个人都有两颗心。一颗是无形的,是我们精神和品质上的体现,是一个承载着爱和快乐的地方。杰森的这颗心是我认识的所有人当中最强大的,也许蒂甘的也是。而另一颗心,是真实有形的。这颗心只有一个任务,那就是向全身输送血液,维持我们的生命。

而这颗有形的心,很快就会要了杰森的命。

第三十九章

"上帝为什么一定要让人死掉呢?"

就像杰森刚刚说的,我俩正在打游戏。但我知道,他问的一定不是游戏里的这个上帝。这个问题又一次让我大吃一惊。别看我都这么大岁数了,但也没想清楚这个问题。如果我自己都还没搞懂,我又该如何向一个十岁的孩子解释呢?

"可能,每个人在这世上的时间都是有限的。当他们完成在这世上的使命后,耶稣就会把他们召唤回去。"

"但我听说非洲有的孩子饿死了。"他脱口而出,没有丝毫迟疑。看得出来,这件事他已经思考了很久了。"中东的孩子随时都有可能被炮弹炸死,"他接着说道,"有些孩子真的还很小。他们要是还没来得及完成自己的使命呢?如果太早了呢?"

这个问题有点儿难。我试着回想詹姆斯牧师之前都说过些什么。"我觉得,世上除了有上帝,还有恶魔。灾难降临时,是恶魔在作祟。"

"对。但上帝应该比恶魔要厉害,那他为什么会放纵恶魔胡作非为呢?"

他真是打破砂锅问到底,不给我留一点儿余地。但他这样做是对的,他就应该这样。他现在已经这副样子了,所以,无论他提出什么问题,都应该给他一个答案,这是他应得的。所以我尽量回答他提出的所有问题。

"我想是因为上帝给了万物自由的意志,"我说,"而这要付出相应的代价。"

"不!"杰森狠狠地把手柄扔向对面的墙。手柄瞬间被摔成了三段。他已经听够了,听够了这些千篇一律、毫无意义的回答。"狗屁!"他尖叫着,"都是在胡说八道!如果上帝有能力阻止恶魔,他就应该去阻止!他应该让我活下去!"

"冷静,杰森,深呼吸。"

"不!我冷静不下来!我不想死!我为什么非得死?"

他从床上站起来,拔掉了自己身上的几根监护线。他根本没有力气,刚站起来就倒在了我身上。还好我站着,接住了他,但他在我怀里不停地叫喊着、挣扎着,我支撑不住,倒在了床上。他在不停地找寻问题的答案。

"你活了一百岁了,而我才十岁就要死了!为什么不能让我活到一百岁?为什么不能让你在十岁的时候死?都是狗屁!"

他把脸埋在我胸口抽泣着,哭泣声很小,他每隔几秒钟就要喘口气。一位医生突然冲进房间,但看到杰森正窝在我怀里哭,他停住了脚步。"我懂,"我说,"我懂。"我轻轻地抚摸着他的头发。他终于慢慢平静了下来,呼吸还是有些吃力,但抽泣声渐渐停了。

"狗屁,"我说,"全都是狗屁。"

第四十章

任谁都不能眼看着这个男孩被恐惧和愤怒彻底击破防线而无动于衷，不可能眼睁睁地看着什么都不做，而是要尽自己所能去做任何对他有所帮助的事。对医生来说，是要让他坚持活到有新心脏可用的时候。对安娜来说，是要一直陪在他身边，每天真诚地为他祈祷。但对我来说，我要做的比这些都重要，重要得多。

我和医生一起把杰森放回到床上，没过几秒钟他就睡着了。显然，刚才那阵情绪的宣泄让他筋疲力尽。

"最近他总是这样，"医生说，"这很好，他现在最需要的就是休息。"

"他在移植名单的第几位？"我问。

"最近一次看是排第二。"

"所以是往前移了一位。你觉得这是否意味着他最后能活下来？"

医生看着我,仿佛我不该问这个问题。"一切皆有可能。我们要乐观一些。"

"光乐观还不够。"我尽可能地站直身体说,"基顿医生说我的心脏还很年轻,像五十岁人的心脏。我想把它捐献出去。"

医生比我高一些。他抬起下巴,从眼镜下方和脸颊之间的空隙处盯着我:"那么你需要明确表示自己死后想成为一名器官捐赠者。真到那天,如果你的心脏足够健康,就会被捐给有需要的人。"

我着急地跺了跺脚,但从膝盖一直蔓延到整条小腿的疼痛感差点儿让我摔倒。"你没听懂我的意思,"我说,"我不想死后把它随便捐给一个人,我想把它捐给这个男孩。今天就捐。"

杰森床边的监视器发出了一声响亮的"哔"。医生大致看了看上面的数据,但没做任何反应。"你说的这个恐怕不可行。"

"那怎样才能让它变得可行呢?"我的声音有点儿嘶哑。杰森说得对,他应该活下去。他已经承受太多了,这一点儿都不公平。如果我能帮到他,我愿意为他捐献心脏。

"听我说。"医生说。他瞥了一眼手表:"就算在某种情况下允许你选择心脏的接受对象,但还是有两个问题。首先,你现在还活得好好的,活人不可以捐献心脏,你必须已经死了。"

他腰带上别着的什么东西突然响了起来。他朝我举起了一只手,示意我停一下,好像刚刚是我在说话似的。他皱了皱眉,按下了一个小装置上的几个按钮,然后又把它扣回到腰间。"听着,"他说,"你能有这个想法非常好,你很善良。但抱歉,这是不可能的事情。"

我还没来得及伸出手拦住他,他就走了,回到了他那个快节奏的世界里,去治疗下一个急诊病人。杰森没能得到心脏,我也没能把我的捐给他。但我这一百年的饭也不是白吃的。就算那个医生不帮我,我也完全有能力自己解决这个问题。安娜之前告诉过我移植名单的特例,那就是附近有一颗可用的心脏。这里就是附近,近得不能再近了。

天已经晚了,而我今天还没吃药。通常情况下,我应该早就把药片就着早餐咽下去了,毕竟这早已经成为我的一种习惯,闭着眼我都能完成。但因为之前发生的事情,还有正在住院的杰森,我没有再按部就班地吃药。现在我的头已经有点儿发晕了,胸口像是充满了黏稠的液体。如果基顿医生说得没错,那么我的身体很快就会逐渐停止运转,进入死亡前长时间的深度睡眠。只要没有人来打扰我,再过几个小时,我就一定会死。

这样,杰森就可以拥有我的心脏了。

带轮子的铁皮桌子上放着笔和本子,旁边是杰森还没吃的饼干和半桶苹果酱。我走过去,写了一张便条。膝盖还是像往常一样抽痛着,但眼前模模糊糊的景象说明基顿医生说的是对的。写完便条后,我发现几乎用尽了自己的全部力气。但还好,我都已经交代完了。我把纸条塞到胸前的衬衫口袋里,走向安娜坐过的那把椅子。我的呼吸变得越来越困难了。我闭上眼睛,努力保持镇静。

过了一会儿,安娜、柯林斯、黛拉和蒂甘从餐厅回来了,手上还拎着一些吃的。为了看他们一眼,我努力把眼睛撑出一条缝隙,然后又闭上了。他们在刻意压低声音说话,估计以为我睡着了。我能感觉到他们一直在杰森的病床附近走动。我集中注意力,想着珍妮,希望自己一会儿就能见到她。

我一直都知道,她会穿着婚纱等着我。我也不确定自己为什么如此肯定,但我就是知道。我会在天堂门口与她相见,希望他们能允许我迈进天堂的大门。她会缓缓向我走来,伸出双臂。她翡翠般的眼睛炯炯有神,脸颊旁还垂着一小绺红发。我会把她深情地拥入怀中,紧紧地抱住她,永远不想分开。她会感受到我和以前一样炙热的爱意。她将依旧是我的新娘,我也依旧是她的新郎。

还有我的儿子们。他们会发现我终于有了爱的能力。他们会理解我对杰森的爱,也会明白我对他们的爱。我一直都很爱他们,只是不知该如何表达。

突如其来的咳嗽让我整个身体都抽动起来。它锋利、剧烈,似乎还裹挟着黏液,和之前的感觉完全不同。这又一次提醒了我,我真的老了。但我并非毫无用处,至少,我身体的某个器官是有大用处的。杰森可以拥有我这唯一有用的部分,而我也可以心满意足地撒手人寰了。

詹姆斯牧师说自杀是一种罪过。但我觉得这不是自杀。在我的字典里,这叫奉献。

时间比我预想的要长，但我的肺部确实越来越不舒服。当阳光终于消失在百叶窗下时，我的每次呼吸都令我痛得生不如死。但还是比以前承受过的痛苦要好上一些，可能是因为我知道我现在做的是正确的事情。杰森可以活下去，我也终于可以去找珍妮和孩子们了。

我本以为以这种方式奉献自己的生命会很可怕。但实际上，我感到无比安宁和祥和。

第四十一章

我在天堂睁开了眼睛。至少,我觉得这里是天堂。反正这里明显不是地狱。能升上天堂当然是好事,但我总觉得是哪里出了差错。读过很多遍《旧约》的我非常清楚,如果我下了地狱,我的皮肤会着火,灵魂会痛苦不堪,肺部会充斥着令人干呕的硫黄的味道。

但我闻到的更像是……消毒水的味道,而且我也没看到珍妮。我还有点儿不清醒,过了好一阵才发现自己仍在医院里。原来我根本没有到天堂,甚至连死都没死成。

我眨了眨眼睛,看到头顶上凑过来了好几张脸,一共五张,围成了一个小圆圈,是蒂甘、黛拉、安娜、柯林斯和医生。柯林斯竟然也在,这让我有点儿惊讶,我可能还不太习惯他一直在我们身边。医生是之前和我谈话的那位,就是告诉我活着的时候不能捐献器官的那位。

"麦克布莱德先生，"医生说，"很高兴你醒过来了。"他转身离开，但很快又拿着什么东西回来了。他就像律师向被告人出示证据那样把一张纸摆在了我面前。

"我死后，请将我的心脏给这个房间里的男孩。"他说。实际上他是在念，因为这是我写在便条上的话。"你真的认为这能成功吗？你知道自己就在医院里面吧？我们不会让人死在这里的。"

我能稍微坐起来一些。我的身体状况主要取决于我还能不能呼吸。一旦停药，我就会完全无法呼吸，接着很快就会死去。但只要我的肺还能照常工作，我就感觉自己状态好极了。我感觉这和某个情形很像：小孩只要一发脾气就一直屏住呼吸直到晕过去。失去意识后，他又立刻开始呼吸，几分钟后就会醒过来，活蹦乱跳，一切如常。只要他们能让我的肺恢复正常，我就是个非常健康的人。而让我很意外的是，我现在居然觉得神清气爽。总的来说，就是这样。

杰森闭着眼睛躺在我右手边的病床上，床边有一台之前从没见过的新机器正在帮助他呼吸。他的鼻孔里插了一根鼻腔管，这是他最不想戴的东西。他好像和我刚刚看他的时候一模一样，一动都没动。

我挠了挠眼睛，又揉了一会儿，然后注意到安娜正站在我身旁。她的脸颊上挂着一条条泪痕，妆容也全花了，像要过万圣节似的。她想说些什么，但又咽了回去。然后她狠狠地扇了我一耳光。"一条人命还不够吗？你非要再搭上一条吗？"

我震惊到说不出话。

"你知道我们有多害怕吗？我们以为你死了，而你居然是故意的！"

"我是为了杰森。"我说。

柯林斯把安娜从我床边拉开，但我还是能听到她哭泣的声音。医生又一次出现在我面前，瞥了一眼旁边的安娜和柯林斯，然后像研究《格雷氏解剖学》[①]一样研究我。"我们得谈一谈。先不管你刚才的行为里面涉及的伦理问题，这个孩子——"

"杰森，"我打断他，尽量不去想刚刚安娜斥责我的那些话，"他是个好孩子，我们应该直接叫他的名字。"

医生捏了捏自己的鼻梁，然后又看了看杰森。感谢上帝，还好他睡着了。他不需要知道这一切。"好吧，杰森。他多大了？十岁？"

"十岁，太年轻了，对吧？他还不能死。"

"但遗憾的是，他太年轻了，根本无法接受成年男性的心脏。"医生说。他把手放在我的肩膀上，似乎想要安慰我。其实他可能已经在努力安慰我了。"很抱歉，我不得不告诉你这个坏消息。但确实没有办法把你的心脏捐给一个十岁的孩子。嗯……应该叫他杰森。无论从医学上、生理学上还是伦理学上，这都是行不通的。"

[①] 《格雷氏解剖学》：*Gray's Anatomy*，是一部英语人体解剖学教科书，解剖学的经典著作之一。——译者注

杰森的心脏监护仪发出了急促的"哔哔"声，连音调都升高了。我觉得这意味着杰森现在很危险，但医生只是瞥了一眼显示器，然后就转身离开了，好像这不是什么大不了的事。

安娜坐回到我床边，泪如泉涌。我以为她又要扇我一耳光，所以稍稍往后缩了缩。但她却一头埋进我的胸口里，抽泣起来。

"我很抱歉，默里，"她说，"我不知道自己怎么了。我不知道为什么会……我没有任何借口……我只是……一切都太艰难了。"

"嘘。"我抚摸着她的头发，呼吸着淡淡的茉莉花香，"你不需要道歉。真的不用。"

"你们在那边说什么呢？"

所有人都立刻向我旁边的病床走去。我想坐起来，但毕竟刚在鬼门关走了一遭，实在没有力气。

"我刚刚在和大家说你很菜，"蒂甘说。我甚至都没注意到她也在房间里。"只是跑个垒而已，你居然会被绊倒。"

听完她的话，我震惊不已。蒂甘是我认识的最可爱的女孩，但她现在居然嘲笑这个躺在病床上奄奄一息的好朋友？但杰森突然笑了出来。这时我才意识到，他现在最需要的正是这种正常的氛围。

"对，"他说，"但吉布森挥舞拳头的动作简直酷毙了。"

房间里爆发出阵阵笑声。他说的话其实没这么好笑，重点是他有心情说出这句话。黛拉把蒂甘拉入怀中，像是在祝贺她刚刚说了句正确的话。安娜的头轻轻靠在了柯林斯的肩膀上,柯林斯温柔地亲吻了她的额头。看到这一幕,杰森惊讶得倒抽了一口气,然后直直地看着我。他伸出了四根手指,不停地扭动挥舞着,好像要准备扔慢球①似的。第四个愿望就这样实现了。

太神奇了。这个孩子列出了五件不可能实现的事情,但现在竟然已经完成了四件。我应该激动到想高声歌唱,甚至想告诉每个人,让每个人都一起分享这份快乐。

但我没有。相反,这让我难过不已,仿佛意味着我们即将走到终点。当我们还有好几个愿望要去实现的时候,一切都充满了期待。但现在,四个愿望已经完成,杰森也即将面临死亡,还有什么可期待的呢?就好像我们已经在世界大赛赢得了冠军,站到了顶峰。

但问题是,当你站到顶峰时,只有一条路可以走。如果杰森能活下来,其实就等同于完成了他第五个也是最后一个愿望——会真正的魔法。

---

① 扔慢球:棒球术语,指掷球时做快扔的假动作而扔出慢球。——译者注

第四十二章

医生说要和我们换个地方说话时,我知道这意味着事情可能变得更糟了。但我不知道具体是什么事。我刚刚自杀并要把心脏捐给杰森,我又做错了吗?又要蹲监狱了吗?

医生让蒂甘留在这里陪着杰森,带着大人们走出病房,朝右手边的办公室走去。但没想到的是,我们迎面撞上了本尼迪克特·卡什曼。他好像迷路了似的,一脸尴尬地看着我们。

"安娜!"他说着,然后看了我一眼,脸上闪过了一丝恐惧。他朝我点了点头,但似乎和我没什么话说。"我只是……嗯……杰森在吗?"

"他在。"安娜的声音很冷静。她握住柯林斯的手,看起来像是一种对本的蔑视。黛拉踮起脚尖,身体往前探着,好像很想扑到前面去凑热闹,但还是忍住了。

"我能去看看他吗?"

"他是你的儿子。"她一定努力咽下了很多话，比如"你为什么现在才来？"甚至是"杰森不想见你"，但她什么都没说。

本尼迪克特畏畏缩缩地从她身边走过，停在了我面前。他轻轻地把手放在我的胳膊上，吓了我一跳。"我只是不想给他虚假的希望，你能理解吗？我也不想做一个坏爸爸。但希望……"他双唇紧闭，好像在强忍泪水，"虚假的希望只会让他更难过。"说完，他塌着肩膀，耷拉着脑袋从我们身边经过，走进了杰森的房间。

安娜重重地叹了口气，柯林斯把她搂到了自己怀里。医生领着我们来到了走廊尽头的办公室，在我进来之后关上了门。我让柯林斯坐在安娜旁边，然后慢慢坐在了他身边的椅子上，黛拉坐在我的另一边。自从上了岁数，我走路确实越来越困难了。现在，我每走一步都痛得钻心刺骨，每动一下都是地狱般的折磨。

医生一直站着，没有坐下来。这不是个好现象。当球队的经理通知某位队员他被换到其他队时，他都会让这个球员坐着，而他自己却一直站着。

"检查结果出来了。"不用医生往下说，我们就知道结果不太好。他紧皱的眉毛和微妙的语气让一切都不言自明。问题是，现在的情况到底有多糟？"从检查结果来看，我不知道杰森是怎么坚持到现在的。但没有一颗新心脏的话，他真的坚持不了多久了。现在我们在努力维持他的血氧饱和度，但我们能做的只有这么多了。"

"你们可以用我的心脏。"我说，但医生只是皱着眉头。

"从伦理学和生理学上讲,这完全不可行。我很抱歉。"

安娜面色如常,一点儿反应都没有。她是没听到医生刚才说"我们能做的只有这么多了",还是早早就为这一天的来临做好了心理准备?"他现在在名单第几位?"她问道。

"还是第二位。"

安娜眉头紧蹙,痛苦地捂住了自己的脸。柯林斯抱住了她。

"但现在其实只差两颗心脏,对吗?"柯林斯说,"听起来也没那么糟糕,是吧?大概多长时间能在名单上前进一位?"

"四个月左右,"医生实事求是地回答道,"也就是说,杰森很可能要再坚持四到八个月才能等来一颗心脏。可能会早一些,也可能会晚一些。"

"他能坚持那么久吗?"柯林斯问道,"我明白你刚才说的话。但我想问,有可能吗?"

医生一直低头盯着地板,看来他接下来要说的话可能并不是我们想听到的:"那我就直说了。他不可能坚持八个月,连四个月也不可能。就像我刚才说的,我甚至不知道他是怎么坚持到现在的。以他现在的状况,能再多坚持四天就已经是奇迹了。实际上,他可能只剩下几小时的时间了。"

这些话像一声惊雷,"轰"的一声在房间里炸开。本以为这些话会在脑海中回荡上好几遍,好让我有足够的时间去理解、思考和消化。但医生的话音一落,这些话紧接着就消失了,就好像被墙壁一口吞没,什么都不剩。我想问他刚才都说了些什么。也许是我听错了。我一定是听错了。

"希望你们能明白我的意思，"医生说，"他现在还醒着。你们最好在他下次睡着之前，把想说的话都说给他听。"

黛拉悄悄地倒吸了一口凉气，但安娜没有反应，一点儿反应都没有。柯林斯用胳膊紧紧地搂着她，但她似乎都没有感觉到。我呢，我只觉得内心有一团熊熊燃烧的火焰，燃起了我无尽的愤怒。我再也忍不住了。"去你大爷的！"我说，"你是医生，你需要做好你的本职工作！"他一脸疑惑地看着我，好像听不懂我说话似的。所以我继续朝他喊道："他还是个孩子！一个孩子！你怎么能让他死呢？"

我激动地站了起来，膝盖的疼痛现在已经不算什么了，没有什么能比得上我胸口的火焰和血管中汩汩流动的愤怒。杰森说得没错，这全都是狗屁。我已经不在乎骂不骂脏话了，也顾不上什么忏悔了。"房间里的那个男孩需要医生，"我说，"你现在需要做的，就是进去做好你的本职工作。他要是死了，你等着瞧。听到了吗？"

有一双手在把我往回拉，是柯林斯，那个手模。但我真的忍不住，我控制不了自己的人生，也无法扭转杰森的人生。我歇斯底里地咆哮着，直到突然发现自己喘不过气来。

眼前突然又笼罩着一层黑暗。记忆中的最后一幕，是我又直直地倒在了地上。

第四十三章

我再次醒来时的第一个念头是,这么大年纪的人不可能会在一天内晕过去两次,然后还能活着讲出这个故事。但,我确实还活着。随你怎么想吧,也许我就是不死之身。

意识清醒了一些后,我发现自己又回到了杰森的那个房间,还是在他旁边的那张床上。他睡得很香。至少我希望他是睡着了,而不是昏过去了。安娜握着他的手,柯林斯握着安娜的。黛拉坐在角落的沙发椅上,只有蒂甘一个人坐在床边陪着我。她真是个好孩子。

"麦克布莱德先生,"蒂甘说,"您感觉怎么样?"

我迅速地感受了一下,但发现浑身上下没有一处不痛的地方。我说:"我感觉自己有一百岁了。"蒂甘"咯咯"的笑声让我的疼痛缓解了许多。

"医生说您醒过来后要告诉他一声。他看起来不太高兴。"

我想起了自己昏倒前对他说的那些话。我要是他,估计也高兴不到哪儿去。

"我们可以假装忘了这事。"蒂甘说。我摇了摇头,脖子突然疼得跟断了似的。

"不,没关系。我之前和比他还可怕的人打过交道。"没想到我现在连说句话都这么吃力,以前可从来没这样过。

蒂甘笑着按下我床头的按钮。一分钟后,医生急匆匆地走了进来,愁眉不展。

"我应该和你道歉,"我赶在他开口之前说道,"当时我实在太难过了,你能理解吧?"

医生随意地摆了摆手,说道:"都已经过去了,麦克布莱德先生。相信我,我非常理解你的心情。"

"你不生我的气了吗?"

"当然,一点儿都不生气了。"他深吸了一口气。今天对他来说可能同样很艰难。有时我们总会忘记医生和我们一样,都是凡人。"麦克布莱德先生,恐怕我这里有一些坏消息。"

"是杰森的?"

"是你的。"

医生停顿了一会儿,似乎是想让我做好心理准备,但其实根本用不着。如果是四十年前,这对我来说可能是个晴天霹雳。但现在,让我唯一惊讶的是,坏消息竟然才找上门来。"好吧,那说来听听吧。"

"你第一次晕倒时,我们按照医院的规定给你做了一系列最基础的检查,但有些项目的结果超出了正常范围。虽然你年龄大了,但这个结果也还是不太正常。所以我们又给你做了进一步的检查……"

"没关系,医生,你直说吧。我能承受得住。"

"很抱歉,你目前已经是骨癌晚期了。原发灶在右膝,更准确地说是股骨下段,但现在已经扩散到了其他的器官、骨骼……已经遍布全身了。"

"好吧。"我只能说出这两个字。虽然之前在脑海中预演过很多次这个场景,但却从来没想过自己该做何回应。我一直以为最后干掉我的会是自己的肺,没想到癌症早已悄悄找上了我。我觉得患癌的人大多都比我年轻。当你到了我这个年纪时,疼痛不会让你联想到"癌症",只会让你觉得自己"老了"。"你觉得我还剩多少时间?"

医生叹了口气:"不多了。你现在还能站起来四处走动就已经是医学奇迹了,杰森也是。看来你们两个一直在支撑着彼此活下去。"

我嘴里有些发干:"'不多'是什么意思?现在还能做些什么吗?"

"看你自己的选择,有很多种治疗方案。我们可以先做大剂量化疗,看看药物的反应。还有一些在临床实验阶段的新方案,你也可以尝试。"

他似乎要长篇大论一番,而我只想直奔主题:"医生,你觉得我该怎么办?什么才是正确的选择?"

他的目光在房间里扫视了一圈,好像在搜寻合适的词。"正确的选择是,看清你已经过了漫长且健康的一生的事实,并且在爱你的人的陪伴下,安详而有尊严地死去。"

我的手被攥得生疼,是蒂甘。她的眼里蓄满了泪水。安娜和柯林斯也相拥着站在我的床边,向我投来了同情的目光。同情和怜悯是不一样的。怜悯会让我气愤,但我愿意经年累月沉浸在他们同情的目光里。当然,我根本活不了那么久了。

得知自己死期将近是件有趣的事。这和我想象的不太一样。人岁数大了就会觉得死亡其实没什么大不了的,甚至我已经提前做好了准备。比如,几周前我就做好准备了。

然后我却遇到了杰森。

不过,这倒是让我心里的一块大石头落了地。自从第一个儿子去世后,我一直心事重重,不知道自己的死期是什么时候。而现在,虽然被宣判死刑,但我反倒觉得自己自由了。我不打算死在杰森前面,也许我俩会一起死。等这一切都结束了,我也一定做好了准备。

我紧紧地握住了医生的手:"谢谢你,医生。"

他的眼眶好像有些潮湿了,这说明他是个很善良的人。一个暴脾气的老家伙对着你大喊大叫,但你依旧会为他的死而伤心。在我看来,这样的你就是个十足的大好人。

"我们会让你过得舒服些,直到最后一天。"他说。我从他的语气中能听出来,最后一天似乎不远了。

第四十四章

　　有意思的是，不管是十岁还是一百岁，听到自己的死期时，人们往往会有五雷轰顶般的感觉。有什么事会比自己快要死了还让人震惊的呢？只有这件事会让你真正开始思考接下来要去做什么。我不禁在想，大限将至时，人们是否都能有机会思考这个问题。包括那些突然离世的人，虽然他们无法预先知道自己快死了。如果答案是肯定的，那么这也许就是上帝赐予我们的最后一件礼物。在某一个时刻，无论多么短暂，我们可以真正直面自己的死亡。这也许恰好解释了一个传言：人死前的最后一刻，生命的过往会尽数在眼前闪现。

　　杰森还躺在我旁边的床上。每隔几秒钟，我就会朝那边看一眼，确保他还在那里，确保他还有呼吸。有一次我向那边看的时候，发现门口站着一个人，是钱斯·麦克布莱德，和我血脉相连的人。

"爷爷。"不得不承认，听到他叫我爷爷时，我的心好像突然被揪了一下。即使我们俩之间的某些记忆已经变得模糊，但当爷爷的这种奇妙的感觉，是永远无法磨灭的。

钱斯路过杰森病床时看了他一眼，但很快就移开了视线，然后来到了我的床边。我突然很难过，杰森现在的模样竟然已经会让别人感到不适了。这应该是在马路上看到被轧死的小猫小狗时的反应，而不应该是看到杰森的反应。然而，钱斯就像我们大多数人一样，面对痛苦和死亡会感到不安和不适。

他一直都没说什么话，只是握着我的手。他以前从来没有像现在这样握着我的手，我现在才发现这感觉竟然这么好。他透过开着的百叶窗往外看。窗外没什么景色，唯一能看到的就是旁边那栋楼的屋顶，但钱斯似乎并不在意。我觉得他其实什么都没有看，只是在放空。

"我想给你件宝贝。"

"什么，爷爷？"

"我的旧棒球手套，就是我们练习接球时我让你用的那副。我想把它送给你。"

我之前一直绞尽脑汁想回忆起我们一起打球的场景。但如果一段记忆消失了，可能就真的再也回不来了。但钱斯不需要知道这一点。坦诚也许确实是最佳选择，但有时它会让两人之间的感情大打折扣。

"你是说真的吗？"钱斯说，"你没必要这样做。我的意思是，我来看你不是为了这个。"

"我知道。"我本应该继续说下去,但我想呼吸时却发现完全动不了。我想调动起我的胸部、肺部和喉咙,让它们正常运转,我感觉自己就这样一直努力了很久,但只是徒劳而已。后来我开始头晕目眩,感觉自己又要晕过去了。如果真的晕过去了,不知道我还能不能恢复自主呼吸。或许,我根本不会再醒来了。我紧握着钱斯的手,他的眼睛瞪得大大的,似乎意识到我已经很久没有喘气了。他"嗖"的一下站了起来。

"这是怎么了?"这句话也正是我想问的,"我去叫医生。"

但就在下一秒,我的器官好像突然间挣脱了束缚,终于又正常运转起来。我深深地吸了一口气,虽然这口气并不能让我觉得神清气爽,但至少能让我再多活一会儿。钱斯又坐了回去,但他的眼神变了。他似乎很担心我会死在他面前,而他不想看到这一幕。这样的话,他可能不想再继续待在这儿了。没有人说话。病房里唯一的声音是杰森周围那堆机器发出的"呼呼"声和"咔嗒"声。终于,钱斯的声音打破了这漫长的沉默。

"我想告诉你,万一……你知道的……我一直都很敬佩你,爷爷,我从小到大都想成为你这样的人。我知道我没有做到,在人生的方方面面都没有做到。但我真的一直想要成为你。"

"不。"刚一开口我便意识到,我现在连说话都异常吃力。所以我必须要更加精准地措辞,让寥寥几字的句子传达出更多的信息:"不要像我。要像你自己。"我的肺好像又被狠狠地捏成了一团，就好像机器里的零件卡住了，但我却不知道该如何修理。还好，这次肺部罢工很快就过去了。

  我认真地看着钱斯的眼睛，能看出他说的都是实话。他已经尽力了。都到这个时候了，他还能对我说谎吗？当然，他确实做过不少错事，但他的出发点是好的。我希望他能听到我内心深处的声音，而不仅仅是从嘴里蹦出来的这几个字。

  "为你骄傲。"

第四十五章

杰森和我又都熬过了一晚，但谁也说不好今晚会如何。钱斯和我告别之后就离开了。本尼迪克特也是。现在病房里就只剩下我和杰森，蒂甘和黛拉，当然，还有安娜和柯林斯。

早上，哈维尔·冈萨雷斯送来了一个礼品篮。杰森和我正好都醒着。有时我们只是静静地躺着，偶尔会说说话。我们也会隔着两张病床中间的空隙牵住彼此的手，就这样晃啊晃。手牵手的时候，我能感觉到藏匿在他坚强外表下的恐惧。

"小熊队的一点心意。"哈维尔说着，放下了手里的篮子。

"里面都有什么？"杰森的声音没有了往常的激动兴奋，平静得如一潭死水。他现在的能量甚至还不如一个沉球。

哈维尔把篮子里的东西一件一件地拿出来：一个签了小熊队全体成员名字的棒球，一件正面印有哈维尔的号码、背面绣着"卡什曼"三个大字的运动衫。他甚至还从里面拿出了两张明年的球票。

"他们让我转告你,'这样你的新心脏里就满满当当都是小熊队了'。"哈维尔说。

大家一遍又一遍地对哈维尔表示感谢。

但却没人告诉他,我和杰森可能再也看不到明年春天的花开了。

第四十六章

　　不知道现在几点了，但窗外的天色有些阴暗。不是夜幕降临的那种暗，而是暴风雨来临前的黑暗。此刻只有蒂甘在这里。杰森睡着了，他最近睡着的时间越来越长。蒂甘就坐在他旁边，看到我睁开眼睛后，她朝我走了过来。她就像一个小天使，一个梳着马尾辫的小天使，在两个需要陪伴的人中间飞来飞去。

　　"感觉怎么样？"她问道。然后，在我回答之前，她抢先说道："您看起来状态非常好。"她最近总是这样，在我开口之前先自问自答一番。很神奇的是，虽然知道自己大限将至，但蒂甘的这个小把戏确实让我感觉好多了。

　　我想开口说话，但身体各项功能的衰弱速度比我预想的要迅猛得多，疼痛感也越来越强烈，可能因为我一直想努力戒掉吗啡。当我按下那个医生给我的按钮时，一股平静的气息流经全身，抚平了我所有的痛楚。我试着保持清醒，但有时却力不从心。

"1927年,"她说,"打点数?"

我醒着的时候,她总会和我玩一个游戏——考我棒球职业生涯中的统计数据。每次她一提问,我的大脑就立刻清醒过来,开始思考。1927年,我的两个儿子应该分别是四岁和七岁。为了补贴家用,珍妮找了一个工厂的工作,所以我们不能经常见面。那是一段艰难的日子。我印象很深刻,那一年我挺内疚的。我的成绩也有所下滑,因为心思根本不在比赛上。

"六十七。"我说。

"错,"蒂甘"啪"的一声打了个响指,"很接近了,是六十三。"她微笑着。虽然这个游戏是为了让我开心一些,但她好像也同样乐在其中。

"对不起。"我努力嘟囔出这几个字。为了听清楚我说话,她把可爱的小脸凑了过来。我俩的脸贴得非常近,这也是我第一次发现她脸上有星星点点的雀斑。

"为什么要说对不起?"她问道。

我想说话,而且我能感觉到我的嘴唇在动。但气息实在太微弱,根本说不出清晰完整的词。不知道护士是不是忘了给我吃药。不过既然我现在还活着,那应该是已经吃了。"你的愿望,"我低声说,"你也有五个。但我没能帮你实现。"

她从口袋里掏出一盒奶味糖豆,往嘴里塞了几颗。"您帮我实现了呀,"她说,"虽然只实现了几个,但如果没有您的话,可能一个都实现不了。"

"我还有很多。"我说。她皱着眉头,使劲嚼着嘴里的糖豆。我强迫自己继续说下去:"你手里的糖果,我从杂货店买了很多。整整一橱柜,足够吃一年了。"

"看,"蒂甘说,"您帮我实现了这个愿望。而且之前那个敞篷车,简直太棒了。还有,把棒球里的每一个位置都打一遍的这个愿望,我之前没提过,但小杰之所以觉得这个愿望很蠢是因为我已经做到了,所以这是第三个。这样已经很好了,因为我本来没有愿望清单的。"

我想来回晃动我的头,但怎么晃都还是一动不动。这倒是帮我减少了很多痛苦。"当然。"我咽了一下口水,然后用干巴巴的舌头舔了舔嘴唇。她靠得更近了一些,我继续说道:"你当然可以有愿望清单。"

"但我没有生病呀。反倒是您应该有一个愿望清单。您和杰森。"

"我觉得每个人都可以列愿望清单。而且每个人其实都有一份自己的清单,但有时他们会对它视而不见。"珍妮,我的两个儿子,我热爱的职业棒球比赛,有机会认识杰森·卡什曼。在我看来,这就是我的五个愿望。

我不想再按这个按钮了。我想看着蒂甘点缀着雀斑的可爱小脸和她摇摇晃晃的马尾辫,我想和她再聊上几个小时的棒球统计数据;我想让杰森醒过来玩电子游戏,我想尽我所能回答他那些关于死亡的问题;我想尽我所能让所有的愿望都成真。

上一剂吗啡的药效已经过了,剧烈的疼痛感卷土重来。我又一次按下了按钮，肌肉终于放松了一些。我以为刚才一定可以瞒天过海，但蒂甘的眼睛朝我手中的按钮眨了眨，双唇紧闭。真是个聪明的小孩。

"我和妈妈要出去一趟，"她的声音明亮又稚嫩，"我求她带我去给杰森买些奶味糖豆，因为医院的自动售货机里没有卖的。但我保证，很快就回来。需要我帮您带点什么回来吗？"

"一包棒球卡，"我说，"如果你能找到的话。"

"好主意，"她说，"然后我们可以一起看一看这些卡。麦克布莱德先生。"她深深地望着我的眼睛，仿佛能看透我的灵魂和思想："再坚持一下，好吗？杰森的病会有转机。他会没事的。"

"你怎么知道的？"

"我能感觉到，"她看了我一会儿，然后说，"SBK，麦克布莱德先生。"

"SBK，孩子。"

她从杰森病床旁的椅子上拿起运动衫，在他的床边停了下来。她看着熟睡的他，摸了摸他的额头，好像在测体温一样。黛拉在病房门口等她，钥匙在她手里叮当作响。蒂甘正要过去，但又突然停了下来。她转过头来看着我，又似乎是在认真地研究我。她仿佛试图抹去我身上岁月的痕迹，想看清年轻的我。她跑回我的床边，俯下身来，把她柔软的小嘴唇贴在我粗糙的脸颊上。

"您真帅气，麦克布莱德先生。"

说完，她就离开了。

第四十七章

过了一会儿,我惊醒了。醒来的第一件事就是看向杰森。他也醒着,这有些不寻常。最近我们两个能一起醒着的时候越来越少了。更不寻常的是,他脸上露出了一丝笑容。

"怎么了?"努力尝试了三四次后,我终于能说出来话了,但确实需要花上一点时间来预热我的声音。

"你放屁了,"他小声地笑了起来,"我被一个超响的屁吓醒了。"

他先是小声地笑,然后有那么短暂的一瞬,我听到了他放声大笑的声音。但紧接着,他的笑声戛然而止,手紧紧地捂住了胸口。我强迫自己不要去想,但我总觉得这可能是我俩最后一次聊天了。

"这是一次愉快的旅程,"我说,"我和雾影。"

他微微一笑,然后摇了摇头:"所有顶级的超级英雄,像超人、绿巨人和蜘蛛侠,他们最好的朋友是不知道他们的真实身份的。但他们的家人知道，而家人会直呼他们的真名。你是我的大哥。"他说："所以，你可以叫我杰森。"

我伸直手臂，跨过床之间的空隙，握住他的手。他没有挣脱。安娜坐在角落的椅子里，小声地啜泣着。

"我是个上了年纪的无用之人。"我有气无力地说道。但房间里非常安静，我知道他能听见："在过去一年半的时间里，我浑浑噩噩地活着，不知道活着的意义何在，甚至都算不上真正地活着。但后来我遇到了你，我突然间有了目标。是你让我活了过来，恢复生机的，明白吗？在我看来，这就是世上最好的魔术，是魔法。现在算上这个，正好是五个愿望。"

我知道，对于一个像他这样不幸的孩子来说，五个愿望并不多，但聊胜于无。杰森从床头柜里拿出了一样东西，看样子是他的清单。他的动作极其缓慢，一定是花尽了全身的力气才把手伸到了床头柜里。他盯着清单看了整整一分钟，然后转过头来泪眼朦胧地看向我。他满眼都是泪水，我甚至不知道他能不能看清我。

"麦克布莱德先生，能认识你，我真的很高兴。"

这一次，不管有多疼，我都使劲摇晃着我的头。"叫我默里，听到了吗？叫我默里吧。"我想挤出一个笑容，但我的脸好像根本没有动，"除非，你更喜欢叫我'哥们儿'。"

杰森的嘴角微微抽动着。我们躺在各自的病床上，牵着的手十指交叉，从未放开，眼睛里都是彼此。我还听见房间角落传来了安娜压抑的啜泣声。

第四十八章

再一次醒来时,我发现旁边的床上空无一人。我想起上次医生和我们说的话。

"最好在他下次睡着之前,把想说的话都说给他听。"

我想借着最后一点肾上腺素的力量坐起来,但坐到一半时,我痛得惊呼出声,又直直地摔回到床上。我完全慌了,不知道自己有没有把想说的话都说给他听。不知道我是否应该早点儿告诉他我爱他。但无论你有多爱这个人,向他袒露心扉终究不是件易事。

房间里有人,但我的眼睛看不清是谁。我的身体真的不行了,尽管我没有想到会恶化得这么快。但当他靠过来,俯身下来,离我的脸只有几英寸时,我看到了浓密的黑发还有牧师的装束。詹姆斯牧师来看我了,我畅快地呼了一口气。

其实我还没搞清楚这是怎么一回事,因为我的大脑和眼前的景象一样朦胧不清。以前,我凭着敏锐的目光和注意力,能把一个时速九十迈的快球击到体育场外。但现在，直到牧师在我额头上滴了一滴油，我才意识到他在给我做临终祷告。他一定跳过了忏悔的部分，因为很明显，我已经说不出话了。但我觉得没关系，我这一生忏悔过太多次了。

"你做到了，默里。"詹姆斯牧师做完祷告后说，"说实话，当你来到教堂告诉我要帮杰森完成愿望的时候，我不确定你是否有勇气完成它。但你做到了，你应该为自己感到骄傲。"

这些话让我的身体不由自主地震颤了一下。现在，一切都模模糊糊，连听也听不真切。但我能感受到，有什么东西在我的胸口小小地雀跃着。

我非常清楚詹姆斯牧师在这里给我做临终祷告、和我说好话意味着什么。但我现在无法思考，脑子里只有杰森。我努力保持清醒。也许他们只是暂时带他出去了，他应该很快就会回来。

但是，我知道那不是真的。根本不需要带他去洗手间，也不需要带他去买食物，该做的检查也都已经做完了。他还得过几个月才能得到一颗心脏。那现在只有一种可能了，我的小朋友死了。

也许是看出我想得到一个回答，詹姆斯牧师握住了我的手，紧紧地攥着。"你可以走了，默里。你自由了。"他呜咽了。詹姆斯牧师是个好人，一直尽心尽力地照顾我这个老家伙。"去找珍妮吧。"他说。一滴热泪落在了我的脸颊上，一定是他在哭泣。

我按了吗啡按钮，接着又按了一下。身上的疼痛逐渐消失了，困意再一次袭来。我又快速地连续按了几次，然后陷入了沉睡。

第四十九章

我的身体在颤抖。感觉有一双手在抚摸我的脸。有人一直在喊我的名字,一遍又一遍。我慢慢地醒了过来,是安娜,她靠在我床边,眼神空洞,脸上的泪水和妆容混成了一团。看到我完全睁开了眼睛,她倒在我床边的椅子上大哭起来。我害怕她会告诉我什么噩耗。

"他还活着。"

她又靠在了我床边,好像不知道自己该待在哪里,手足无措。她把脸埋在我手边的床单里,说的话含糊不清、支离破碎的,听起来像是从小镇棒球场的大喇叭里发出来的,听起来好像在说"他还活着"。不知道是不是我听错了。我想开口问她,可是我现在已经完全说不出话。我只能希望她能重复一遍。

"他还活着,默里。他会挺过来的。这太好了,但……我真的不知道该怎么说,有太多事想讲给你听。"

竟然有这么多我以前从未留意过的东西。墙上的时钟嘀嗒嘀嗒地走着。这秒钟转动的"嘀嗒"声竟伴随了我的整个人生。而现在,我生命的钟表很快就要停止了吗?一缕缕阳光穿过百叶窗的缝隙,倾洒在我的皮肤上。以前的我为什么从未注意到,这种暖意竟会让人感到如此舒适、惬意。

"他们刚才进去了,默里。你能相信吗?医生拿出了他的心脏,直接从他的胸膛里掏出来,又把另一颗放进去。他们说自己这辈子还从未见过这样的事情。他们说,我需要告诉你这件事。你不能死,默里,一定要听我讲完,好吗?你能听到我说话吗?"

听?我能听见。这些话听起来怪怪的。她的语气明明很开心,但她却一直在哭。当然,有一部分是喜悦的泪水,但还有一些其他的东西,比如,悲伤和痛苦。

"我希望你能听见我说话,默里。他们说杰森的心脏根本不足以支撑他活到现在。从医学上来说,这是不可能的。他们不理解,但我理解,完全理解。

"是你,默里。是你,是你和他的愿望让他坚持了下来。你一直在帮助他完成心愿。没有你,他活不到现在。"

她泪眼盈盈地看着我,眼神中有一丝别样的情绪,但我说不清那到底是什么。她轻轻地抚摸着我的脸颊说道:"你救了我儿子的命。"

杰森有了一颗新的心脏。他终于不会死了,至少,很长一段时间都不会死。他一定会度过漫长而又幸福的一生。

现在终于可以安息了。只要知道杰森没事，我就可以瞑目了。我闭上双眼，感觉自己正在展翅翱翔，飞向天际。没有痛苦，没有顾虑，没有难过。我看见珍妮了，看见我的孩子们了。

我很幸福。

尾声

肯尼迪表演艺术中心

华盛顿

讲到这里，我停下来环顾了一圈后台。不知不觉间，我已经泪流满面。演出马上就要开始了，我已经感受到了台下观众的躁动和兴奋。我看着脚下磨损的木地板，面前黑色绸缎的幕布，还有在我和迈尔斯之间漫天飞舞的灰尘。我的传记作家瞠目结舌，眼睛瞪得足有硬币那么大。这段故事我从没和他提起过。当他着手为他最喜欢的魔术师写传记时，一定没有想到会有这样一段荡气回肠的故事。似乎是知道这个故事对我来说意义重大，他在听我讲述时只是适时地微笑、惊讶、叹息，但从未出言打断。

"再一次醒来时，"我说，"我只想见三个人。第一个是我妈妈。我睁开眼睛的时候，她正紧紧地握着我的手。第二个是默里。但他们告诉我，在我术后躺在病床上还未清醒时，他去世了，走得很安详。直到今天，我最大的遗憾依旧是没能来得及对他说一声'谢谢'。"

"第三个……"

当我说出"三"这个字时,我已经哽咽得说不出话,就好像是身体在警告我,不可以说出这个名字。过去的这些年里,我从来没有提起过她。但这是一个值得讲述的故事,讲给我的传记作家,继而讲给全世界。我只是在想,如何才能心平气和地讲到故事结尾,如何才能克制住自己的眼泪。

"我给你讲一个小女孩的故事吧,"似乎只有这种叙述方式才能让我自己不这么痛苦,"她是世界上最可爱的女孩。她是那么善良的一个人,拥有着那么善良的一颗心。她与一位老人和一个男孩相识、相交、相知,毫不犹豫地加入到他们的大冒险中,并肩作战。遇到困难时,她会安慰他们,'一切都会好起来的'。她能给他们带来快乐和力量。也许,是她真正让老人又一次感受到了青春的气息。

"老人和男孩病重时,她在医院里陪伴着他们,几乎一直待在他们床边。注意,是几乎,而不是完全。有那么一瞬间,她脑海里闪过一个想法。自己干坐在那里一点儿用都没有,她想做点儿什么,这就是她。因此她让妈妈带她去便利店买糖果,因为她知道男孩喜欢,想在他醒来的时候给他一个惊喜。如果他还能醒来的话。

"面对瓢泼大雨和湿滑的道路,这个女孩和她的妈妈还是开车出去了。她们不应该这么做,但这就是女孩的可爱之处——她为了朋友们简单的幸福,甘愿以身犯险。

"接下来发生的这一切,不是她的错,不是她妈妈的错,也不是其他司机的错。所有人都没错。为什么会这样呢?为什么没有人对这场惨绝人寰的悲剧负责呢?

"汽车驶过水坑后突然开始打滑。一开始只是右侧前轮滑出了路面,然后汽车突然失去了控制,女孩妈妈怎么操控都没用。后来,汽车直直地冲进了沟里。类似的事情其实每天都在上演,司机们都会被救上来,这些都只是小事故而已,很快就一切如常了。但那一晚,她们跌进沟里的地方,有一个路灯。汽车本可以在还未靠近路灯的地方滑进沟里,也可以在绕过路灯后再滑进沟里。但它没有。一切都是这么巧合,汽车打滑撞上了路灯杆,正好撞在了女孩坐的地方。

"我完全能想象到接下来发生了什么,但我根本不想让这幅画面出现在我脑海中。我不敢去想那个女孩经历了什么,也不敢去想她妈妈有多么的惊恐与害怕。恐惧,恐惧到浑身都无法动弹;然后是悲伤,如洪水般铺天盖地的悲伤。她的女儿就这样走了。上一秒,这个漂亮的小女孩还活蹦乱跳地在后座上微笑着说话。她一直都期待着看到男孩收到糖果后脸上的表情。但眨眼间,她就走了。

"这位母亲伤心欲绝。她被突如其来的震惊和悲伤层层包裹住,无法挣脱。如果她当下没能做出任何反应,是完全可以理解的。但她并非寻常的女人。她坚强、勇敢,而且善良。也正是因为如此,这位母亲才能够在这种情况下用尽全身的力气振作起来,做出了一个常人难以想象的决定。她认识这个男孩,她知道他的病情、他的需求。

"她抱着怀里死去的女儿,拿出手机,打了一个电话。正是这个电话,救了男孩的命,他会永远对这位女士心怀感激。很快,一架直升机从医院顶楼起飞了。不一会儿,女孩就躺在了医院的手术台上,已经没有任何生命体征。

"医生们不得不强忍着悲痛,努力完成这台手术。他们必须做好自己的本职工作。他们成功了。虽然女孩已经不在这世界上,但她也会继续做生前一直在做的事情——赋予生命意义。"

传记作家泪如雨下,泪水沿着道道泪痕在下巴处汇聚,又一滴滴落下。我听到了台下观众的骚动声。从幕布的缝隙中,我能看到剧院的全景。除了正前方的那两个座位外,座无虚席。

"我不明白,"我的传记作家说,"如果女孩是蒂甘,男孩是你,那就意味着……"他想把这句话说完,但似乎做不到。他探寻的目光在我的两眼间不断流转,最后落在我的胸口。

"蒂甘的心,是的。她出去给我买糖果,最后却把自己的生命给了我。"

我的传记作家震惊得说不出话。这个故事好像颠覆了他的世界观。当年我醒来后感受到胸口的那颗新心脏发出的强有力的心跳声时,我也是同样的反应。这是我最好的朋友的心脏。

从那以后,几乎一切都改变了。经历了重重磨难,我很庆幸我还活着。是蒂甘·罗斯·玛丽·阿瑟顿给了我生的权利。

"虽然当时年纪还小,但我还是当即就决定,我要用我的一生来完成蒂甘的遗愿。经历了这件事之后,我成熟了许多。后来,我开始学习魔术。起初只是接触了一些玩具和书籍。长大后,我去世界各地寻找老师,继续钻研魔术。就这样,我慢慢成了一名魔术大师,接着,我开始做一些演出,努力赚钱。

"我节衣缩食,能省则省,因为我决心要为无家可归的人筹齐一百万美元。为了完成蒂甘的心愿,这已经成为我的执念。我没有朋友,和家人的联系也不多。你知道的,在今天之前,我从未接受过任何采访。"

"今天"是我以前不敢奢望的未来。今天,我三十岁,还有很多年可以活,我人生的路还很长。今天,也就是今晚,我会筹齐一百万美元,完成我朋友的最后一个愿望。蒂甘的第五个愿望。

有人轻轻拍了拍我的肩膀。转过身后发现,站在我面前的是多年未见的柯林斯,温柔的柯林斯。我的第四个愿望远远超出了我的预期。"杰森,"他说,"我是说,普洛斯彼罗。"

"不,不。是杰森,当然是杰森。你来了,"我说,"我之前担心你不会出现了。"我站起来拥抱他,希望我紧紧的拥抱能让他感受到我的感激。

"怎么可能?我们决不会错过这么精彩的表演。"

"妈妈来了吗?"

他往旁边移了一步,好让我看清他身后的那个人。有个男人略显尴尬地独自站在那里,在后台四处张望,好像迷路了似的,那是我爸爸。他也来这里支持我了。其实,我觉得他一直都很支持我,只不过是以他自己的方式。他和我挥了挥手,然后就迅速走到了台下,和其他观众一起坐了下来。

"在那儿。"柯林斯指给我看。

一位引座员大步流星地穿过走廊进入后台,他身后跟着两位女士。一位是我妈妈。她看到我穿着燕尾服时,脸上笑开了花,然后一路小跑过来和我打招呼。她没有说话,只是紧紧地握着我的手,迫不及待地把我拥进她怀里。一个拥抱胜过了千言万语。

她离开我的怀抱看向我的时候,我看到了她眼中的泪水。她只是点了点头,然后看向身后那位穿着飘逸长裙、头发做了紫色挑染的女士。

"她本来不想来的,"我妈妈说道,"她说这实在太痛苦了。但最终还是改变了主意。"

我飞一般地冲了过去,似乎不敢相信她真的会来。尽管时隔二十年,但当她转向我时,我一眼就认出了她。"SBK,杰森。"她说。我本来想强忍住泪水,但失败了。我在她怀里号啕大哭,我欠她一条命,欠她一颗心脏。"谢谢你举办这场演出,"她说,"蒂甘会为你感到骄傲的。"

我的妈妈过来加入了我们的怀抱,然后是柯林斯。我们挤作一团,双臂紧紧环抱着彼此。

"你不需要再刻意保持距离了,"黛拉说,"你做得非常棒,而且你现在是自由的,完全可以回到你家人身边。"

我一边流泪,一边使劲儿点头。从死神手里捡回一条命的这个男孩，终于回家了。

幕布另一边传来一声巨响。应该是舞监，他对后台正在发生的一切一无所知，正在按照流程向观众介绍今晚的魔术师，也就是我。我努力整理好心情，振作起来，这样才能给大家呈现一场完美的演出。

"现在，"我对他们每个人点头示意，"我们所有人重聚在这里，这就是真正的魔法。谁会想到，我五个愿望中的最后一个愿望和蒂甘的最后一个愿望会在同一时刻实现呢？而且最重要的是，默里一定也很想看到这一幕。我们的愿望……也一直是他的愿望。"

我整理好领结，深吸了一口气来平复心情。"我得走了，"我说，"但大家请留下来，从舞台的侧面看我的演出吧。演出结束后，我们一定好好聚一聚。在这之后，一切都会回到正轨。"

迈尔斯一直站在我左边听着，时不时还盯着我看，就好像这是他第一次见我似的。"普洛斯彼罗，"我的传记作家说，"与你的故事相比，魔术，也就是这场演出，简直是微不足道。"

"不。"我说。我握住他的手。我和往常一样惊喜，因为我还活着，能触摸到另一个人，血液还能继续流经我的全身："这场演出意义非凡。"

不知道蒂甘和默里现在在哪里。以前，我也曾怀疑过，他们是否已经忘记了我们这些还活在地球上的人。我不知道他们是否还在默默关心我们、守护我们。但现在我知道了，他们就在这里，和我们在一起。此时此刻，直到永远。

我知道，因为我能从心底感受到。

我的传记作家眼睁睁地看着我走到幕布中央，闭上眼睛。当主持人说出我的名字时，我从两片幕布的缝隙中穿过，在一阵烟雾中闪亮登场。观众爆发出热烈的掌声。我沉浸在这雷动的掌声中，想象着蒂甘会对此做何反应。

"感谢大家捧场。"我说。整个礼堂顿时鸦雀无声，打在我身上的聚光灯是偌大剧院里唯一的光亮。我的燕尾服翻领闪闪发光，尘埃在寂静的空气中飘浮着。

我是全场的焦点。广大观众和我的家人们都在注视着我。还有一位老人和一位小女孩，也正在某个地方，微笑地看着我。

"言语已经不能表达出我此刻兴奋的心情了。请放心，我决不会让你们失望地离开。今晚，你们将看到一些颠覆常规的事情，一些只能用魔法和奇迹来解释的事情。今晚，我的朋友们，你们将和我一起见证全宇宙的奇迹。"

我看向舞台上方飘扬的旗帜，看向观众席成千上万人等待的目光。我闭上眼睛，想着我的老朋友默里和那个救了我一命的小女孩。我在内心对他们真诚地说："谢谢。谢谢你们让愿望成真。"我睁开眼睛，感受着聚光灯的温暖。我张开双臂，用我健康、充实的心脏里所有的爱、能量和激情大声地呼喊：

"我是普洛斯彼罗。我让一切皆有可能！今晚，我给大家带来……魔法！"

SBK